福爾摩斯家族III

The Case for Jamie

華生的獨立探案

布瑞塔妮・卡瓦拉羅
Brittany Cavallaro

蘇雅薇　譯

獻給Annalise、Lena、Rachel，
以及我有幸一同共事的天才女性

你是動盪時代中唯一沒變的東西。
——亞瑟．柯南．道爾爵士，《福爾摩斯退場記》

第一章　詹米

康乃狄克州現在一月，雪感覺已經下了一輩子，積在地下室窗外的天井、重建的科學大樓磚塊縫隙，掛在枝幹上，擠在盤根錯節的樹根之間。每節上課前，我都得把雪從毛帽上甩開，從頭髮中拍掉，從襪子裡倒出來，襪子包裹的腳都磨得發紅了。我到哪兒都看到雪，積雪似乎永遠不會完全融化，總是殘留在我的背包和制服外套上。最慘的時候，雪甚至會黏在眉毛上，然後在第一節溫暖的教室中融化，流下我的臉，彷彿是汗水，彷彿我做了什麼虧心事。

回到房間，我會把防寒外套像屍體般鋪在多的空床上，好讓雪水不要滴到地毯。我受夠腳濕答答了，空床墊濕答答感覺比較無所謂。不過隨著冬天無止盡地延續下去，尤其在我睡不著的夜晚，我實在很難不把那件可悲的類人型外套看作隱喻。

但我受夠到處看到隱喻了。

也許我該從這兒講起：慘遭誣陷殺人沒什麼好處。以前我可能會說，遇見夏洛特．福爾摩斯是鳥事中唯一的好事。然而那是過去的我了，當時我把那個女孩化作神話，以至於在我編織的故事背後，我再也看不到真正的她。

如果我看不清她的真面目、她一直以來的樣子，那麼顯然我也看不清自己。我的妄想並不罕見，正是所謂「偉大命運」的錯覺。你自以為人生故事會經歷曲折，最終來到敘事的險境與高潮，這時你會做出艱難的決定，打敗壞人，證明自我價值，在世上留下名聲。

我的妄想或許起於讀了曾曾曾祖父寫的故事，書中夏洛克．福爾摩斯終於擊敗邪惡的莫里亞提教授，墜落雷欽貝瀑布。那是一代偉人做出的偉大犧牲——為了擊垮終極的邪惡，福爾摩斯必須犧牲自己。我像鑽研其他福爾摩斯故事一般鑽研〈最後一案〉，拿故事拼湊出冒險、責任和友情的使用指南，就像小孩尋求模範。即使多年前就該放手了，我仍緊抓著這些信念。

因為世上沒有書本裡的壞人，也沒有英雄。夏洛克．福爾摩斯詐死，三年後重現江湖，彷彿什麼事都沒發生，期望大家張開雙臂歡迎他。世上有許多自私的傢伙，也有人像我們，出於錯誤的忠誠跟他們綁在一起。

現在我知道我對過往的痴迷多麼愚蠢——不只針對我的家族歷史，也包括近來幾個月與我的福爾摩斯共處的時光。為此我浪費了太多時間，為她浪費了太多時間。我受夠了，我要改變。蝴蝶結蛹，蠶兒結繭——怎樣都好。我也要把自己包起來，羽化成比較現實的詹米．華生。

起初很難堅持我的計畫。從福爾摩斯家的莊園回到雪林佛學院後，我不只一次來到科學大樓四樓，卻完全不記得怎麼走來的。到頭來也無所謂了。我想敲四四二號房的門多久都可以，不會有人回應。

不出多久，我就決定自怨自艾對我沒好處。我得好好分析現況，寫下來。過去我習慣寫成故事，但這次我會很客觀。自從李．道布森死在寢室以來，我碰上哪些事？有哪些事實證據？

壞事：朋友死掉；敵人死掉；徹底遭到背叛；來自各界的懷疑；心痛；腦震盪；遭人綁架；鼻樑斷了太多次，害我越來越像沒用的拳擊手。（或慘遭搶劫的圖書館員。）

好事呢？

現在爸爸和我恢復正常往來了。我玩手機版拼字遊戲都能贏他。

至於媽媽——好吧，這兒也沒啥好事。前幾天晚上她打電話來，跟我說她有新的約會對象了。雖然她說，**詹米，我們只是玩玩而已**，但她遲疑的口氣反而暗示他們其實很認真。我還小的時候，爸爸和我的繼母艾比蓋兒結識、再婚，當時我恨透他了。媽媽擔心我會同樣怨恨她。

「就算你們是認真的，」我對媽媽說，「尤其如果你們很認真，我都替妳感到高興。」

「好吧。」她頓了一下，然後說，「他是威爾斯人，人很好。我跟他說你在寫作，他說他想讀你的作品。他不知道你寫的內容多黑暗，但我猜他還是會喜歡。」

我寫的故事全都是我自己的生活，根本不是故事，媽媽也知道，她只是說不出口罷了。

說來奇怪，這成了壓垮駱駝的最後一根稻草——不是我列出來的利弊得失，而是發現我跟夏洛特．福爾摩斯當朋友的這幾個月如此淒慘，媽媽還得先向外人警告內容。

我進到校長室做了十分鐘的陳述，然後打包行李，搬到米許諾宿舍低一層樓。我利用遭人胡亂指控謀殺這一點，硬是搶到一間單人房。這個藉口已經是一年前的事了，但還是有用，至少達到我要的目的。從今以後，沒有室友盯著我哭，沒有任何人了，只有我獨自一人，好讓我重建人生，改成我真的想活的樣子。

時間一如往常流逝。

康乃狄克州又到了一月，雪還是下個不停。我不在乎。我要編輯文學刊物，春天橄欖球季要練習，每天晚上要寫好幾小時的功課。我有了新朋友，他們不會索求我所有的時間、耐心和毫無來由的信任。

這是我在雪林佛學院的最後一學期。我一整年沒看到夏洛特・福爾摩斯了。沒有人看到她。

「我幫你佔了位子。」伊莉莎白從她旁邊的椅子拿起包包。「你有帶——」

「給妳。」我從背包拿出一瓶健怡可樂。去年起，學校餐廳不提供碳酸飲料（全天候的麥片餐台也取消了，學生還在公開哀悼），但我的女友時時刻刻都在我房間的小冰箱放了一手汽水，輕輕鬆鬆規避了校規。

「謝啦。」她打開瓶蓋，把可樂倒進一旁裝好冰塊的杯子。

我問道，「大家都到哪兒去了？」我們的午餐桌旁空無一人。

「蕾娜還在微波她的豆腐，她這次嘗試一種醬油蜂蜜醬，聞起來噁心死了。湯姆的諮商師必須跟他改時間，所以他在做心理諮商，但應該快結束了。瑪莉耶拉跟她的朋友安娜還在排隊，安娜今天可能會跟我們坐。我不知道你的橄欖球哥兒們在哪。」

我揪起臉。「我在麵包區看到他們，我猜他們在囤積澱粉。」

「想變**大隻**喔。」伊莉莎白完美模仿藍道的聲音。

這是老梗笑話了，我知道我該接什麼。「很**大隻**。」

「超超超大隻。」

「超超超超超超大隻。」

我們竊笑幾聲，這也是老梗的一部分。她繼續吃她的漢堡，我繼續吃我的漢堡。我們的朋友一一出現，等湯姆終於到了，他拍拍我的背，偷了一把我的薯條。我朝他挑起一邊眉毛，無聲地問諮商做得如何，他聳聳肩，表示還好。

伊莉莎白問道，「你還好嗎？」我狀況不好的時候，總覺得這是她最喜歡的問題。

「我很好。」

她點點頭，繼續低頭盯著她的書，又抬起頭來。「你確定？因為你聽起來有點——」

「沒事。」我答得太快，接著擠出微笑。「沒事，我很好。」

我彷彿在跳一段每個舞步都很熟悉的舞蹈，不管是要我倒立、反方向，或在著火的沉船上，我都能跳得好。秋天我們在中庭吃飯，春天則轉移陣地到餐廳外面的樓梯。現在是冬天，我們霸佔了熱食區旁常坐的桌子，我聽見保溫食物的燈光發出低沉的嗡嗡聲。瑪莉耶拉和湯姆聊起大學提早申請上榜的可能，他們這週該要接到結果（湯姆申請了密西根大學，瑪莉耶拉申請了耶魯大學），目前兩人成天只談這件事。蕾娜在桌子底下傳簡訊，一邊用空的手吃豆腐。藍道和基翠奇在比較練習時受傷的瘀青，基翠奇堅持有人趁晚上在橄欖球場挖洞，藍道則堅持基翠奇只是笨手笨腳的混蛋。一如往常，伊莉莎白在讀托盤旁的小說，她翻著書頁，聽不見別人說話，沉浸在自己的伊莉莎白世界。我從來不知道她的世界裡怎麼回事，我覺得畢業前也沒有足夠時間去研究了。

伊莉莎白比我認識的每個人都厲害，厲害到嚇人。假如她從裁縫店拿回來的制服褲子長了幾公分，她會自己學怎麼縫上褶邊。假如她想修莎士比亞和舞蹈二，但兩門課排在同一個時間，她會提出獨立研究計畫，取名為「從愛爾蘭踢踏舞解析《羅密歐與茱麗葉》」，並在當天放學前獲得許可。

假如她暗戀的男孩返校後心碎又悶悶不樂，她會給他一個學期重振心情，才邀他出去。去年秋天，一張偷塞進我信箱的紙條上寫道，**跟我一起去返校舞會？我保證這次不會哽到鑽石了。**

我答應了。當時我其實不太確定為什麼——雖然我不再哀悼我和福爾摩斯不曾存在的戀情，但我也沒在物色女伴。大半時間我都在念書。聽起來很無聊沒錯，但如果不改善成績，我不可能申請上任何大學，更別說我想去的學校了。

輔導老師告訴我，你不能永遠拿道布森的謀殺案當作成績不好的藉口，不過寫成申請大學的作文會很吸睛！

於是我用功念書。我參加了兩個賽季的橄欖球賽，奢望假如我的成績還是不理想，搞不好哪間夢幻大學剛好在找結實的英國中衛。我覺得有義務帶伊莉莎白去返校舞會——雖然不是我把塑膠鑽石塞進她喉嚨，但或多或少是我的錯——沒想到跟過去幾個月碰到的人相比，我和她在一起開心多了。

伊莉莎白一點都不驚訝。她在舞池燈光下笑著說，「你知道你有特定喜歡的類型嗎？」她的金色長髮像緞帶捲起，鮮豔的項鍊在她跳舞時左右搖擺，她笑的時候整個身體都在笑。我喜歡她，我真的喜歡她。

我有種古怪的感覺，彷彿抽出人生中一個舊的章節，在上頭複寫，直到下方文字全部消失。

我問道，「哪種類型？」我不確定我想知道答案。光是現場的音樂、煙霧機——我已經一腳踏在今年，一腳踩在過去了。

然而她淘氣地朝我咧嘴一笑。我不熟悉這種淘氣，不帶祕密，不帶危險。這種笑容屬於自成一格的聰明女孩，深知自己即將得到想要的東西。

「你喜歡女生不屑你的鳥事。」她說完吻了我。

她說的對，我喜歡會反擊的女生，我喜歡眼神深邃的女生，伊莉莎白兩項都符合。雖然有時我覺得自己像她成功完成的待辦事項（**和妳高一暗戀的男生約會**），不過——

不過問題還是在於我的鳥事，不是她對我的態度。因為一如往常，我望著明亮的窗戶，想著我的歐洲歷史大學先修課程報告、微積分習題、我同時得處理的數百萬件事——除此之外，我還得說服自己確實需要思考這些事，逼自己去在乎。

這時身後有人把托盤掉在地上，發出尖銳的撞擊哐啷聲，我馬上又回到了那個地方。

我站在薩塞克斯郡的草地上，奧古斯特・莫里亞提倒在我腳邊，雪地上滿是鮮血。警笛越來越近。夏洛特・福爾摩斯的嘴唇蒼白龜裂。最後那幾秒鐘，我的另一段人生。「我馬上回來。」然而沒有人在聽，連伊莉莎白都沉浸在書中。至少我趕到廁所才開始乾嘔。

一名袋滾球隊新生在裡頭洗手。我忙著乾嘔，一面聽到他說，「真慘。」等我從廁間走出來，室內空無一人。

我撐著洗手台，盯著排水管和周圍龜裂的瓷板。上回發作是因為有人用力摔上車門，那次反胃後，我隨即感到怒火猛烈襲來，恐怖瘋狂的怒火。我生氣夏洛特妄自推論，生氣她哥哥麥羅槍殺了人卻逍遙法外，生氣奧古斯特・莫里亞提晚了兩個禮拜才叫我快逃——

我的手機叫了。我掏出手機，一面心想，*伊莉莎白來問我好不好了*。這麼想還不賴。

然而不是伊莉莎白，我不認識這個號碼。

你在這兒不安全。

我感覺有人按下播放鍵，播起我忘了我在看的電影。恐怖片，演的是我的人生。

我回覆，你是誰？接著又驚恐地寫道，是妳嗎？福爾摩斯？我撥了這個號碼一次、兩次、三次，但這時對方已經關機了。

話筒那端說，請留言。我呆站在原地，直到意識到手機錄了我的呼吸幾秒。我趕忙掛掉電話。

我仍然順利回到餐廳桌旁，腦袋因為脫水和恐懼而劈啪作響。伊莉莎白還在讀書，藍道在吃第三個雞肉三明治，瑪莉耶拉、基翠奇和名叫安娜的女生又在抱怨麥片餐台。他們自成完整的生態系，沒有我也能正常運作。

為什麼我要把問題加諸在他們身上？難道我想回去當受害者嗎？即使我平常會找伊莉莎白幫忙，這回她也幫不了我。她已經為我吃夠多苦頭了。

不行。我抬頭挺胸，吃完漢堡。

以防萬一，我一手一直握著手機。

蕾娜說，「詹米。」

我搖搖頭。

「詹米，」蕾娜又叫了一次，微微皺眉。「你爸爸來了。」我很驚訝看到他站在桌旁，毛帽上散落著雪花。

「詹米，」他說，「想事情想到出神啦？」

伊莉莎白抬頭向他微笑。「他一整天都這樣，」她說，「都在做白日夢。」我沒反駁她一直讀《簡愛》，當我們全是空氣。

我盡可能擠出笑容。「哈，對呀，我有很多，呃，學校的事，學校的作業要忙。」

隔著桌子，蕾娜和湯姆明顯互看一眼。

「沒錯啊。」我的聲音有點顫抖。「呃，老爸，怎麼了？」

「緊急家庭事件。」他把雙手插進口袋。「我幫你請假離校了。走吧，包包帶著。」

老天，我心想，**又來了**。況且如果站起來，我不確定我的腿能撐得住。「不行，我有法文課，要小考。」

湯姆皺起眉頭。「法文課是昨——」

我在桌子底下弱弱地踢他一腳。

「緊急家庭事件。」爸爸又說了一次，「快點！走了！」

我扳手指數給他看。「英文大學先修課程。物理課要報告。別這樣看**我**。」

「詹米，林德在車上等。」

我突然感到如釋重負。我渾身發抖不對勁時，只能待在林德．福爾摩斯身邊。我和爸爸都知道他使出殺手鐧，這回我輸了。我收好東西，忽視蕾娜在桌子對面誇張地眨眼。

「晚上見。」伊莉莎白又埋首回到書中，不過她早就習慣這種狀況了。

我們離開餐廳時，我對爸爸說，「我跟你說，我明天物理課真的要報告。」

他拍拍我的肩膀。「我當然知道，但那不重要吧？」

第二章　夏洛特

五歲的時候，我說服自己相信我會通靈。

這個推論並不誇張。爸爸總說凡事要以事實為基礎，而所有的事實都符合。整整一星期，我都夢到要去倫敦。這些夢也是基於事實，我的姑姑阿拉敏塔要去倫敦處理一些財務問題，她提議帶哥哥和我一起去，辦完事後帶我們去國家歷史博物館看恐龍展覽。麥羅愛死劍龍了。

在我的夢中，我們下了火車，來到煙霧瀰漫的車站。姑姑給我們各買一個椒鹽蝴蝶餅。我們必須在大理石裝潢的大廳等很久。麥羅拉了我的捲髮，雖然我不曾燙捲頭髮，花那麼多時間打扮太不實際了。他把我鬧哭了——這也奇怪，我從來不哭——最後我們沒有去博物館。

等那天實際來到，一切發展都跟夢境一樣。出門前，媽媽把我的濕頭髮捲成髮髻，等我在車廂中拆掉髮圈，頭髮已經乾了，變成一團亂的捲髮。姑姑在車站的攤子買椒鹽蝴蝶餅給我們。抵達銀行後，姑姑進到霧面玻璃的辦公室處理事情，我們必須在大理石裝潢的大廳等她，等了非常久。我忍不住扭來扭去，由於我們不該坐立不安，麥羅伸手拉了我的一綹頭髮。我很痛，但沒有叫出聲。我們不能發出聲音，什麼都不能做，只能注意周遭的一切，記下來以備不時之需。我們在大廳等了四小時，我非常想上廁所。我很怕會尿褲子，而且無法想像要是尿了會遭到什麼懲罰。

想到這兒，我不禁哭了起來。自從我有記憶以來，從未在公眾場合哭過。麥羅又伸手扯我的頭髮，當作警告——麥羅十二歲，年紀夠大，想避免我承受自己行為的後果，卻又不夠大，無法用理性的方式表達——這時阿拉敏塔姑姑從辦公室出來，正好目睹我哭哭啼啼，麥羅不斷戳我。她用冰水般的聲音說，「孩子呀。」聽到這句話，我再也忍不住了。

我們沒有去博物館，而是搭了下一班火車回家。

幾小時後，上床睡覺前，我敲敲爸爸的書房門，打算為我的行為簡單道歉，然後跟他說，我推論我會通靈。我心想，他一定會很驕傲。

爸爸聽我說明我的理論。他沒有笑，但他本來就很少笑。

「妳的邏輯有問題。」我說完後，他說，「小洛，相互關係不等於因果關係。妳媽媽早上七點幫妳洗澡，阿拉敏塔七點半就要來接妳，媽媽當然沒時間幫妳綁頭髮，這時候她都會把妳的頭髮挽起來。妳知道車站有賣椒鹽蝴蝶餅的攤子，也知道可以要求阿拉敏塔買點心給妳吃。妳知道你們要在銀行等她，也許要等很久，沒時間特別繞去博物館。妳的舉動確保你們去不成了。」

「可是我的夢——」

「——無法預測未來，妳也知道。」他盤著雙手，朝我皺眉。「只有清醒的人腦能推論未來。至於廁所那件事，我相信妳不會再犯了。」

我將雙手背在背後，免得他看到我扭來扭去。「姑姑要我們等她。」

「沒錯。」他眼睛上的肌肉一跳。「妳只需要遵守合理的規則。合理的做法是站起來，詢問最近的廁所在哪裡，上完後回到位子上。把現場弄得一團亂，要別人幫忙清理，這樣才不合理。」

我覺得很有道理。「好的，爸爸。」

「妳該上床睡覺了。」他的眉頭稍微鬆開。「明天早上八點狄馬西黎耶教授會來，跟妳檢討等式作業。從妳的指甲判斷，我想妳還沒寫完功課。來，跟我說我怎麼知道。」

我稍微站直身體，聽話回答他。

只需要遵守合理的規則。

這項原則有個問題，因為經過審慎檢視後，其實很少規則是合理的。舉例來說：法律禁止強行將人鎖在櫃子裡。整體來看，法律感覺有道理——侵犯對方自主權，可能破壞衣櫥——然而我至少能舉出七個合理的理由，解釋我取得需要的資訊前，為何要把這個小流氓鎖起來。

他其實不算流氓，年紀也不小。他是護照辦事處的員工，現在是下班時間，我們在他辦公室。護照辦事處員工：這個稱謂一點也沒用，無法形容他發紅的臉，他的紐澤西腔調，還有我多麼容易就在週日晚上堵住他，提出我的要求。

有時候語言終究無法滿足我們的需求。稱他為我的目標應該最貼切了。

他威脅道，「我會報警。」他威脅我太多次，聲音都啞了。

我告訴他，「你的決定真有趣。」我說的沒錯。我背抵著櫃子門坐著，檢查靴子鞋尖一道討厭的擦痕。想把痕跡擦掉，我又得去買貂油。雖然貂很兇猛，卻也長得小巧可愛，看來很脆弱。（我意識到我很偽善——我的鞋子是皮做的，皮來自牛身上，牛不應該因為沒那麼可愛就遭到懲罰，可惜事實就是如此。這世界冷酷不近人情，我還是繼續穿我的翼紋靴子。）

他又開口了。「有趣？」

「很有趣啊，因為你得跟倫敦警局解釋我在你辦公室找到的這堆偽造文件。」我從口袋掏出一張影本當範例（歐盟護照，二〇一八年到期，姓名是崔西．波尼茨），摺起來從櫃子門下滑進去。

我聽到他攤開紙張。「蠢女孩，這不是假護照——」

「這本護照的正本沒有無線射頻辨識晶片，沒通過紫外線測試，浮水印和微壓紋連基本的手電筒分析都騙不過——」

「妳到底是誰？」我聽不見他用手去擦汗水淋漓的臉，但我知道他肯定擦了。

不相干的問題。「我要你替魯西安．莫里亞提偽造的所有文件。」

「我沒有這個名字的文——」

「他當然不會用本名，我知道你很熟悉他的假名。他經常飛來美國，每次不管花多少錢，總是在華府這兒的杜勒斯機場降落。我追蹤了他過去六個月搭的航班，你認為他為什麼只在星期三抵達？」

一片靜默。

「這麼說好了。你的情婦星期三晚上輪班多久了？她是海關人員，真方便呢。就算護照沒有晶片，她的無線射頻辨識機永遠都掃得到，真方便呢。」

一片靜默，接著傳來拳頭捶門的聲音。

這時我已檢查完靴子。那道擦痕其實很好處理，等我不再穿得這麼類似自己（黑色衣服，金色假髮），轉而裝扮成天差地遠的樣子，宛如自己的衛星（例如海莉，完全為男性眼光設計的尤物），我就會把靴子送去擦亮。今晚我幾乎維持本色，純粹因為櫃子裡的男人看過我手邊所有的造型，而且我希望今晚來他的辦公室要低調些。

我岔題了。如我所說，我的鞋子沒問題，於是我拿起鐵鎚。

「我告訴你接下來五分鐘會怎麼樣。」我拋起鐵鎚，沉重的鐵塊在傍晚夜色下看似黑色。華生會注意這種細節，想到這兒，我聽到自己的聲音強硬起來。「要不你把魯西安．莫里亞提的別名全都交出來，也交出相對應的護照，要不我就回到你家，闖進你兒子臥房，我會確保他睡著了，再用鐵鎚敲爛他的喉嚨。」

爸爸教我要等一秒再強調。於是我等了一秒，然後下最後通牒——我拿鐵鎚飛速敲向櫃子的門。

裡頭的男子驚叫一聲。

「你還沒從可悲的小洞爬出來，我就可以闖進你家又走了。或者我們可以跳過這整段累人的過程，你把我要的資訊給我就好。基於你現在精神受創，我給你三十秒考慮我的提案。」

「妳是潔娜。」他疑惑地說，「妳是丹尼的女朋友，他在遛狗公園碰到妳——」

我來不及阻止自己，就用潔娜拜託拜託喜歡我的聲音開口。「哇，B先生，你的狗犬好可愛，她叫什麼名字？我一直想養狗，但爸媽從來不准。有這麼愛她的家人，她真的好幸福！你看她的小尾巴！」

他好一陣子沒回答，害我一度擔心可能害他中風了。然後我認出門縫下傳來的細碎聲響——他在哭。

我低頭看向手中的鐵錘。

最近我終於接受我可以很殘忍。

從過去幾年的紀錄來看（再次感謝華生），這個新發現或許很滑稽。即使在表現最好的時候，我也不是優等生，但我從來沒想通為什麼。

我就是我——把自己塑造成雕像的女孩。我向來認為應該尋找他人身上的裂痕和缺陷，記錄下來，詳加利用，並抹平自己的缺陷，直到我像大理石一樣發亮。我必須對一切無動於衷。我不斷告訴自己我做到了，連我都信了。可惜隨後就發生了一連串的爆炸性事件。在城市裡當莊嚴的大理石廊柱很好，但是當城市陷入火海，你碎成一片一片，可就不太好了。

感覺城市已經燃燒了好久。

每晚睡覺前，我會閉上眼睛，回想上次我徹底失控時發生什麼事。我會想起奧古斯特，他相信人要對抗自己最糟的直覺，他相信希望、警察，或許也相信小狗和聖誕節。他愛我，視我為他不可思議的影子。奧古斯特會去薩塞克斯，純粹是因為我想看他受苦。

我無法把這一切想成故事。我必須把事件拆解成截然不同的事項，一一拿起來對著光看。

1. 魯西安無法把雪林佛學院的命案賴在我頭上，於是想出新計畫。
2. 他決定勒索我的爸媽亞歷斯泰和艾瑪，以及我最喜歡的叔叔林德。
3. 條件：他們要控制林德，不讓他接近哈德良和菲莉芭兄妹的偽畫集團，否則
4. 魯西安會通報政府去追查我爸爸唯一的資產：一堆裝滿俄羅斯資金的海外帳戶。
5. 爸媽起初拒絕，魯西安就指示媽媽的居家看護——他雇用的女護士——對她下毒。
6. 爸媽都沒告訴我這些事。
7. 他們反而把我趕去哥哥麥羅在德國的公司，奧古斯特．莫里亞提在那兒替他工作。他們認為我在那兒很安全。
8. 這段期間，媽媽趁家裡的監視系統關閉，制伏了她的居家看護，把她打扮成自己，下藥使她昏迷，然後假裝她們沒有互換身分。

9. 她的計畫需要用到假髮和服裝。這種做法（僅此而已）跟我的喜好不謀而合。
10. 林德躲在他們家地下室，爸媽則討論起下一步該怎麼做。
11. 重申一次：我都不知道這些事。
12. 好長一段時間，我都以此減輕我的罪惡感。
13. 特別注意：魯西安．莫里亞提從海外策動這些計畫，我們動不了也碰不到他。不久之後，他就躲過了我哥哥的監視。
14. 雖然這麼說有點變態，但我還滿欽佩他的。
15. 依照我得知及推論的結果，我只知道魯西安在毒害媽媽，我們家的財務有問題，以及爸媽把叔叔關在地下室。我推測他們把叔叔關起來，想逼他交出繼承的遺產，藉此解決財務問題。
16. 根據多年經驗，我沒道理相信爸媽會出於好意行事。
17. 然而我仍覺得需要保護他們，免於承擔我犯的錯。外加還能逮到魯西安．莫里亞提，讓他永不得翻身。
18. 我的計畫很簡單：我要揭發莫里亞提家的偽畫集團，把罪魁禍首哈德良和菲莉芭帶回我們家的英國老宅。然後我會誣賴他們綁架我叔叔，讓爸媽脫身。如此一來，魯西安只得現身，因為他絕不會讓家人替福爾摩斯家背黑鍋。

19. 媽媽的計畫很簡單：林德叔叔會同意喝下魯西安給她下的毒，但劑量不足致死。然後他會去醫院，聲稱哈德良和菲莉芭毒害了他。如此一來，魯西安只得現身，因為他絕不會讓家人替福爾摩斯家背黑鍋。

20. 你或許覺得，從上述資訊判斷，這兩個計畫能無縫接軌。

21. 你錯了。

22. 計畫開始後，我拖著華生一起回到英國。當這齣鬧劇的每個小角色都來到我家門外的草地上——哈德良和菲莉芭甩開守衛逃跑；爸爸非常生氣我介入，氣我推斷他和媽媽有罪；林德萬分驚恐又意志消沉，病得奄奄一息。還有奧古斯特，舉著雙手，懇求大家休戰。

23. 我哥哥麥羅比預期晚到。他從遠方將奧古斯特・莫里亞提誤認成他哥哥，於是從遠方用狙擊來福槍把他射死了。

24. 以上是所有的事實。

25. 至少是我理解的事實，如果我真的有理解的話。

你看，我太習慣不相信任何人，只相信自己有計畫。

結果我落到什麼下場？我落得孤苦無依。林德走了，麥羅成了殺人犯，奧古斯特死在積雪的草地上。華生也在場，他深知都是我的錯。我只能想到這兒，我只能承受這麼多。

我強迫自己回想，當作悔過。這麼做不會減輕痛楚，反而是要讓痛持續下去。過去我能輕易把懂得感受的自己隔離開來，我都開始相信這很正常了。然而我錯了，我正在重新學習。

葛林探長曾說，**妳需要去感受理性背後的血肉，妳需要感受情緒，不要因此感到抱歉。否則妳時不時仍會受到情緒衝擊，到時候妳會招架不住，只能靠直覺反應，就會繼續做出非常愚蠢的事。**

當時我討厭她暗示我蠢，但就算我不蠢，我也自知我的做法不再有效。況且我是很棒的學生，於是我要自己盡可能去「感受情緒」，放鬆對自己的控制，讓住在心底的討厭小東西自由活動。

我想葛林探長以為我會「利用」她給我的機會，開始與家人、華生和自已和解。她或許以為我會美妙地崩潰哭倒在她的沙發上，而她能泡一杯美妙的洋甘菊茶給我。誰能怪她這麼想呢？

我不怪她。我沒有哭，反而帶著怒火逃走了。俗話說的好，我有更重要的事要做。

所以現在我在櫃子門外隨便做殘酷的事。不怎麼嚴重，不過就是過去整整兩週你放進家門的女孩其實想向政府揭發你。這對我辦的案子毫無必要，我只是刻意想了這番話，在傷口上撒鹽。然而人都有感受，一旦知道這個糟糕的人為了錢替另一個更糟糕的人當幫凶，便會想讓他確切了解他有多愚蠢。

他看到十幾歲兒子的女朋友，聯想到秀蘭・鄧波兒般的清純女孩，但他應該聯想到毒藥才對。

「我的天哪。」他說，「妳真噁心。妳到底幾歲？妳對我的寶貝兒子做了什麼？」

「還有十秒。」我又把鐵鎚揮向櫃子門，木材開始剝落。「九秒，八秒。」

我對他兒子只依稀感到抱歉，不過至少比毫無感覺來得好。丹尼是很簡單的目標──一臉失落，天氣再冷都滿頭大汗，在小狗身旁看來身材龐大得可笑。他實在太怕，不敢跟我嘗試任何親密接觸，剛好符合我的需求。大多時候，我們都在他家後院跟他的㹴犬鈕釦玩。鈕釦很能跑，每當她從籬笆的木板間逃走（木板當然是我扳鬆的），我會讓丹尼去追她，我則進去他爸爸的辦公室，尋找我要的文件。壁爐上的照片幾乎就夠了：丹尼和爸爸在雙體船上；丹尼和爸爸站在西班牙的聖家堂前面；丹尼和爸爸在大草原觀察野生動物，後方吉普車上可以看到丹尼媽媽模糊的身影。當下我就知道魯西安・莫里亞提染血的錢用在哪裡了。我只需要證據。

整整一週，鈕釦天天都逃跑，真是一條上進的狗。

我並不打算傷害丹尼，但他爸爸不需要知道。「三秒，」我說，「兩秒，一秒。」我才說完，櫃子裡的男子就顫巍巍抽了一口氣。

等太陽下山，我已經得到所有需要的資訊。

我收拾工具時，他問道，「我該怎麼跟兒子說？」

我沒有回答，畢竟這不干我的事。

一如往常，我花了四十五分鐘走回五條街外的住處。期間我兩度以為有人跟蹤，一次則真的確定有人跟蹤——沒有人會那樣把當地報紙夾在腋下，更不會在你經過他們跟監的商店窗口時，把報紙拿起來遮住臉。我往回走，躲進星巴克的廁所換裝（假髮、瑜珈褲、運動鞋），然後等到一群身穿運動服的女孩慢跑經過，再加入她們，保持安全距離。

我回到家時已經累壞了，然而我還有工作要做——拿下假髮，小心放進絲網，保存在床下的木盒裡；徹底把臉和靴子鞋底洗乾淨；擋住大門、三扇窗戶和過大的通風口。起初這個通風口差點害我沒租這間房子，分類廣告網站上的分租廣告很少寫得詳細，你必須知道該問什麼問題。

整個程序很花時間，但固定的習慣只要跟保命直接有關，我都不會覺得無聊。一旦確定安全了，我播起蕭邦的練習曲，把音量調大到蓋過我發出的任何聲音，然後我井然有序地把房間翻過一輪，尋找攝影機、監聽設備或鑽好的小洞。什麼都沒找到。

做完這些才九點。思考一會兒後，我決定接下來晚上有幾個選項可選：

1. 嗑掉外套內襯裡剩下的羥可酮。
2. 找一齣電視劇來看，但劇情不要涉及謀殺及／或肢體傷害、麻醉劑、戀愛關係、英國，還有一項你一定想不到，就是夏洛克．福爾摩斯。我會這麼說，是因為大家總會在最詭異的地方提到我的曾曾曾祖父。我最近看起《星際爭霸戰》的特定集數，因為這部影集符合我的標準，又有一個我喜歡的機器人角色。結果後來一連串的集數中，他居然戴起獵鹿帽，跟《星際爭霸戰》版的華生開始解謎了。我現在需要找新劇來看。
3. 嗑掉外套內襯裡剩下的羥可酮——兩年前聖誕節，我品味優秀的叔叔林德送我這件外套當禮物。外套現在還合身，因為那年我決定不再吃飯，好餓掉體內的壞東西，當年我把外套內裡扯破，也是為了同樣目的。接著也許我會走進夜色，讓莫里亞提家的爪牙跟蹤我的步伐，來到波托馬克河上那道橋。過去幾天，我在橋上碰過四到五次買毒的機會了。我會嗑掉我的藥，乘著嗨的情緒（不是嗑藥本身的嗨，而是知道我即將踏進黑夜，終於能永遠消失），好好利用——說真的，如果一切都將結束，我會抽出靴子裡的刀，把刀尖捅進莫里亞提爪牙的喉頭，好確定世上終於又少了一個人追捕華生，華生又能稍微安全一點。我會回到房間，等候無可避免的沉重後果（警方介入或暴力報應），同時寫下自白。也許作為最後潤飾，我會拿出那年三月週日的照片。那天媽媽送我第一套化學實驗組，照片中她一手放在我肩上，我像小孩一樣微笑。我現在可以把照片放進口袋，等著讓人發現，最後一次打出迷失小女孩的牌。我家有些人會喜歡這種無聲承認有罪的方法，但我想華生會覺得很沒品。（每天晚上，我都坦承我能打造這個結局，但每晚我都提醒自己這多浪費，浪費我自己、我的能力、我的力量，而我不是廢物，我不是，我不是。我不會這麼做。）

4.

拍下我剩下的藥，把照片傳給葛林探長，證明我沒有嗑藥（這擺明是榮譽制。我在嘗試很多事，包括當個有榮譽的人），把藥放回外套，然後去整理該死的化妝包。

我照了照片，傳出去。然後我咬緊牙關，把化妝品全倒在地上。我弄濕一張紙巾，開始擦拭。

我的火車八小時後出發，中午我就會到紐約了。

第三章　詹米

開車到紐約市的路上，爸爸沿途都在播瑪丹娜的歌。

不是平常會在廣播聽到的暢銷金曲，而是鮮為人知的曲子，詭異的曲子。爸爸比較喜歡巴布．狄倫的曲風，所以他選瑪丹娜已經讓我挑起眉毛，但這簡直是詭異加三級。尤其他顯然會背〈這裡曾是我的遊樂場〉整首歌的歌詞。

我通常不太去想爸爸哪裡詭異（不然一天時間根本不夠），但現在如果不去想，我就得思索先前上車時，林德為何表現得這麼疏遠。他沒有好好跟我打招呼，只是坐在爸爸的凱美瑞轎車前座，遠遠朝我點頭。

林德從來不會這樣招呼我或任何人。他是我名義上的好叔叔、福爾摩斯的親生叔叔，而且就我所知，也是她的大家族中最有人性的成員。他會在聖誕節打電話給朋友，在你走進房間時向你微笑，替我爸爸舉辦生日派對。就是一般人會做的事。

但不只這樣。去年爸爸從英國帶我們回家後，好幾個禮拜林德仍臥床不起，我則身心傷痕累累，沒人敢讓我獨處，尤其是我的家人……嗯。爸爸守在我們身旁幾天後，終於出門去雜貨店。當時我的繼母在上班，同父異母的弟弟在學校。

於是只剩我一個人在客房，盯著天花板的風扇，我醒著的時候都這樣。大多時候我都在睡覺——早上，晚飯前的時分，或太陽下山以後。唯獨只有晚上，我會靜靜躺著不動，數著自己的呼吸，看時間緩緩流過，直到我起身走到走廊閒晃，無法甩掉奧古斯特撲倒在雪地上的畫面。

奧古斯特和我並不是好朋友，但他人很好，非常好，他也因此付出代價。我曾以為我能活在福爾摩斯的世界，我能赤手奪刀，捶破玻璃，承受她身邊如影隨行的暴力。然而現在我知道我做不到，那個世界沒有我這種人的位子。

爸爸終於出門那天，我意識到我好像一輩子沒說話了。我斷掉的鼻樑康復了，但張開嘴還是會痛，況且我也不確定能說什麼。**我剛發現我是膽小鬼，我無法承受壓力，我會把住宅小火災變成森林大火**。不重要了，我要回去睡覺。學校還要一週才開學，我還不用表現得像人。

林德可不這麼想。他從樓下叫我下去廚房——我猜是要說服我吃東西，雖然早上我才勉強喝了點肉湯。我緩緩走下樓梯，站在他面前，因為躺太久有點頭暈。

他盯著我好一陣子，然後傾身靠在桌上，清清喉嚨，啞聲說，「詹米，你知道你的新髮型看起來像大金剛嗎？」

我笑了出來，笑到無法呼吸，笑到必須坐下，笑到都流眼淚了。林德撫著我的肩膀，直到我終於結結巴巴說起發生的事。

我只是想說，林德通常不像他的家人，不會沉溺於陰鬱的情緒，然而現在他似乎悶悶不樂。我直覺想幫忙，但我提醒自己這是舊詹米的策略。舊詹米會替別人出征，把事情搞得更糟。現在我只想努力當普通人，普通人會讓大人處理他們自己的問題。（況且我忙著查看手機。目前為止，詭異的威脅號碼沒再傳簡訊來。）

爸爸這個大人處理大人好友耍憂鬱的方法，就是扯著嗓子大唱〈拜金女孩〉。他至少開始播暢銷單曲了。

「爸，」我說，「爸。」我們距離曼哈頓還有四十分鐘。

他一手握著方向盤，一手探向杯架尋找零錢。「我們活——在拜金世界，我是拜金——」

「拜託別唱了。」我看到林德下巴的肌肉開始抽動。「爸。」

「下個收費站我需要二十五——分錢——」

「爸——」

「詹姆。」林德沒有轉頭就說，「可以麻煩你把音樂轉小聲嗎？」

「我們以前在愛丁堡也會播這首歌，」爸爸說，「辦夏至派對的時候，你忘了嗎？」

「我記得，請把音樂轉小聲。」

爸爸沒有碰音響。「你知道我們不需要談這件事。」

他說，「你把兒子從學校接走，」音樂在他的話語背後悄悄播放。「我們正在開車進城，我想我們得談。」

我們開到收費站。爸爸搖下車窗，用我沒料到的兇惡態度，把零錢丟進收費籃。過去幾年跟夏洛特相處下來，如果說我學到什麼，就是讓這種狀況自行發展，不要介入。只要說錯一個字，你的福爾摩斯就會話鋒一轉，把原話題拋在你身後的路上。

爸爸終於又開口了。「他今年春天就要畢業了，他的課業表現很好，又交了可愛的女朋友——」

「我不懂這有什麼關係。」林德的聲音輕柔但堅持。偶爾他說話時，我能從他的抑揚頓挫聽出夏洛特的影子。她不會用這麼多字，她會說，*這不相干，或華生，別說了*，但口氣中的不耐完全一樣。

爸爸抬頭瞥向照後鏡。「詹米，」他對上我的視線，「過去一年——呃，你知道林德一直在追蹤夏洛特，她在哪裡，做了什麼事之類的。不管這個決定明不明智——」

「這不重要。」林德吼道，「我的工作不是表達認同，而是追蹤她。有人得確保她還活著，她哥哥擺明啥都不管。」

麥羅．福爾摩斯原先掌管灰石公司，但他現在休假，去處理他遭控謀殺的小問題。我說「他」遭控謀殺，因為是他扣下板機，但在世人（以及法庭）看來，他是無辜的。麥羅安排好手下一名傭兵替他背黑鍋，我相信等他進了牢房，可以拿到一大筆優渥的獎賞。

不過福爾摩斯家的員工槍殺莫里亞提家的人？麥羅向來有能力抹去新聞，但這起案件超過他能壓制的範圍。消息鬧得沸沸揚揚，滿城風雲，我得費盡心思裝作沒看到。就我們所知，麥羅說到做到：他罷手不管妹妹和她的問題了。這麼做的不只他一個人。

那天在薩塞克斯的草地上發生了什麼事？我發現我知道得很少。

我一直緊盯福爾摩斯，試圖理解她的行為，以至於沒有退後幾步，好好看整個局面。一開始她就判定她爸爸囚禁了林德，因為魯西安．莫里亞提勒索他，而且問題跟他們家的財務有關。然而她沒有直接逼問他，也不承認待她這麼糟的父母本身可能也很糟糕。她反而拖著我一起執行這個妄想任務，把錯怪罪在別人身上。

輕描淡寫來說，結局不太好看。

林德遭到綁架，門前草地上發生謀殺案後，艾瑪和亞歷斯泰離婚了。天知道他們之間還剩下多少愛情，我是覺得沒了。就媒體所知，艾瑪帶女兒到瑞士鄉間，躲避兒子造成的媒體風暴。亞歷斯泰一個人堅毅地守在薩塞克斯海邊的老家。房子準備出售，他再也負擔不起了。

這是官方的說詞。

上個七月，我在媽媽家過暑假時，林德帶我去吃中餐。他說他來倫敦「處理一些事」，接著我發現那些事跟他姪女有關。我知道你不喜歡談，詹米，但是——

夏洛特．福爾摩斯不在瑞士，也不在薩塞克斯。她滿十七歲後，向法院聲請提早取得二十一歲能拿到的信託基金，但失敗了。這是她留下的最後一筆正式紀錄。

林德去琉森拜訪夏洛特的媽媽，才發現這件事。當他找不到姪女——當艾瑪拒絕跟他說她在哪裡（我要保護她安全，林德，你也知道魯西安．莫里亞提還逍遙法外）——他花了好幾週追蹤她，把範圍縮小到法國，到巴黎，到前往倫敦的歐洲之星火車，然後線索就斷了。他希望透過希斯洛機場的線人能再找到蛛絲馬跡。

林德帶我去吃漢堡，等到我嘴巴塞滿食物，才把整件事攤在桌上，像翻倒的鹽罐。

我不想知道。我一面憤怒地嚼食，一面跟他說，我不玩了，麥羅也不玩了——我們都收手不幹了，我以為你也是。

他說，我不是要替她收爛攤子。

我吞下食物。**那你何必告訴我？到底為什麼？**他還沒回答，我就說，閉嘴。整件事不了了之。

結果現在又來了。紐約市的天際線像子彈列車朝我們衝來。「爸，我以為你又要拖我去跟夏洛克．福爾摩斯俱樂部的人吃詭異的午餐。你說什麼夏洛特——」

「等一下。」林德稍微坐挺。「你帶他去夏洛克的生日週末慶祝會？一月那場？我拒絕參加好多年了。」

「喔，拜託。有自助餐，大家用五行打油詩描述這一年的福爾摩斯狂熱——」

「如果角色互換，」林德說，「如果主題是華生狂熱，大家只想叫你戴高禮帽，要你說『太厲害了，福爾摩斯！』之類的話，你可能就不會這麼想了。」

爸爸喃喃說，「我平常就常常要說了。」

「才沒有，我從來沒聽你說過。」

「我聽得出來什麼時候你想要我說。根本沒必要，你自己就會自誇了。」

「我倒想聽你說一次——」

「福爾摩斯迷對我們很好。」爸爸清清喉嚨說，「食物非常好吃，有約克郡布丁。而且每年我玩有獎徵答都會贏——他們都叫我夏洛克專家。反正艾比從來不陪我去這些活動，她說我表現得像南北戰爭史的狂熱份子。所以你怎麼能怪我帶兒子——」

前座傳來的聲音像車庫裡的車經過漫長寒冬後重新發動。原來是林德在笑。爸爸繼續盯著路，一面伸手抓住他的肩膀。

我不知道為什麼看著他們會讓我無比難過。

「你們兩個，」我提醒他們，「都沒有好好跟我說我們要做什麼。所以跟夏洛克俱樂部之類的無關，也不是要我最後一節課早退，跟你去看《悲慘世界》，或去買培根甜甜圈，或去沃爾瑪超市的停車場聽你偷接的警方無線電。還有什麼？預演？告訴我怎麼回事。」

「我以為你不在乎。」爸爸溫和地對我說，「我以為你不想知道夏洛特的事。」

雖然我們花了好幾年修復父子關係，不管是週末在家吃午餐晚餐，或偶爾週三晚上莫名其妙殺去百老匯，但爸爸只要用自我感覺良好的得意口氣說一個字，我整個人就想反抗。我差點就要說，**好啊，我在車上等就好，也許我會打電話給媽媽，聊聊她的新男友**，就為了看他臉上的表情。

幸好我不是小孩了。

「沒錯。」我選擇盡可能用輕鬆的口氣說，「我不在乎。」

林德吼道，「那你就在車上等吧。」雖然我不是小孩，當下卻感到幼稚極了。

於是我在車上等。

我想我們在蘇活區。我喜歡我去過的紐約角落，但我很難判斷我到底在哪裡。我知道曼哈頓上城氣宇不凡的大道到了下東城會變成算是可愛的蜿蜒小徑，但就我所知，我完全住不起這個區域。我決定不申請曼哈頓的大學，雖然我有考慮過布魯克林學院。研讀申請資料時，我一直想到傳統職人做的米布丁，文青風的保齡球館，行人會戴有帽簷的帽子，而且戴起來真的好看。我懷疑我能否融入其中，於是就放棄了。

當然我從來沒去過布魯克林，所以我的感受都不是真的。

跟著夏洛特・福爾摩斯跑來跑去，我才意識到這一點——我對整個世界的概念其實都不是我的概念。想破解一連串模仿犯罪案，我們很難不去好好鑽研原著，而我和福爾摩斯太過幼稚，居然想扮演夏洛克和他的好醫生。（爸爸和林德則似乎從來沒長大，一直演下去。）表現得像你只在作品中讀過的角色是一回事，但我傾向美化一切的習慣可不只如此。我在寄宿學校四處張望，都能看到校舍與《春風化雨》等電影和《返校日》等小說中我記得的畫面互相拉扯。虛構的世界堆疊在現實之上。我只想透過畫作，絕不想透過照片看世界。

這個習慣滲入一切，包括我喜歡猜測、想像、評斷的個性。上個秋天，伊莉莎白隨口說她很高興我不是「浪漫」的男友。她說，浪漫讓我渾身不舒服，送花呀什麼的，真討厭。然而她語帶感傷，害我覺得她希望我反駁。況且我向來不是什麼糟糕男友，於是我決定改邪歸正。我帶她到森林野餐，還跟她說，妳可以假裝這不浪漫，她聽完笑了。我們從蕾娜姊姊的酒櫃偷了酒來喝。整個計畫本來浪漫到不行，可惜半路我才發現，我的點子完全是抄襲L.A.D.的音樂錄影帶。

現在我發現我對紐約的感受，根本來自不是關於紐約的電影。今天看雪有一搭沒一搭落在爸爸車外，我不斷想到多年前深夜看的一部電影。一對男女整晚在城市裡漫步聊天，有點墜入愛河。他們在歐洲，最後決定如果對彼此的感覺沒變，明年就再見面一次。我心想，人們會在一座城市裡追尋這些——可能性，機會。想像女孩把臉埋進你的外套，聞著你的氣味，彷彿你很重要。

這是今天蘇活區另一個陰魂不散的鬼魅，我如果不承認，就是在騙人了。數十個女生走過路上，身穿黑外套，豎起領子，腳踏時髦黑色靴子，帽子拉低蓋住耳朵，步伐堅定，留著黑色直髮。每個都是夏洛特・福爾摩斯。

直白的模仿。

爸爸說，*你在這裡等*。車門關上前，我聽到林德提到什麼「摩根（Morgan）的兒子」。摩根森（Morganson）？他們走進麵包店樓上的公寓，春街一九一號，五號公寓。先不管別的，我至少學會如何觀察。他和林德在樓上做好玩的，或許甚至跟我的前好友無關，而我在車上，看她一次又一次走過車外。

我一直期待其中一個女生停下來，歪過頭，緩緩轉身瞥進車窗，雙眼被起霧的玻璃蒙蔽，像特別為我設計的恐怖片壞人。也許她們只是要去上班或上學的深髮色女生，因應天氣穿成這樣。不重要了。我又重操舊習，想像出不同的世界，看到不存在的東西。

我沒有在癡癡等候福爾摩斯，沒有到處找她，沒有希望她回來，拿我的手機推測誰在跟蹤我，解開我的小謎題，再次毀了我。

我告訴自己，**我沒有**。我下車，鎖上車門，走去按門鈴。

第四章　夏洛特

崔西．波尼茨。麥可．哈威爾。彼得．摩根維克。

通常我不會把任何人的假名名單帶在身上，更別說是魯西安．莫里亞提的了。我會記下來，處理掉證據。不過這次還有對應的護照號碼，我還來不及塞進腦袋。

這個說法或許彆扭，卻很貼切。每次我想記下一長串數字，感覺就像把泡棉塞進太小的盒子。文字總是好處理多了，尤其是專有名詞，例如地點、人名和交通工具，任何在世上過活留下的痕跡。如果是我能操弄的數字，也還好應付。算式，沒問題。數字理論，沒問題。然而我覺得把圓周率背到小數點後第二十位既沒意義，也不可能。

狄馬西黎耶教授說過，「兩者未必非相關。」當時我十一歲，非常孤單。當年我有一個重大發現：我其實想跟其他人相處，但我找不到對象，因此我必須掩飾這個非常不方便的缺陷。狄馬西黎耶認為我有許多缺陷，但我不同意。我還挺喜歡自己的。

印象中，那天早上其實是我最後一次覺得喜歡自己。那時我幻想著下午的翻騰體操練習，教練答應會教我在陰暗的房內走高橫槓。

而且要穿高跟鞋。

我沒有在想數字。

狄馬西黎耶在我眼前彈彈細瘦的手指。「夏洛特，就算妳對某件事很不在行，不代表就沒有意義。妳嘗試的每件事之間，唯一的公因數就是——」

我重複道，「妳自己。」如果我問體操教練，也許她還會替我蒙眼。

「沒錯。」他隔著桌子朝我皺眉。「負點責任。」

如果我夠有禮貌，也許她還會拆掉安全網。

狄馬西黎耶拍拍國家保險號碼列表，整頁寫滿了數字。「給妳五分鐘背下來，現在開始。」

通常我會需要二十分鐘，上體操課的日子，則需要二十五分鐘。那天我實在太不專心，等時間到，我一個號碼都沒記住。

「妳應該知道，如果我放妳進入真實世界，靠妳現在的技能，妳早就死了。」說出這番話他擺明很開心，因為他的眼角皺起來，彷彿說了笑話。由此可見我和家教的關係如何。

「我背不起一堆數字，所以我會死。」我說，「我可以先告退嗎。」我刻意省略問號。

「嗯，」他說，「當然。」

那天下午，我在二十二秒內蒙眼走過高橫桿。隔週，狄馬西黎耶要我開始吃聰明藥，解決我的「注意力問題」。

前往紐約的高鐵上，我記下莫里亞提的假護照號碼，把紙張撕成碎片。我在真實世界了，而我逐漸發現，我不打算死掉。

下午我待在切爾西區的餐廳，窩在酒吧喝氣泡水。我的目標坐在餐廳彼端座椅漂亮的雅座，開著一個接一個商業午餐會議。我不禁慶幸不管我是哪種人，至少不是二十幾歲的銀行家。

我點的橄欖要十七美元，總共十二顆。我努力想讓這盤討厭的東西撐久一點。手機上的簡訊寫道，**妳什麼時候會到，我可不能配合妳的行程。**

快了。我回覆完，把手機收起來。酒保一派輕鬆收走我的飲料和橄欖。「除非妳還在工作？」

我在工作沒錯，但跟她想的不同。「請給我——」

我的目標站起來，腳步有些踉蹌，大概因為我看酒保給了他兩杯琴酒馬丁尼。

我說，「買單。」即使加上她印出帳單、交給我、我付錢的時間，我還是比目標早到門口。

跟蹤他像小孩玩遊戲，簡直污辱人。他甚至沒有很醉，也許只是笨，或沒注意罷了。剛認識華生時，我很肯定如果我想試試看，我可以解開並扯掉他褲子上的腰帶，他都不會發現。我跟他說過一次，他似乎嚇了一跳，之後整整把弄了腰帶一個小時。

我的目標往南走了好幾條街，我忍不住心想為什麼他不叫計程車。他的小牛皮手套擺明他很有錢。天氣酷寒，印象中有次來紐約拜訪叔叔時，也是這種冬天。當時我進了一趟勒戒所——如果沒記錯，應該是聖馬科斯的帕拉貢女子中心——事後父母不想要我回家，於是林德讓我住在他的備用公寓。叔叔帶我去切爾西區最好的餐廳，堅持要我吃掉他替我點的食物。一切都很順利，直到有個週四晚上九點，我在廁所碰到一個女孩，她問我「跑不跑趴」，然後從胸罩掏出一包藥。結果我又進了帕拉貢女子中心的姊妹勒戒所「佩塔盧馬的當下新世代中心！」三個月。

現在我配合自己的腳步，一邊想著當下新世代！當下新世代！一面跟著他漫步走在第七大道。每走過一條街，他總習慣掏出手機查看時間，再把手機塞回大衣口袋。我們就這樣在融雪中賣力走過長長的街區，沿途只見紅燈停止的燈號，以及他手機待機螢幕上的土星圖案。最後他轉進蘇活區一條時髦的小巷，即使他戴小牛皮手套這些有的沒的，我還是很訝異他住得起這裡。

他要回家，他跟別人有約。從他走路的姿勢，以及無憂無慮對周遭毫不在意的態度，我看得出來，因為我從小受過訓練。

可是哪裡不對勁。我的眼窩後方發癢，表示我該注意到某件看過的東西，卻沒發現。

我們接近一家麵包店，他開始在口袋裡找鑰匙。我逗留在原地，假裝看櫥窗裡的奶油雞蛋捲。我旁邊的門打開，他消失在門後。門還沒關上，我的手已經握住門把。

這是一門藝術。我數了十秒，才跟在後頭溜進去，這樣路過的行人不至於認為我在門口逗留，他又有足夠時間走上樓梯。我刻意踩響腳步，在包包裡翻找零錢，做出女孩會發出的聲音，這種不具威脅的聲響總能讓男生安心。

舊式公寓大樓的一樓樓梯平台下方有個凹陷空間，住戶都把腳踏車停在這兒。褪色的聖誕花環掛在一排信箱上。我可以看信箱確認他的公寓號碼，不過沒有必要。從他鑰匙插入門鎖的聲音，我就知道他住在三樓。

崔西．波尼茨。我告訴自己，麥可．哈威爾，彼得——

「彼得．摩根維克。」有個聲音飄下樓梯。「好久不見了。」

就是這個感覺。

剛才在街上我來不及分類辨識的感覺。

我無法從腦中叫出門外的馬路，止住畫面，轉動觀看每個角度，檢查有無差異，再存回腦中。我沒有影像記憶，並不是百年一見的天才。

不過我還夠聰明，知道詹姆．華生的車停在路邊，而我現在才發現。

林德叔叔問道，「彼得，你賣掉名字賺了多少錢？」這時我已躲到一樓樓梯平台下方的腳踏車、電動腳踏車和空回收桶後面，沒人看得見我。

「林德．福爾摩斯。」彼得．摩根維克口中年輕富有的每個音節都滿溢著鄙視。就算他醉了，我從聲音中也聽不出來。「你都這樣打招呼？確實好久不見了。你的朋友是誰？」

「我的同事詹姆。」

詹米的爸爸開口，「很高興認識你。」

「華生家的人。」彼得聽起來不感興趣。「廢話。我能幫你什麼忙？」

「我們在找你爸爸，」詹姆說，「想說你應該知道上哪兒找他。」

「聽我說，如果這跟魯西安有關，我——」

「魯西安？莫里亞提？」林德笑了，「不，我在意的是你爸爸欠我錢。」

彼得吹了聲口哨，哨音在樓梯井迴盪。「沒想到老爸還在做這種事。」

「他得學著養不那麼花錢的情婦。」

「我知道。我沒跟他聯絡了。據我所知，自從他選戰失敗，老媽離開他後，他帶有錢情婦去了馬約卡島，當她的小白臉，傷透了我小妹的心。一轉眼都三年了。」他頓了一下，「你確定你不是想問魯西安？因為我爸還是把整件事怪在他身上。」

「有道理。」詹姆溫暖和善的語調引誘著彼得。

「他們簽了合約吧？魯西安替他擔任選戰顧問，還是統籌，或者——」

「顧問。魯西安在最糟的時候拋下他。你的幕後打手上星期才走人，實在很難讓情婦憑空消失。」彼得微微咳了一聲。「還有別的事嗎？還是我可以沖個澡再回公司？」

「還有一件事。」詹姆依然友善地說，「魯西安給你爸多少錢，租用他兒子的身分？」

原來如此。

林德也在追查魯西安，他知道的至少跟我一樣多。不出幾天，他就能找到我，然後一切就會毀了。我試圖吸氣穩定呼吸，結果差點被垃圾味嗆到。

彼得還來不及回答，他公寓的對講機就響了。

「搞什麼——」彼得咒罵一聲，「等一下。」停頓一會兒後，一樓大門解鎖，晃了開來。

一名少年走進來。

詹米・華生摘下毛帽，拍掉頭髮上的雪。他的頭髮變長，不一樣了。他的外套也不一樣。他的鞋子沒變，但底紋磨得更平。他的右膝上有一抹雪花，左膝沒有，右手背上有一道疤，太過俐落，不可能是打橄欖球受傷。（玻璃？剃刀？邊緣一定很平整。）不過他確實在打橄欖球，他的球隊還是一直輸，他昨天晚上熬夜念書。我停不下來，貪婪地看著他。他中餐沒吃完，臉上掛著憔悴的表情，表示他脾氣很差，除非有人逼他吃精力棒。他長高了整整二點五公分，胖了三點五公斤。不對，三公斤。不對，他……他有女朋友了，他們已經交往很久，至少幾個月。她替他織了脖子上的棕白色圍巾。圍巾邊角參差不齊，他家沒有人會鉤織，而且別人送這種半成品當禮物，收禮人不會戴的。我看圍巾尾巴拖過地面。

華生。

距離上次見到他，已經整整一年。

我曾經熟悉他的習慣，全部記錄下來，對他無所不知。我眼前的男孩是個陌生人，就像房子重建得一模一樣，建材卻顯得陌生。

「爸？」他叫道，「你們好了嗎？」

詹姆說，「我們要下來了。」樓梯上傳來腳步聲。

我錯過了他們質詢的結尾。

華生低頭看著地板，視線掃過信箱、骯髒的花環、腳踏車、垃圾桶——全都證實彼得．摩根維克願意付錢在昂貴的住宅區租一間爛公寓。由此可以輕易推斷，他自己協商把身分借給魯西安，換取一大筆收入，跟他父親沒有關係。即使魯西安的假身分證被沒收，他也有備用計畫：他可以裝成實際存在的人，每趟進入美國三個月，不用擔心任何後果。

付錢給彼得的對象正好因為行為叛逆，毀了他討厭的父親？這本身就是大好動機了。我抵達前就得出以上論點，但我也說過，我學乖了。我不再從結論倒推，這回我會從頭開始。我原先打算親自質問彼得。然而即使做好計畫，我還是沒能取得所需的資訊，就因為我這輩子唯一的朋友站得太近，我都能看到他嘴角的皺褶。

也許我發出了聲音，一聲失望的輕嘆。

華生的視線變得銳利。他盯著我身前的垃圾桶，緩緩往前一步，再一步。

我無法呼吸，就算我敢，也沒辦法。

「走吧。」詹姆重重跑下最後幾階樓梯，林德緊跟在後。「我們去吃晚餐，送你回學校。」華生再次抬頭看向樓梯井，望著彼得．摩根維克關上的門。然後他聳聳肩，跟詹姆和林德走出去。

我在樓梯井待了很久。

第五章　詹米

「我還是覺得我們大可打電話就好，省下跑這一趟。」我們開進雪林佛學院校門時，林德說，「尤其詹米又不讓我們待在曼哈頓吃晚餐。」

我嘆了口氣。「我說過了，我有——」

他們異口同聲說，「報告要準備。」

「好吧，我不確定你們有聽進去。很抱歉我不想吃名廚特製的烤起司吐司——」

爸爸嘆了口氣。「不過透過櫥窗看起來很好吃吧？」

我忍住沒對他大吼。我們快到我的宿舍了。由於回康乃狄克州的路上塞車，我錯過了餐廳的晚餐時間，現在我餓得要命，而肚子餓的時候我總是態度很差。以前福爾摩斯會——不。不管我以為看到什麼，我都不會允許自己多想。

「我不懂為什麼你們要帶我去。」我耐著性子說，「我以為我說得很清楚了，我喜歡跟你們出去，我也知道林德就要回英國了，不過下次我們難道不能……去看電影就好？

就在鎮上？我不想再玩這種……扮家家酒了，我覺得我長大了。況且如果我有功課，應該以功課優先。」

說出這番話感覺很好，像最後通牒，很成熟。

爸爸複誦道，「功課優先。」他和林德互看一眼，然後林德轉向我。

「詹米。」他說，「我跟你保證，你會申請上一所好學校。你可以研讀文學，在週末讀閒書，去撐篙，或做牛津大學學生會做的事——」

「少來，你也撐篙過。」爸爸靠邊停好車。「別假裝你不知道什麼是撐篙。」

「好吧，那你兒子也可以去撐篙，那裡的河道非常適合划船。」

「撐篙？」我問道，「還有，哪種人隨便就能進牛津大學？」

林德清清喉嚨。「聽我說，詹米——你可以循規蹈矩，照本宣科，我相信最後你會進報社工作，或在角樓小房間寫你的小說，實現你從小的心願。當然，到時候你完全不需要我們現在想教你的調查技巧，你不需要會判讀別人，了解他們，釐清他們的動機——」

「喔，拜託——」

爸爸點頭。「沒錯，學會如何觀察世界，篩選出最重要的細節，真的完全沒用。尤其對作家來說根本沒必要。」

「可是你們不是要我學這些。」我有點急迫地說，「我們不是在解謎題或邏輯問題，也不是研究地毯下的第二個污漬，或什麼抄百科全書的紅髮會。這是莫里亞提家的鳥事。林德，那天我也在薩塞克斯的草地上，我聽到你說的話，我親耳聽到了。你說你不幹了。所以為什麼你在這兒找夏洛特？」

他眼神一暗。「我們在找魯西安。」

「爸，」我說，「拜託。」

一陣沉默，跟一月底燈光下的影子一樣沉重。

「因為——」林德的聲音變得粗啞——「因為那件慘事之後，我以為她的父母終於會介入了。老天保佑艾瑪和亞歷斯泰黑暗的心，我以為他們不會再把女兒的情緒輔導外包給勒戒中心和家教，開始會注意她的狀況。你知道嗎？我和艾瑪一起待在地下室那週，我發現她不知道女兒被強暴過？而她聽說後的反應是一臉失望，她說她以為夏洛特能照顧自己。同樣這段期間，她女兒開開心心在策劃一場該死的血戰，因為她以為爸爸綁架了我，她想把這件事怪在莫里亞提家頭上。」他安靜了好一陣子，盯著車窗外魚貫經過的學生。「我應該早點插手的，我應該來照顧她。我不——我不知道跟她爸爸爭奪監護權會多難，或許不會太難。」

「她快十八歲了。」一會兒後我說，「她快成年了。」她做她自己的決定，我做我的決定。

「你才十七歲。」爸爸說，「我可不打算這麼早放手。」

「你們到底為什麼希望我一起去？」

「因為你應該想要去才對。」林德說，「因為我很震驚你不想去。」

「我不想去追蹤魯西安・莫里亞提，你居然覺得很震驚。」

「夏洛特在找他——對，這是找到她最好的方法。」他從車窗往外看。「她是你最好的朋友，我沒看到別人取代她的地位。我看你孤單又失落，況且她從來沒硬拖你去做不想做的事。詹米——」

爸爸皺起眉頭。「林德——」

「你們還在講我嗎？」

「停，你們兩個都別說了，我們晚點才談吧。」爸爸掏出錢包，交給我一張二十美元鈔票。「叫外賣來吃，替我跟伊莉莎白問好，寫好你的報告，再想一想。林德再幾天就要走了。」

我幾乎沒在聽。我心想，她大可跟我說她的計畫，她覺得什麼是真的，但她都沒告訴我。等事情結束，她——我試圖深呼吸，卻做不到——我知道不完全是她的錯，但我不能再讓自己那樣受傷了。

我跟他們說我會考慮，不然我還能說什麼？

我等他們的車開走，等我的心臟不再抵著肋骨撲通撲通跳。一排卡車正在卸貨，每天時時刻刻都有這種大卡車送食物來餐廳。有個人攀在最後一輛卡車後面，像收垃圾的工人，他身穿連身服，身材宛如舉重選手，毛帽下露出一撮金髮。

他看起來像哈德良．莫里亞提。

我的臉感覺很熱，脖子也是。我彎下腰，鬆開脖子上的圍巾。光是提到莫里亞提，我就會變成這樣，以為看到鬼——

不，我知道為什麼，我完全知道為什麼我覺得受困在陰暗的小盒子裡。如果我不承認，那我就更顯膽小了。

卡車上的男子跳下車，他們要送貨去我的宿舍。他的髮色深邃，不是淺色。他手拿夾板小跑步到門口，一面朝我露出擔憂的表情。

「華生，還好嗎？」基翠奇跟一群隊友跑步經過。

我錯過了額外練習。他們穿著短褲，渾身散發熱氣，彷彿是熱水壺。

我點點頭，舉起一隻手，比出沒問題的全球通用手勢。積雪覆蓋周圍的校園，雪白又明亮。我可以看到所有出口，到處都有出口，但我仍感覺離開的道路一條條逐漸消失。

我終於走進米許諾宿舍，丹恩太太坐在櫃台，一邊喝茶，一邊玩填字遊戲。「詹米，」她說，「你玩得開——喔，天哪，你還好嗎？」

我自然笑了。我很愛丹恩太太，並為此感到奇怪的強烈自豪，彷彿她只屬於我。當然她不是我一個人的，我們的舍監知道每個人的名字和生日，她會煮湯給我們養病，還要管理一小群看來都一樣的宿舍助理，他們常因為跟學生喝酒或值勤時睡覺而丟了飯碗。丹恩太太是我們宿舍、我的日常生活中唯一不變的存在，雖然今年我可以申請去住高三生的高級宿舍，我還不打算放棄她。

「我很好，」我說，「只是餓了。我錯過晚餐，打算叫外賣。」

「對了，伊莉莎白剛來過，要接你去文學社的聚會。」她告訴我，「如果你跑一下，搞不好還能在路上追到她。來，你有錢嗎？泰式雞肉炒粿條？櫻桃口味可樂？我當然知道你習慣點什麼，回來再跟我拿就好。」

我覺得需要告訴伊莉莎白怎麼回事，包括我收到簡訊、反胃，以及這趟紐約之行的細節。然而同時我又完全不想說。或許我跟福爾摩斯在一起養成了習慣，會選擇向一個人傾訴一切，也許這個習慣並不健康。雖然我認為伊莉莎白可能幫我釐清頭緒，我不想把問題丟給她。

尤其去年她才碰上那種事。

「我把包包放了就走。」我把錢留給丹恩太太，爬上樓梯。我房門上的白板空著，走廊安安靜靜，只聽見頭頂燈具發出嗡嗡聲。學生都還逗留在餐廳，或在前往圖書館的路上，或關門在念書。

我在背包裡翻找鑰匙。雪林佛學院的學生都不鎖門，除了我和伊莉莎白。我們之外，沒有人有必要鎖門。

雖然我決定不要把伊莉莎白拖下水，我發現我手上拿著手機。我中午「那個」發作，我寫簡訊告訴她，所以我才跑走。

她第一次看到我恐慌症發作後，我發現瞞不住她，我們便想出這個暗號。

她立刻回覆。你要我過來嗎？也許我們可以蹺掉文學刊物聚會，看看小狗影片，來治療你的「那個」？

最近我們在看《小狗驚喜》這個節目，顧名思義就是拍人們意外收到小狗的反應。她建議只有任何一方過了非常非常糟的一天，我們才看這個節目。

我不確定今天有必要。我一面回覆，一面癱坐在書桌前的椅子上。

「那個」有害你吐嗎？她問道。有人看到嗎？你現在覺得還好嗎？你爸爸有幫忙嗎？天哪還是他又逼你去打保齡球？

她的問題害我很焦慮——她習慣用不太舒服的方式逼問我——但我還是笑了。保齡球至少不在我爸爸的清單上。

有；沒有；還可以；他逼我去扮偵探；要不是我得趕報告，我會看小狗節目看到死。過了一會兒，我又寫道，這句話超有問題，但我不確定為什麼？

不過奏效了，我又能笑了。

她寫道，寶貝，文學刊物社見。我把手機放下。

我坐在椅子上轉圈轉了好久，接著自然而然打開電腦。我收到妹妹寄來的一封電子郵件（我覺得我聽得到媽媽和泰德做愛？做愛聽起來是什麼聲音？詹米這真的**糟到極限了**，一排嘔吐的表情符號），以及一堆垃圾信件。我回給薛碧一個嘔吐和兩個刀子的表情符號，叫她打電話給我。我打開物理報告，查看明天要交的作業。我桌子上方釘著倫敦國王學院的橫幅，當作目標。很快我就會進入人生的下個階段，我身邊有好女友，一群好朋友。

我過得很好。

沒錯，文學刊物社的聚會我遲到了，但我終於感到平靜，並感激周遭一片安詳。我趕著下樓梯，但我沒有跑。夜色在前方展開，同樣平靜安詳。即使我遲到五分鐘，一切也不會變。我緩緩把圍巾繞回脖子上，踏雪逐步前進。

我走近學生會館，透過玻璃門看到伊莉莎白逗留在樓梯井。刺眼的燈光使她的金髮反射螢光，我看她查看手機。我在原地站了一會兒，只是看著她。我知道她背包裡裝了一首她寫的詩，描述老家後院的柳樹。我在寫去年的事，關於藝術竊盜、爆炸和綁架的故事，其他社團成員都覺得「不切實際」。雖然他們——以及雪林佛學院每個人——都曉得道布森兇案的細節，我這趟歐洲不幸之旅還是太過瘋狂，令人難以置信。

我非得書寫我的人生，試圖藉此釐清頭緒，伊莉莎白則完全拒絕觸及那些事，不管是攻擊她的人，還是她住院的時光。在她的詩篇世界裡，那些事都沒發生。說來奇怪，我很佩服她。她堅決要重寫人生，把最糟的部分徹底切除。

她站在走廊上，看起來有點像陌生人。我再也不用橫越房間看她，因為她總是在我懷中。很多時候，在寄宿學校談戀愛很容易感覺像結了婚。每天早上，我走過隔開我們兩人房間的三棟紅磚建築，到她的宿舍大廳接她，那兒總是飄揚微波爆米花和太甜的香水味。我通常會睡過早餐時間，所以她會用外帶杯幫我裝一杯茶，然後我們一起走去上課，沿路閒聊功課，用熱飲溫手。每週我們有四天一起去吃中餐，三天一起吃晚餐。大多數晚上，我們在圖書館咖啡廳旁的桌子念書。熄燈後，我們不會互傳自拍照，甚至不太傳簡訊——還有什麼要說的？

入冬之後，我們不再在校園閒晃、找地方親熱。我們反而會一起躺在我床上，我靠外，她靠內。我們不會說話，只是仔細聽宿舍助理何時經過，我再把右腳放在地毯上。

（樓梯井貼的指標寫：**訪客時間一腳要放在地上！**有人在下面用生理結構正確的畫風，畫出四腳都穩穩著地也能做的事。）通常我們都在聊天，聊紐約和倫敦的差異；聊她妹妹，我們會上影音網站播她創作錄製的詭異痛心歌曲；聊如果我們有車，我能好好帶她去約會，我們會去哪裡。有時候我在讀英文大學先修課程的文本，她會趴在我胸口睡覺，我會摺起課本頁角，傾聽她呼吸。我會感到有點愧疚，但我有太多事要做，光擠出時間做事就讓人如釋重負。我已經送出美國大學的申請，但英國大學的截止日期還有幾個月，包含我的首選倫敦國王學院。湯姆和蕾娜早已確定能輕鬆度過高三春天，我還在水深火熱之中。

大多時候，我覺得我對她很理智。即使她是因為我才碰上那些事，她仍願意全心全意相信我。我待她很小心，她也待我很小心。幾個星期前，伊莉莎白提起我們可以上床，但我們很成熟地把這件事擱到一旁。或許我們能放心這麼做，正是因為我們沒在親熱，何必上床？

其他時候，我覺得我好像跟住在家裡的外國交換學生交往。我對她很熟悉，甚至太熟悉了，可是她仍顯得陌生又安全。她很安全。

我們在一起很安全。

然而不知道為何，我沒辦法走進去見她。

現在我看著她，她擔憂的眼神，她的嘴巴，她決定不等我先上樓。等她消失在視線中，我傳了簡訊給她——抱歉，我剛回來，妳先去吧。

她回覆我，沒關係，寶貝，結束我再打給你。我覺得今晚沒辦法聽一群人批評我擺明是自傳的作品，文學刊物社的成員都得聽彼此批評每期交出去的作品。上個秋天有人說，你的敘事者應該做好一點的決定。感覺就像看心理醫生，只是醫生手裡拿著棍子。

我慢慢晃回宿舍，試著不要沉浸在腦袋裡的世界。我的報告，我得想想我的報告。一陣風襲來，足以將寒氣吹進袖子，灌進鞋子，於是我離開小徑，決定穿越科學大樓。

科學大樓的一樓，不是四樓。（為什麼我會想到四樓？我告訴自己，別再想四樓了。）直線穿越。

物理。我必須專注心神。明天我要做天體物理學的報告，只有五分鐘，介紹基本理論，與數學無關，但我仍花了好幾個小時才搞懂。雖然苦活都做完了，我還是得統整出類似講稿的東西。我穿越物理教室區，看著老師們做的物質、力量和能量展示。等我回到宿舍，我至少勉強專心一點了。為什麼我覺得我要崩解了？

我在櫃台沒看到丹恩太太，只看到褪色的巡邏中指標。一袋泰國菜掛在我的門把上，我拿下來，拿鑰匙開門。

進門兩步後，我停下來。我的胸口深處傳來警訊，恐慌的拉扯嚇了我一跳。不，一切都沒事，只是稍早「那個」發作的後遺症，或是那封簡訊的錯，或是爸爸的提案害我慌張。我逼自己閉上眼睛，深呼吸。我很安全，我沒事。為了強調，我在身後關起門上鎖。

我可以看到所有出口，我可以看到整個房間。房內沒有別人。

可是。

我無奈地開始檢查。衣櫥裡面，書桌底下。我的考卷還擺在原位，外加物理課表、我的筆記，以及我寫的《寵兒》報告。我的棉被亂成一團，堆在床墊尾端。我留了窗口一條縫，好平衡過度努力的暖氣。不過我的房間在三樓，道布森的兇案後，學校裝了一堆探照燈，所以沒有人能爬上宿舍正面闖進來。

我吸一口氣，再吸一口氣。我把晚餐放在筆電旁邊，準備點開我的物理報告。運氣好的話，半夜就能寫好上床了。

報告不見了。

我離開時，報告的檔案打開在螢幕上，現在卻消失了。

我檢查雲端、我的電子郵件信箱，又搜尋了各個資料夾。我甚至打開一個不同的文書處理軟體，以防我不小心用錯了。到處都找不到。

五小時的努力。我才離開十五分鐘，就不見了。

我怎麼會這麼蠢？我匆忙翻起桌上的文件，我知道報告沒有印出來，但我還是拚命找，像個白癡，驚慌失措的白癡。要刪掉報告，我得關掉文書處理程式，把檔案拖到資源回收桶。我進房間的時候真的這麼心不在焉？這麼難過？我怎麼可能——

我感覺有根手指擦過我的後頸。我在椅子上飛快轉過身，但房內空無一人。

當然就在這時候，我的手機響了。

第六章　夏洛特

薩塞克斯的事件發生後幾週，我跟哥哥麥羅說了最後一次話。

當時我跟媽媽住在瑞士琉森，他來拜訪我們。她讓他進來，有些大驚小怪地打理他的儀容——撥掉他肩頭上不存在的線頭，調整他的衣領——等她做到滿意了，她回去書桌，完成她到新公司報到需要的文件。她在瑞士找到願意雇用她的實驗室，她可以消失在那兒，忘記一切。

比起大家對我們的第一印象，我和她其實更為相似。

她丟下我跟麥羅獨處，我幾乎無法正眼看他。

「滾出去。」我對他說完，把自己鎖在房內，至少讓一扇不透明的門隔開我和槍殺奧古斯特的人。

「小洛，」他透過鑰匙孔說，「小洛，妳知道妳和媽媽在這兒不安全，妳知道妳們不能待在這兒。我可以帶妳們去柏林，到那兒就安全了。妳不要嗎？」

我告訴他，「你講話別把我當可卡犬。」我有點喘，因為我邊說邊把茶几推到門前。「你好噁心。」

「講理一點，妳知道他會來追殺妳。」

「讓他來啊。」我說真的。

「他無法自由移動，」麥羅堅持道，「否則我一定會知道。我沒辦法直接出手，但他只要以本人身分行動，我都會知道。我設了各種防範失敗機制，全都不會追溯到我身上。我保證會除掉他。魯西安當然也知道——」

我本來要把床框拖到門口，加強屏障，這時我停下來。「你沒辦法出手，因為你要自首？」我說，「你要去跟警方投案？」

「小洛。」他的聲音像父親一般慈祥，爸爸打我之前也是這樣說話。「別傻了，有人得監控一切，我們需要應急計畫。假如魯西安冒用別的身分，我就無可奈何了。警方在監視我的每個動作——」

我又用力拉扯床柱，這回真的使足了力。床框碰的一聲把茶几重重撞上房門，床腳裂開，房門都變形了。我一點都不滿意。

我喘氣說，「你是殺人凶手。」

我不得不佩服麥羅，他沒有離開門口，我透過鑰匙孔可以看到他的眼睛。「妳很清楚，妳才應該為他的死負責。」

他說的對，但他也是扣下板機的人。「滾出這棟房子，」我說，「你這個殺人不眨眼的人渣。」

那隻眼睛眨了眨，然後後退了。他說，「妳的喪禮，妳自己負責。」我再也沒看到他。

我終於從垃圾桶後面出來時，我好氣自己。

我打算做的事都沒做到，現在唯一的解法就是從公寓樓梯井撬開門鎖，進去找我其實不需要的文件。

到頭來，我想要的——礙於時間緊迫，應該說我需要的——是一張完整清單，列出魯西安．莫里亞提進出這個國家的地點。華生或許常說我自視甚高，但我有一套初步假說。我不會再假定我的推論正確了，這次我打算測試假說，徹底從頭來過。

我知道不好好測試的結果。我對奧古斯特的感情導致我採取行動毀了他的人生嗎？對。我尋找叔叔的過程直接導致奧古斯特的死嗎？對，對，一千個對。

那麼唯一的問題，就是我要怎麼想辦法懲罰自己，同時順便扳倒魯西安。

奧古斯特過世後的幾個月，我非常刻意在背上畫了靶子。我開始用社群網站，在貼文標註我的地點。每天我穿鮮豔的衣服，沿著琉森的河岸漫步好幾個小時，大聲講手機。（我跟媽媽說散步「對身體好」，能讓我回到最健康的狀態。她聽了只聳聳肩，提醒我要帶催淚噴霧。）我拍下沿河散步的照片，上傳到上述的公開社群網站。

魯西安甚至沒有假裝注意到我。根據我的最新消息，那個混蛋在美國，在紐約。

我花了幾個月替自己設下陷阱，然後我親自來了。

但華生呢？我從來不希望華生在場。如果他真的跟著我叔叔和詹姆．華生，踏上尋找魯西安．莫里亞提的愚蠢旅程，看來他還會繼續出現。他們為什麼想要找魯西安？

這是我的爛攤子，我會自己收拾乾淨。

我等到上了地鐵，才寫下我在樓梯井聽到的細節。至少我確定採取下個步驟時，應該要記得彼得．摩根維克這個身分。我還要再確認一個，再進行下個階段。

我們經過有無線網路的車站。我的手機叫了。**告訴我妳到了。**

我回傳，**十分鐘後到**。我說話算話。

我又爬了六層該死的樓梯，紐約有夠累人，而且一點都不好玩。簡訊寫道，**鑰匙在青蛙裡**，講得好像我不會馬上去地墊旁的小瓷偶裡找鑰匙。

這趟旅途的住宿令我有些遲疑。過去一年，我上路的時候（火車、飛機等）大多扮成布萊頓來的女孩蘿絲。蘿絲高中剛畢業，這一年四處旅行，拍攝影片，希望回家後可以在影音網站開設個人頻道。她的口音跟我很類似，難度不高，她喜歡攝影，讓我可以攜帶錄影器材，而她對時尚的關注能輕易打動他人。設計這個角色時，我以手上最好的假髮為原型，一頂在倫敦做的灰金色假髮。蘿絲跟我一樣，經常穿黑色訂製服飾——但搭配她的頭髮和貓眼太陽眼鏡，她的服裝便有了目的。雖然她害我看起來像時尚部落客，我仍欣賞她。

我把她當成平常放置在角落的人物，直到我鑽進她體內。上個秋天，她在倫敦短期分租了一間公寓，但今年冬天在美國的住宿成本更高。蘿絲的資金有限，我的資金有限。如果不想過度引人注意，我不確定何時能再填滿荷包。

因此葛林探長提議趁她妹妹出外度假，讓我住她的公寓，我雖然有點遲疑，卻還是接受了。

我傳簡訊告訴她，**妳知道妳在資助私法行動吧**。

她在我手機裡登錄的名字是「史蒂夫」。**妳十歲的時候，我就找妳來辦案了。我覺得這不是我做過最瘋狂的決定**。

公寓毫無特色。我卸下偽裝、放下行囊前，先檢查房內有無監視設備。一小時後，我把筆電放在廚房流理台上。雖然我拆了無線網路收發器，我還是檢查確定沒有連上任何網路，我甚至用膠水封住乙太網埠口，不讓任何人強行連線上網。這台電腦不能連上網，因為我的檔案都在裡頭，依照爸爸教的方法整理好。

檔案中包含目前我調查到的事實。

魯西安．莫里亞提經常入境美國「出差」，都不是用他的本名。他總是直飛，往往從倫敦出發，一抵達美國便消失無蹤。他形同鬼魂，只有趁安全帶把他綁在橫越大西洋的飛機上，我才能追蹤他的行蹤。

我監視最有可能的機場整整三週，甚至不用買機票，就確認了他的習慣。希斯洛機場第五航廈頗大，然而你只要判定有人每週飛進飛出，接著列出飛往美國東岸四大城市的直飛航班，以顏色標示分類，就能確保一定程度的成功。尤其如果你全心全意不做別的。

況且沒有人會特別注意入境大廳手拿「歡迎爹地回家」標誌的女孩，因為其他五、六個女孩也舉著一樣的牌子。

我對魯西安．莫里亞提的目的地向來不感興趣，我甚至不在意他從哪裡來，這晚點再研究就好。我想知道他選擇在星期幾返國，以及為什麼。

後續的工作非常制式。我花了一些時間，在海關人員社區的星巴克遊蕩，到他們辦公室打工，為我的「高中校刊」採訪他們。我得知他在英國買通了誰，接著我做好計畫，要找出他在美國買通的人。

他為什麼不用本名行動？

對我來說，他為何人在美國從來不是問題。魯西安．莫里亞提是英國政治顧問，他是幕後黑手，負責讓醜聞憑空消失。然而過去一年，他的客戶名單變得冗長又難以預測。曼哈頓的高中、華盛頓特區的高級大型醫院。

最讓人在意的或許是康乃狄克州的青少年野外勒戒中心。

他處理客戶的公關危機，替他們塑造品牌。他的據點在英國，每週搭機往返拜訪客戶，然而他依舊沒對我下手，完全沒有。不過魯西安．莫里亞提很偏執，我希望他只是自負這麼簡單就好，但我知道他不會放過我。

夠了。我再怎麼盯著肚臍看，肚臍也不會變有趣。況且我越讓自己抽象地思考這個案子，我就越容易恍神去想結案後的人生。也許我能穿自己的衣服，以自己的臉，到高級餐廳吃海鮮。睡眠不受打擾，真正嘗試戒菸，然後……我看好了倫敦齊普賽街的店面。雖然整件事結束後，我極可能會去坐牢，但我希望出獄後店面還在出租。

在那之前，我做好了計畫。

1. 聯絡倫敦警局，進行匯報。
2. 聯絡雪林佛學院的聯絡人，聽取報告。
3. 購買新的防彈背心，這次要用吸水導汗布料。（我受夠脫掉克維拉材質的背心後全身大汗淋漓。）

4. 穿上防彈背心，到綠點區一家商店逼問資訊。
5. 開始調查麥可·哈威爾這個身分的剩餘細節。
6. 確認跟星路航空的面試。
7. 為了取得醫院志工資格，準備心肺復甦術證照。
8. 照下我沒吃的藥，傳給葛林探長。
9. 十分鐘別去想詹米·華生解下女友送的圍巾。
10. 五分鐘。三分鐘。多長都可以。

第七章　詹米

我不知道我在書桌前坐了多久，逼自己吸氣又吐氣。

最後我停下來，看向手機。爸爸傳了簡訊來：林德想知道你決定好了沒。

活到現在，我最要命的問題就是我其實不笨，假如我很笨，日子反而會好過多了。今天我們去紐約市，追蹤莫里亞提家的人，然後我回到學校，就碰上有人隨便破壞我的東西。我還能看到我在物理課表上畫的大紅圈——個人報告，佔總成績百分之四十。既不是謀殺，也不是綁架，反而是陰著來的小事。現在我知道事態會怎麼發展，我認得出規律了。

接下來只會越來越糟，但我受夠舉手投降了。

有人藉由懲罰我，想懲罰夏洛特。

要不是這樣，不然就是我的女友真的很氣我蹺掉文學社聚會。

「好吧，」我大聲說，「好吧。」我熬夜到清晨才把該死的報告重新寫完。

隔天第一節課是法文。伊莉莎白勾著我的手臂，陪我走去教室。她說她的室友把一堆橘子皮放在雙層床下面，本來聞起來好香，但後來橘子皮開始腐爛。昨天晚上，她們爭執什麼時候得掃掉床底下的橘子皮——四天？五天？還是根本不該等？雖然我很累，我仍然喜歡這個故事詭異的詩意、伊莉莎白的手勢、她的笑聲，一切散發的常態。

「橘子感覺像在譬喻某件事。」我們走到語言大樓外的階梯時，她總結道，「但我不知道是什麼。」

我說，「我常常有這種感覺。」

「昨天晚上我很想你。文學社和平常一樣無聊，更多人寫詩講死掉的奶奶。你看來整晚沒睡。」她還沒喝她的茶，我已經整杯喝乾了，她把她的紙杯塞進我手裡。「難道你在想……」她越說越小聲，但我聽得見句子結尾：**在想去年的事，或者在想夏洛特・福爾摩斯。**

「沒有，我有些今天要交的作業拖到最後才做。」我沒告訴她物理報告消失，因為說出來感覺太真實了。況且光聽到那五個字背後的擔憂——**難道你在想**——我就遲疑不敢告訴她。我必須保持積極正向，才能繼續走下去。「再次證明我不該課上到一半就跟爸爸到處亂跑。」

「他會帶壞你。」她親吻我的臉頰。「但你應該多跟他出去，你會比較開心。盡量撐著別睡著，坎恩老師早就盯上你了。」

沒錯，純粹因為去年秋天我蹺了太多堂法文三的課，跑去科學大樓四四二號房。我怎麼能怪他討厭我？今天我在課堂上表現得笨手笨腳，湯姆甚至從桌子底下傳簡訊問我，你還好嗎？我只得揮手叫他別問了。整堂大學先修歐洲史，我得不斷捏手臂提神，後來都瘀青了。等到物理課，我努力仔細朗讀螢幕上投影的報告，盡量不要左搖右晃。回一下課，我就自行決定蹺掉我唯一肯定能拿A的課——大學先修英文——回去補眠。回宿舍路上，我碰到蕾娜，她身穿紅色制服外套，跟知更鳥一樣鮮豔。她看起來好清醒，害我忍不住想哭。

「詹米。」她抓住我的手臂。「怎麼了？你看起來……你看起來糟透了。」

「沒睡覺。」我擠出一抹笑。我實在太累，幾乎回不了宿舍。

我來到房門外的走廊，逼自己豎直耳朵，以防有人在房內，拿著球棒躲在門後等我。不過我猜莫里亞提家的人向來不走這種路線。這比較像夏洛特．福爾摩斯的調調。

我咬緊牙關，開門進去。

進房後，雖然擔心毀了報告的小天使再次來訪，我還是忍住想清點每樣東西的衝動。有什麼意義？做這種事只會害你發瘋——平常手帳都放在書架上，今天是我忘在椅子上嗎？是我沒關窗戶嗎？我注意到窗戶現在開著，天知道是不是我開的——

一陣恐慌襲來。雖然我因為睡眠不足而極度反胃，腦袋彷彿給榨乾，我卻一點也不累了。不過現在回去英文課也太晚了。

我拿著手機在床上坐下。我想跟了解我的人說說話，把我拉回熟悉的地面。我發現英國現在是晚餐時間，我妹妹已經放學回家，而從昨晚的電子郵件來看，她迫切需要找人抱怨。我用視訊打給她，她幾乎馬上就接了。

「嗨，」她擔心地說，「你不是應該在上課？」

我說，「大概吧。」

她搖搖頭。「等一下，我去關門，雖然老媽沒在管我做什麼。」

「帥哥泰德還是迷得她團團轉？」

薛碧聳聳肩。「我不知道他有多帥。他禿頭，但不是猛男的那種禿頭。他唯一的猛男賣點就是比她年輕一點。吼。」

「不過媽媽很開心？」

「我想她很開心吧。」妹妹說，「我也不清楚。我覺得也許我這個人就是很糟糕，但我決定我討厭跟別人搶她的時間。你離開太久，這裡變得很像《奇異果女孩》的母女世界，但媽媽和我很久沒去喝星冰樂了，以前我們幾乎天天去的。」

她語帶一絲歉意。爸爸為了他在美國的新家人離開我們時，薛碧年紀還小，不太記得怎麼回事。我長年拒絕跟他說話，在她看來只是博取他人注意的計謀。（現在回頭看，我承認她絕對沒錯。）她跟我對爸爸的記憶不同，他多常打電話來，我們生日時是否記得寄卡片，對她來說沒什麼差。世上的爸爸不都只是電話裡的聲音嗎？每年偶爾跨海來拜訪一次不是常態嗎？

我不太樂見她陷入跟我一樣的慘況，她和媽媽向來感情很好。如果有辦法，我絕對會避免她參演我本人的青春連續劇——《我的爸媽在跟別人約會，世界毀滅吧》。

「告訴她吧。」我說，「跟她說妳想她，要她給妳薛碧的時間。她很疼妳，希望妳開開心心，沒問題的。」

薛碧往後癱倒在床上，相機晃了一下才穩住。「無所謂了，因為——不對，等一下，我要跟你說一件事。我——他昨天晚上罵我，叫我回去房間換衣服。」

我挑起一邊眉毛。「泰德嗎？當真？」

「對啊。我穿了一條短褲，有點高腰，裡面有穿褲襪，以前也不是沒穿過。他問我穿這樣是不是要去見男生，如果是的話，也許我不應該這樣穿。他說他在『開玩笑』，但他才不是呢。媽媽馬上就叫他閉嘴。」她抿起嘴唇。「我想說不要想太多？他沒有小孩，也許他只是試著想當爸爸。」

「那他當得很爛。」我暗自提醒自己跟媽媽確認。「我討厭他這樣，聽起來反而像他在打量妳，覺得妳——」

「很吸引人之類的。我知道，很不舒服。而且他其實沒有很老。」她的聲音強硬起來。「他最好別再這樣了。」

我時不時會覺得我錯過了一些很重要的時刻，沒能看著妹妹長大。「否則他就死定了？」

「否則他就死定了。」她堅定地說，「不過搞不好沒差，反正我不會在家，我要去美國念書了。」

我猛然坐起身，頭撞到床上方的書架。「什麼？不行，絕對不行。妳不能來雪林佛學院。」

聽到這兒她笑了。「不是雪林佛學院，不管他們給我多少錢，我都不要去你那所怪怪謀殺學校。不是啦，媽媽在康乃狄克州找到另一所寄宿學校，離你們很近，但這所學校的學生對馬匹比率是一比一。」她等我消化這句話。「詹米，我知道你數學很差，可是拜託，一比一耶，每個人都有自己一匹馬。而且是女校，非常好。」

聽她這麼說明，我其實不太意外。薛碧從小就哀求想上騎馬課，但媽媽從來付不起，於是她買了一隻牧羊犬大小的小馬玩偶，讓薛碧用韁繩拖著跑。「我知道妳在看學校，但我一直以為妳會留在英國。這所學校不會很貴嗎？她怎麼付得起？」
「學校好像提供滿優渥的財務補助，或者她的新男友很慷慨。我也不知道。」
「妳覺得沒關係嗎？」
「我——」她咬著下唇思考。「媽媽現在有自己的生活了，我覺得我有點礙事。比起留在倫敦讓自己慢慢隱形，去這所學校比較好吧。」
我嘆了口氣。「辛苦妳了。」
「是啊。」她飛快眨眼，揉揉眼睛。「我當然要先看過學校再決定，我可不笨。我就是想跟你說這件事。媽媽訂了機票，要帶我去參觀校園，如果我喜歡，可以馬上入學。她提到想見爸爸，我想他們上次見面已經是——是——」
「上個冬天，薩塞克斯事件後他來接我。」
越過手中的手機，我看到窗外下著綿密的雪。今天早上明明還晴空萬里。
「詹米，你還好嗎？」
薛碧在她床上坐起身。我不喜歡她憐憫的眼神。「很好，」我的口氣有點太衝，「我很好。」
「別這麼混蛋。」她像我們小時候那樣唱道，「你是個混蛋，這麼混蛋，這麼混蛋——」

「別對我唱〈混蛋歌〉——」

她提高了一個八度。「你是混蛋國最大的混蛋——」

「我的天哪，小薛。」我努力忍著不要笑。決定打給妹妹真是矇對了。「我希望妳喜歡那所小馬學校，聽起來很棒。妳到了我們再聊。」

「我也很想你。」她朝我扭扭鼻子。「拜拜，詹米，幾天後見了。」

我站起身，拉上窗簾。陽光依然溜進來，一點一點灑落在床單上，彷彿我住在水底。我躺在床上，看微光在牆上閃爍了一會兒，朦朧地想著冬天的海洋。我決定我想再看一次，也許去蘇格蘭看北海，而不是去英國南岸。上了大學就去吧，一個人搭火車北上，欣賞車窗外的羊群和起伏的山丘，在愛丁堡停留一晚，看看爸爸以前常去的地方。我想在我喜愛的國度，重新學習怎麼當自己，記起這樣就夠了，假裝沒有人在追殺我。

也許真的沒有人想害我。也許我不小心覆寫了報告的檔案，或取了愚蠢的檔名，忘記存在哪個資料夾。也許經過兩年，我的直覺早就不準了。畢竟從頭到尾對方其實都不是衝著我來。

倦意襲捲而來，像毛毯蓋住我。

在夢中，我是住在福爾摩斯家的孤兒。她爸爸追著我跑，嚇得我們一起躲進地下室。黑暗中只有我們，但我能聽見周圍群眾的低語，有人咳了幾聲，有人作勢要拍手。

我轉向福爾摩斯，正要告訴她有人在看我們，突然聚光燈照向她的臉，她的眼睛宛如螢光燈。

她說，唸你的台詞就好。

地下室黑暗的外圍延伸到視線之外。頭上天花板傳來腳步聲，他們可能會找到我們，他們是在尋找表演的觀眾。

我悄聲回話，我不知道台詞，妳知道嗎？

我看著她的嘴巴，看著所有壞決定的源頭。她會點燃香菸，叼在雙唇之間；她會吞下一大把藥丸；她會吻我；她會說出不可原諒的話。這個女孩生來只為了反抗世界，她能做出各種惡劣的事，然後等我叫她住手。可是我永遠不會，在我叫她退下之前，我寧願先中槍倒在雪地上。

她說，你想要魚與熊掌兼得，所以你什麼都得不到。不，你得花一輩子等待許可。聚光燈閃了又閃，她說實話時就會這樣。燈光穩定下來，好讓大家看見我們。觀眾到了，她卻因而表現得更親密。她偷偷撫上我的臉頰，悄聲說，就連現在，你也在等人允許你當受害者。你沒有別的心願，只希望有人來拯救你。

她的口氣彷彿在朗讀情書。

我說，夏洛特。

那不是我的名字。燈光閃了又閃。詹米，詹米，詹米——

「——醒醒。」有人把燈開了又關，開了又關。我們還在地下室嗎？窗戶在哪裡？出口在哪裡？我學過要確定出口位置，都訓練成自然了。

不對，我在我的房間。我猛然坐起身，動作太快不禁眼前一黑。「你是誰？」

「哇，你真的睡昏了。」伊莉莎白靠著我的衣櫃門，紅色制服外套在微光中非常突出。我做了惡夢嗎？現在還是同一天嗎？

「抱歉。」我抹抹臉。「對不起，我——我現在醒了。呃，要去吃晚餐了嗎？」

「你睡過了晚餐時間。」她雙手抱胸。「我來看你好不好，丹恩太太說早上之來就沒看到你。」

我吞了口口水說，「我錯過了剩下的課。」

「你錯過了剩下的課。」

我沒聽過她用這種口氣對我說話，從來沒有。上次她說話這麼直接了當，是為了修理藍道講性別歧視的笑話。

然後我終於聽懂她的話。「要命，喔，該死。我不會——」微積分大學先修課，我錯過了微積分大學先修課。我有作業要交嗎？梅爾老師會發現嗎？她總是埋頭看筆記，我也從來不舉手，所以——

「詹米，」伊莉莎白低聲說，「有沒有搞錯？」

我無法理解她臉上想殺人的表情。「我做了什麼嗎？」我吼道，「妳幹嘛這麼生氣？又不是妳小睡一下就錯過一整天的課。」

她突然怒氣沖沖朝我走過來。「你寄了電子郵件給我，」她說，「你寄電子郵件給我已經夠詭異了。你說你需要跟我談談，但要等到晚餐以後，還指定要我這個時間過來。於是我來了——還蹺掉英文課的讀書會——進來卻看到你在幹嘛？假裝睡著，低聲叫前女友的名字？夏洛特，夏洛特，夏洛特。你全身冒汗，房間噁心死了——你的牆壁為什麼黏黏的？到底怎麼回事？這是什麼無聊的玩笑嗎？為什麼你要這樣對我？」

她距離我只有幾公分，高高舉起手指，彷彿想戳我的眼睛，或掐我的喉嚨。而且她感覺快哭了——我沒看過伊莉莎白哭，也沒想過有事情能害她這麼失控——我應該要感到震驚，急忙否認或解釋才對。

然而我沒有，因為眼睛適應後，我看到她身後的牆上灑滿了褐色液體，蜿蜒流到下方書桌，滴在我打開的筆電上。電腦螢幕上還開著我的電子郵件收件匣，好吧至少螢幕上半截還看得見，下半截則在黑幕和雜訊間閃爍。電腦鍵盤、桌前的椅子、軟木塞布告欄、我的床尾、書桌上頭的倫敦國王學院三角旗，全都噴得濕淋淋。

我替她保存在冰箱的一罐健怡可樂壓扁躺在書桌旁。每天中午我都幫她拿一罐，彷彿向她道歉，抱歉我喜歡她，這麼喜歡她，卻仍愛著另一個人。

有人搖過這罐可樂，然後全噴在筆電上。這台筆電是媽媽買給我的，她從未替自己做過任何事，還拿她為陶藝課存的錢幫我買電腦。

愧疚加上愧疚加上愧疚，用力勒住我，越縮越緊。

伊莉莎白說，「天哪，詹米。」她越說越大聲，現在走廊上都聽得見了。「到底怎麼回事？我知道你恐慌症發作，我知道你為了某件事感到很糟。你還有什麼事沒跟我講嗎？到底怎麼了？」

我滿腦子只想到，稍早我很肯定莫里亞提家的人在追殺我，這是他們的新花招，盡可能懲罰我，直到夏洛特浮出水面來救我。

否則就是我的女友真的為了某件事在處罰我。昨晚我這麼想的時候，感覺很好笑，但今天看她站在亂成一團的房間中央，可一點都不好笑了。

「妳做的嗎？」這句話像詛咒從我口中溜出。我沒打算這麼說、這麼想——我再也不想感到這麼害怕了。

「你認真的嗎？」

「我說得很清楚，妳做的嗎？」我好像停不下來。「妳是為了報復，才毀了我的筆電嗎？」

伊莉莎白瞪大了眼。「那個女生是做了什麼，才讓你變成這樣？」

這句話似乎替我們的爭執火上加油。

「她做了什麼？嘿，妳有沒有想過我一直都是這樣？」有些事我永遠不希望伊莉莎白管，這就是其中一件。

沒有人知道事情的全貌，除了我、福爾摩斯和倫敦警局，我希望保持現狀。如果每個人都知道我以前多愚蠢，我怎麼可能放下呢？

「所以是怎樣，你從一開始就是混蛋嗎？」伊莉莎白哭了起來。「你為什麼要這樣跟我說話？」

我張開嘴巴，又閉上嘴。我是真心想指控她嗎？她昨晚真的去了社團聚會，還是早我一步趕回宿舍，刪掉我的報告？不，不可能，她跟這些事無關。這個顛倒世界裡，莫里亞提家的人會把寶石塞進女孩的喉嚨。我還沒這麼自私，不會再拖她淌渾水了。

我自私在別的地方。

我說，「對不起。」我無話可說。

「好啊，你就什麼都不說，好啊。」她重複一次，轉身大步走到走廊。

外頭一陣騷動，房門打開又關上。

「算了，藍道。」我聽到她說，「別管我，我說別管我。別去跟他談，等我準備好了，我會自己跟他說。」

他把大頭探進我的房間。他還沒開口，我就當著他的面甩上門。

然後我拿起手機，打開爸爸的簡訊。**林德想知道你決定好了沒。**

整個該死的世界都想要我去找福爾摩斯？好啊，我就去找福爾摩斯。我會找到她，讓她明明白白知道她造成多大的傷害。

我回覆說，**我決定好了，十分鐘後來接我。**

第八章　夏洛特

體操課教練、聰明藥和狄馬西黎耶教授的事件發生後，那年夏天我們全家照歷年慣例到琉森度假。

那幾年我們時常去瑞士。麥羅在那兒念寄宿學校，即使當時我才十二歲，也知道我們家幾乎付不起學費。學校的冬季校外活動辦在奧地利因斯布魯克的滑雪場（所以校名才叫因斯布魯克學院）。春秋兩季，麥羅則在琉森跟首相和國王的兒子一起上課。

「我不想回去學校了。」春假結束時，他罕見地表達反對意見。哥哥聽從爸爸的指令向來面不改色，彷彿我們家是軍事組織。「我已經學得夠多，可以自己創業了，反正我們——我——這輩子也只想創業。很多人都只唸書到十八歲。」

我們坐在餐桌旁。晚餐是一家四口唯一保證會在一起的時刻，對我來說正是地獄般的煎熬。我推開盤子，緊盯著爸爸。

他把頭歪向一邊。「你認為你為什麼要上這所學校？」我研究他擺在桌上的雙手，他的手動也不動。

麥羅邊嚼食物邊思考。當我們的爸爸像打量獵物一樣看我們，他似乎不像我，從來不會直覺感到恐慌。「為了人脈？」

我喃喃說，「不是為了滑雪？」當年我的自制力比較差。

幸好爸爸沒聽見。媽媽在桌子底下伸出鉗子般的手，抓住我的膝蓋。她想要我閉嘴，因為她愛我。

「人脈，」爸爸說，「說得有點直接，不過沒錯，很好。如你所說，現在你十八歲了。對你來說，認識比利時總理多有用？」

「讓我認識總理？」麥羅緩緩地說，「可是我跟總理的兒子是同學啊。」

爸爸問道，「所以呢？」他的雙手在桌上握起又鬆開。這是警訊，如果他一手平放在桌上，就表示他要處罰人了，而對象是麥羅還是我全靠運氣。

一片靜默中，我們的管家過來，替水杯加水。水聲舒緩人心，而——而我無法專心。我一直盯著爸爸的手，心想**我不能吐**。要是吐了會很吵，爸爸會聽到，下場可能是他會安慰我，或者他會生氣。我從來不知道結果會如何，我也無法控制，所以現在我要控制我的恐懼，不能吐。

當時我十二歲，希望他能以我為傲。我吞了口口水。

麥羅也看著我們爸爸的手。「我認不認識比利時總理不重要，但我能透過他的兒子，介紹你認識他。」

爸爸的手指握住叉子，叉起一塊肉，送到嘴邊。

爸爸說，「那你就知道為什麼你要待在因斯布魯克學院。」然後他說，「夏洛特，快吃妳的小牛肉。」就這樣，那天晚上我沒有吐。

我們選在麥羅返校時前往琉森。我們住在小鎮外圍有「甜美北歐風情」的小客棧，屋內都是陳舊舒適的家具。他參加期初訓練的一整週，我們都會在。

爸爸告訴過我，家裡無法負擔我們兄妹一起念寄宿學校，而麥羅不像我，他已經學會亞歷斯泰．福爾摩斯能教他的每件事，因此需要更進階的教育。不過他們會帶我同行，因為我仍有用處。我知道如何傾聽，如何記憶，如何把重點摘要回報給爸爸。他們放我跟其他小孩玩，藉此盡量探究他們的父母。

那年我十二歲，跟我一起玩的孩子嚴格來說不是小孩了。第一個禮拜，我跟桌球神童昆丁．王爾德混在一起。他十五歲，他的家人成功在開學前取得許可，讓他使用學校設施，免得他錯過一天訓練。

他們說昆丁需要觀眾，而我就是那個觀眾。他們叫我看他打球，叫我適度表露欽佩。他的母親好像是美國能源部長，父親則待在家照顧小孩。昆汀和他的手足都念寄宿學校，所以我不確定他父親要照顧什麼，但他顯然沒在管兒子的身體狀況。我討厭桌球，因此很難專注看他打球，況且昆丁的頭髮亂七八糟，就像與他同姓的那個作家，我忍不住覺得他非常需要剪頭髮。

昨天深夜，近乎算是清晨的時候，我的父母吵了一架，我醒著聽到了。

媽媽說，你也知道太扯了。即使隔著牆壁，我也能感到她氣得咬牙切齒。我很會隔牆偷聽，畢竟我受過訓練。你知道送麥羅到這兒上學，幾乎要花掉我一年的薪水。你不申請補助——

申請補助會公開我們的財務狀況，就失去了送他來這兒的意義。我聽到抽屜用力摔上，剛才同樣的聲音吵醒我。接著是一聲空洞輕柔的悶響。艾瑪，理智一點。

我很理智。她壓低聲音說，身為女人，持反對意見不代表我就歇斯底里。你最起碼假裝一下，最起碼對孩子假裝他們不只是你職涯發展的墊腳石，假裝你愛他們。

我的天哪，我認為要對他們**誠實**——他們知道我愛他們——

你愛他們嗎？阿亞，那就負點責任吧！你撒了太多謊，連你自己都開始信了。你被政府革職了！他們逮到你販售機密資訊！你好像開始覺得是別人冤枉你，現在你又要我們的孩子承受——承受你**沉重**的期待，好讓你把他們當成階梯，重新爬回頂端——

爸爸冷酷地說，妳的譬喻都混在一起了。他的語調暗示，妳喝醉了。也許她醉了沒錯，我不確定因此就能駁回她的論點。

你應該希望他們過得更好，像我一樣。我會帶他們走，我說真的——至少我會帶走小洛——你沒看到她都瘦成皮包骨了嗎？你不在乎嗎？

我從沒想過媽媽這麼喜歡我。我讓自己開心了一會兒，腦袋的批判區域才重新開始運作。爸爸教過我：每個人都有目的，小洛，大家都不是盲目的無私好人。即使他們只得到自以為是的快感，也是在追尋回報。

但如果媽媽說他對我的教育規劃錯誤，也許他在課堂上教我的知識也錯了。不過我沒聽過她當面反駁他，從來沒有。現在她說他行事也有目的，而且比大多數人更加自私。不過我也夠大了，知道她可能只是對他用盡兵工廠內的武器，當作攻擊。（兵工廠，那是爸爸昨天提到的足球隊。我在腦中思索這個詞一會兒。兵工廠，球賽，兵工廠，輸球——）

我聽不出來誰說的是實話，還是大家都在撒謊。

爸爸說，你寵壞她了，不過她本來就沒什麼才華。詹森鑽石失竊案？不過是可悲的意外，妳也很清楚。妳帶她走，名義上是保護她，卻會浪費她真正的潛力。我不會准的。

你的期待——

這回傳來玻璃碎裂的聲音，大到吵醒了睡在隔壁單人床的哥哥。爸爸說，艾瑪，上床睡覺吧。這回他真的說出口，妳喝醉了。麥羅伸出手，碰碰我的肩膀，又閉上眼睛。）

各位必須知道，我腦中一直記著這件事。

昆丁需要剪頭髮。我知道怎麼剪自己的頭髮，而且手藝不錯。我提議替他剪，他同意了。我回到空無一人的客棧，從工具盒拿出剪刀，獨自站在浴室。我知道只差一點我就要崩潰了。

但我有辦法拯救自己。我有一套方法：我讓自己感受一切，感到缺乏睡眠的腦袋劈啪作響。我思索看蠢男孩打球好幾個小時多麼無聊；七月底我卻被困在瑞士沉悶的體育館，不能讀百科全書或在後院炸東西，多麼不公平；即使媽媽想把我當作談判籌碼，還是比沒人想要我來得好，多麼可悲。然後我依照所學，把這些感覺撈起來，埋在腳底的地下。

生平第一次，我的方法失敗了。

我再試一次。我在原地站了一會兒，因為努力而發抖。這次緊繃悲傷的恐慌從肚子往上升，我的思緒轉得更快。我感覺到了，我感到了一切。我知道我想由上往下抹除自己，就像抹掉一幅畫，然而我仍希望有人觸碰我的尖角，跟我說他就愛我這個樣子。我再試一次，又失敗了。昆丁找到我的時候，我一面哭，一面驚嘆我竟然哭了（我哭了！）

出乎意料之外，他將我擁入懷中。

他放開我後問道，「家裡的事？」我點點頭。「管他們去死。」

針對這句話沒什麼好說，於是我沒開口。

他的視線掃過浴室洗臉台和我的化妝包。他伸出蛇一般的手，掏出那瓶聰明藥。

「妳愛吃這個？」

我想了一下。「還好。」

「妳這孩子真奇怪。」他倒了幾顆我的藥在手掌上。「這樣吧，我跟妳換。等一下我們要開趴——我、巴索和湯母。妳可能有點太小了，不過妳想要可以跟來。要試吃嗎？」他從背包掏出藥瓶，倒了兩顆白色小藥丸。「來，」他交給我一顆。「乾杯。」他一口吞下他的藥。

我遲疑了一下。

他說，「這顆藥能讓妳感覺到的所有鳥事都消失。」我飛快吞下藥，他忍不住笑了出來。

等我半夜回到客棧，爸爸問我去了哪裡。他認為我會說出所有細節，我也說了：我和昆丁在體育館吃披薩，我聽他聊他的女朋友塔莎。我一直很喜歡塔莎這個名字。這是我第一次成功對爸爸撒謊。

其實我抵達「派對」之後，沒有人理我。巴索和湯母一起喝掉一整瓶龍舌蘭，整個晚上都在廁所吐。我剪完昆丁的頭髮後，他練習桌球好幾個小時，我從未看過他展現這種雷射般的專注力。至於我呢，我閒晃到學校的游泳池，把腳泡在水裡，讀了百科全書Q到R的條目。一切都一如往常，只不過我跟昆丁互換了藥。

我真心喜歡他的藥。

兩年後，我一度真心話爆發，告訴麥羅那晚真正發生的事。昆丁寄來的手寫道歉函字跡實在抖得厲害，我只能假設麥羅拿刀抵著他的脖子。

這就是愛，這就是愛的模樣。

凌晨四點，我拿水壺去煮水。我用最喜歡的美國企業資料庫（付費才可使用）跑了一次必要資訊，查看結果，進行篩選，再篩選一次。我花了一點時間，用谷歌地圖研究布魯克林的綠點區。然後等到四點半，我打電話給倫敦警局。

打電話給倫敦警局，要求跟執勤的探長通話，其實滿開心的。我是官方的線民，也是以這個身分登錄在系統中。這件事也頗令人開心，雖然我對警察組織沒什麼信心。

「史蒂薇。」今天葛林探長說，「很高興妳打來了。」

我說，「哈囉。」史蒂薇是我的代號，來自搖滾歌手史蒂薇　尼克斯，所以我在手機中把葛林探長的名字設成「史蒂夫」。探長喜歡七〇年代的民謠搖滾，又帶有一點庸俗的幽默感。「我安頓好了。」

「太好了。妳要向我報告嗎？」

我想我對莉雅．葛林總是有點心軟。

我認識她好一陣子了。當年她負責著名的詹森事件，如果你相信報紙的報導，那時我用蠟筆畫了地圖，引導警方找到失竊的寶石。我經常希望能回到過去，拿剪刀剪掉那一天，就像剪掉一齣戲的其中一幕，就算這齣戲是我的人生又怎樣。

說穿了，要是我從來沒有參與詹森事件，我能想到最糟的結果就是爸爸徹底忽略我，我長大成為普通的女生，在倫敦準備大學入學考，拚命想申請上牛津劍橋的化學系。然而現實中我是冠著名偵探姓氏的女孩，躲在沙發後，看爸爸跟倫敦警局討論案件筆記，因為他知名的姓氏害他自以為高人一等，還自詡為破案界的小天王。

葛林加入警局前，在劍橋大學攻讀偵探小說，所以她才來找我爸爸。（我經常覺得她跟華生會處得不錯，他向來喜歡可畏的女人。）自此以來，我就成了她的線人，雖然我們現在進行的計畫頂多只有一半合法。她信任我，這個決定明不明智是她的問題。

「我確認了彼得．摩根維克的身分。」我告訴她，「如果妳在海關有人，我會建議擋下這本護照。對摩根維克沒差，但魯西安．莫里亞提就慘了。」

「很好。」她開始打字。「妳叔叔查到這份情報？」

過去幾個月，我都跟她說林德在調查魯西安．莫里亞提，而我偷偷跟著他。我沒有每天跟葛林探長聯絡，只會偶爾在奇怪的時間打電話給她，提供我從叔叔的「案件筆記」中「辛苦蒐集來」的情資。

「我們分開了，」我告訴她，「這是我的生日禮物。我要自己單打獨鬥了。」

「原來如此。」她說，「恭喜妳呀。接下來妳要做什麼？」

「針對魯西安的政治生涯，摩根維克有所暗示，我要去調查。」我說，「我對麥可．哈威爾的女兒有些想法——」

「史蒂薇。」葛林噗笑一聲。「正確的答案應該是『我要去迪士尼樂園。』」

「什麼？」

「沒事——我跟妳說，我會把波尼茨和哈威爾的護照也擋下來。」

「我還是會去調查這兩個身分的源頭，我想莫里亞提不會隨便挑上他們。不知道為什麼，他一直小心避免盜用死者身分——除了波尼茨。其他的我就不懂了。」

「留給我去查吧，今天我需要妳去綠點區。」

我說，「綠點區。」這跟我的計畫不謀而合，但我還是不喜歡聽從命令。

「妳知道嗎?妳可以稍微掩飾對我的鄙視,搞不好對妳的職涯有幫助。」

我張開嘴打算道歉,卻改口說,「昨天我看到華生,他沒看到我。」

葛林探長呼了口氣。就算她不知道我和華生的歷史包袱,她至少親眼目睹我們的關係急轉直下。「妳感覺怎麼樣?」

這個問題很簡單,為什麼每次我都想咬發問的人?「我沒睡好。今天綠點區會發生什麼事嗎?」

「畫廊有一批貨要送去康乃狄克州,關店後就會出發。」

原先所有無病呻吟的感覺都消失了,彷彿被濕布擦掉。「哪裡?康乃狄克州哪裡?」

「史蒂薇——」

「哪裡?」我怨恨詢問早就知道答案的問題。

「妳不可以上卡車,妳不可以靠近卡車,懂嗎?不、准、碰、卡、車。妳只負責勘查情資,我不希望他們看到妳,我不希望妳——」

「用五種方法說同一件事不會比較有效——」

「——或者妳那些古墓奇兵的爛招,我說真的,史蒂薇——」

我說,「好啦。」

我們頓了一下。「我得掛了。」她呼了口氣,我聽到背景傳來別人的聲音——她的上司？「昨天晚上妳沒傳照片給我。」

藥的照片。昨晚我睡著了。「對不起。」

「少來，現在傳給我。」葛林掛了電話。

看來我要去綠點區了。我很訝異自己輕易接受了她的建議。沒錯，探長給了我不錯的理由，但以往這樣還不夠。

現在我知道，我應該要有個負責人。隨便看一眼我的上個計畫就知道了。那天在草地上，華生對我說，**假如妳先告訴我，什麼都好，我就能說服妳回心轉意！可是妳拐騙我來，只為了——**

我告訴他，**這就是愛，這就是愛的模樣**。然後我丟下他一個人面對豺狼。

沒錯，我需要一個負責人。就算葛林探長不是最適合的對象，至少是個開始。

我從外套內裡掏出我的藥，照了照片。我又泡了一杯茶，穿上來自布萊頓的蘿絲造型，搭配全黑貓眼墨鏡，出門去買防彈背心。

防具店的男店員一臉不可置信。「搞什——」

「我申請時尚學院的作品集要用。」我不耐煩地說，「我的作品評析個人安全，用到很多薄紗。」

「剎沙？」

「薄紗，ㄅㄛˊㄕㄚ，就像芭蕾舞裙？我要接在背心上。」我把背包從一肩換背到另一肩。「這是我的尺寸，我要自己當模特兒。」他依舊瞪大眼睛看著我，於是我跺跺腳。「拜託，這很難理解嗎？」

好險店裡沒有客人，我鬧場沒有關係。至少我表現得完全像店員預期會來買防彈背心的女生，所以他很快就會忘記我。要是我以本人身分前來，悄悄買了就走，他反而會記得我異於常人。

「反正是妳的錢。」他聳聳肩，轉身從牆上拿下最便宜的型號。

「不行，我要拜占庭極品級**3X-A**系列，有吸水導汗材質的最好。」

「妳有做功課喔。」他聽起來很驚訝，真討人厭。

我朝他眨眨眼，重複一次，「要用吸水導汗材質。」

「吸水導汗？」

「面試壓力很大。」

男店員遲疑了一下。「小鬼，那要七百美元。」

所以我總共還會剩兩百美元。不過——「我喜歡那個顏色，」我告訴他，「跟裙子很搭。可以麻煩你幫我包起來嗎？」

我在空蕩的地鐵月台上，把防彈背心穿在內衣外頭，再套上過大的襯衫。我把金色假髮塞進袋子，迅速鬆開早上捲起用髮夾固定的髮絲。我又變回自己了，只不過頂著一頭捲髮。

地鐵進站時，我發現自己在檢查背心的扣件。我緊張嗎？可能吧。我並不期待這份差事，畢竟這排在清單上的第四項。

不過總有一天我得去見哈德良．莫里亞提，沒有比現在更適合了。

第九章 詹米

十分鐘最後其實……比十分鐘長了一點。爸爸回覆說，**我很欣賞你誇張的態度，但我必須寫完我的每月銷售報告。我們可以明天放學後去接你。**

沒關係，反正我需要時間整理頭緒。我從餐廳討來生米和垃圾袋，把關機的筆電頭下腳上放進去。網路上說米會吸掉水分，但我很懷疑。袋子裡聞起來像詭異的木薯布丁。

我把筆電放在旁邊醃，自己坐下畫起時間線。時間線並不複雜，動手的人並不覺得需要弄得很複雜。

他們活該。

刪掉我的物理報告？這發生在我離開宿舍又回來的三十分鐘內。爸爸放我在宿舍正門下車，可能有人注意到我回來了——然而他們必須再看到我出去，並且知道我沒有照常去了文學社。丹恩太太有看到我進來再出去，但她不知道我什麼時候會回來。當然，也許她馬上闖進我房間，刪掉檔案，可是——

我的胃揪了起來。丹恩太太。我不肯相信。

況且我無法想像她會發電子郵件給伊莉莎白，叫她來我房間，更別說親自溜進來，趁我睡著時破壞我的電腦了。做這種事需要超大的膽量，雖然我不懷疑丹恩太太勇氣可嘉——她是一百個青少年的舍監，我相信她看過不少噁心至極的場面——我還是無法想像她這麼鐵石心腸、這麼殘酷。就算是魯西安・莫里亞提的金錢誘惑對她也沒用。

因為到頭來都是這樣吧？看他能收買誰。除非我們身邊又來了一個狂熱份子，像布萊妮・戴恩斯那樣被福爾摩斯的不良行為激怒，否則罪魁禍首一定是莫里亞提家買通的人。如此一來就不再是私仇，更加噁心，或許也更好破解。

來做筆記，訂定計畫吧。

我要先跟伊莉莎白道歉，我欠她的。時機真的太巧，沒有人料到她會剛好在我做惡夢時進來。他們八成溜進房間破壞筆電，發現我在睡覺，才發電子郵件給伊莉莎白，催促她過來背黑鍋，打亂我對現況的認知。

我並沒有自以為多重要。到頭來，對方的目標都是夏洛特・福爾摩斯，我只是達到目標的手段。這就是我初步的假設吧？我只是連帶傷害。

不然就是我在雪林佛學院跟人結下了全新的樑子，我卻渾然不知。

我揉揉眼睛一分鐘。

好，我必須翻遍房間找竊聽器。我只花了十分鐘，畢竟房間很小，去年我又學會拆卸宿舍家具最有效率的方法。我撕破床墊，推倒衣櫃，檢查架子，查看鏡子後方。什麼都沒找到。

他們到底為什麼叫伊莉莎白來？難道他們知道我會抓狂她？他們八成只是把竊聽器藏得很好。我決定晚點再來想。

接著要問他們怎麼進來，什麼時候？我可以檢查宿舍的門禁卡記錄。道布森過世後，學校加強警備，發給每個人一張門禁卡，就能追蹤大家何時進入哪棟建築。你需要刷卡進門，問題是不需要刷卡出門，所以對方可以在宿舍裡等上一整天。不過室內有監視攝影機，福爾摩斯能判斷影帶是否遭到竄改。有人會這麼大費周章嗎？想攻擊福爾摩斯沒有更簡單的方法嗎？他們拖我下水的目的是什麼？福爾摩斯會說，**你不需要知道目的，你只需要知道方法，需要一雙眼睛。你需要跳出腦袋的框架，華生——**

我用力闔上筆記本。

我現在想著這件事——想著她——，彷彿我們還在一起奮戰，但我們沒有。這不過是去年的餘波，源自我的上一段人生。我會解開謎底，然後就洗手不幹了。不過沒那麼快，今晚我還有功課要做，由於我硬要午睡，睡到感情破裂，現在我連功課是什麼都不知道。

蕾娜也有上大學先修英文課，可以從她開始。

功課是什麼？我傳簡訊給她。我睡到沒去上課。

她馬上回覆。我不要跟你說話你那樣對伊莉莎白還不道歉？？有沒有搞錯啊詹米。

伊莉莎白。我把整件事都怪在她頭上，現在我太羞愧，無法去想她。

我明天會好好跟她談，現在要給她時間冷靜。

我沒說實話，蕾娜也知道。她回傳說，你這個膽小鬼，我才不要幫你。

有道理，不過我還是翻了個白眼。伊莉莎白是唯一住在高年級宿舍的低年級生，跟蕾娜同一棟宿舍。全校的保全團隊派駐在卡特宿舍一樓，就在伊莉莎白的房間隔壁。除非她住在這兒，否則去年事件後，她的父母不肯讓她回學校來。誰能怪他們？

我知道如果去蕾娜房間，她（八成還有一群警衛）一定會親自監督我向女友道歉，才放我走。還是前女友？

喔，天哪。我搞砸了。

我試著把筆電從米飯浴中拉出來。袋了嘩啦啦作響，我又把電腦塞回去。

我的手機震動起來。晚上我要開趴，如果你來當酒保，跟伊莉莎白道歉，別再那麼遜，我就告訴你功課。她停了一下，然後傳來刀子的表情符號。

今天什麼都沒照計畫來，我不如就隨波逐流吧。

於是我在星期二晚上，來到辦在維修地道的超糜爛派對。雪林佛學院還是修道院時，修女需要在酷寒的月份走去禱告，不要凍死，於是在地底挖了地道。十九世紀初，學校買下這片房產時，把地道封住了，直到大約五十年前才重新啟用。目前主要是維修人員在用。

還有學校的藥頭，以及想找地方親熱的情侶。地道讓副校長有地方安全藏匿那台一千美元的臥式腳踏車，讓橄欖球隊在娛樂週能把新生關在鍋爐室過夜。夏洛特・福爾摩斯也曾在這兒找地方練習西洋劍。

今晚的派對辦在一個巨大的房間，位於卡特宿舍和米許諾宿舍之間，卻又遠到兩端都聽不見派對的噪音，至少他們是這麼說的。聽說蕾娜從工友那兒套出密碼（湯姆剛才問道，「她到底怎麼套出來的？」），然後發出邀請。

我猜我應該不算收到邀請。通常我不會在校園中庭下方的暗室，抱著八個設計師品牌洗髮精瓶子，裡頭裝滿伏特加。尤其現在還是星期二晚上十點。

星期二這一點最讓我受不了。

瑪莉耶拉問道，「辦在星期五會比較好嗎？」她看來真的很疑惑，但隔著震耳欲聾的電子舞曲，很難判斷她是否在諷刺我。

蕾娜挑的房間是冬天停車的儲藏室。學生付四十美元，冬天下雪的月份就能把腳踏車停在地下，三月再扛出去。磚牆上掛滿腳踏車，吸掉了聲音。目前人潮才半滿，但我了解蕾娜，等到半夜就會塞爆了。角落已經有人開了牌局，玩起有點劣化的梭哈。福爾摩斯會倍感震驚。

我問瑪莉耶拉，「我們在慶祝什麼嗎？」她裝起閃燈，我不懂她怎麼會有閃燈，也不懂要做什麼。

「湯姆申請上密西根大學了。」她說，「大家都很意外，包括他本人。」

「謝謝妳對我這麼有信心喔。」他湊到我們身後。我不懂貝斯低音這麼吵，他怎麼還偷聽得見。

「老兄，恭喜啊。」我空出一隻手跟他握手。「你什麼時候打算告訴我？」

湯姆看來有點不自在。「明天吧？我聽說你……好吧，今天不太順。來，我幫你找張桌子。基翠奇說他要帶攪拌機來打洗髮精伏特加。」

「所以成品會是晶瑩閃亮蓬鬆伏特加健怡可樂，」我說，「太好了。」

湯姆把雙手插進毛衣背心口袋。「我可以跟你說一下話嗎？」

「好啊。」我驚訝地說，「瑪莉耶拉，可以請妳——」

「交給我吧。」她接手繼續佈置吧台。

我跟他漫步走到走廊。蕾娜說的對，我們在身後關上門後，幾乎沒有聲音洩漏出來。

我告訴他，「我剛才是說真的。」我的聲音在安靜的走廊上太吵了。「恭喜，密西根大學不好申請。」

「我爸媽希望我去耶魯。」他說完揪起臉。「不對，抱歉，我還在努力。他們想要我去耶魯，但我不想，而且，呃，我不想去也算合理。我想要接受好的教育，但不想背學貸。天知道他們希望我念常春藤名校，又不肯出錢。況且雪林佛學院每年只有一個學生會上耶魯，那個人不會是我。」

我點點頭。

「心理諮商，」他解釋道，「我在調適一些事情。」

「心理諮商，你喜歡嗎？」上個秋天，湯姆跟灰特利老師合作監視我之後，他必須接受諮商，雪林佛學院才讓他復學。除了諮商，他還要每兩週與教務主任面談，成績不得低於B。今年我認識的湯姆．布列佛變得更沉悶，卻也腳踏實地多了。

有時候我很訝異我們還會跟彼此說話，不過我們倆一開始就不是好朋友。如果背叛有多嚴重是用我們事前的親密程度來計算，那湯姆其實沒怎麼背叛我。

「我喜歡心理諮商嗎？怎麼講，其實我也不知道。我覺得有效，我更了解我做的決定，有時候我能做出更好的選擇。」他在地上磨磨一隻腳。「我跟你說，華生——」

我痛苦地說，「叫我詹米。」

「詹米。」湯姆看著我。「今天晚上我刻意沒邀你，而且不是因為伊莉莎白的關係。」

我不知道該說什麼。我們確實沒那麼親，但我們是朋友，幾乎每天一起吃中餐，晚上一起在圖書館念書。我知道他的狀況，他也知道我的狀況。

至少我這麼認為。

我說，「我真的不知道該說什麼。」

不知為何，這句話惹火了他。「你看？看看你！我對你說這麼糟糕的話，你甚至不生氣，好像一點影響都沒有。」

「你現在大概超前我五步吧，你到底在說什麼？」

「就是這個！你整個人的態度！」湯姆踢踢骯髒的油氈地板，聲音在空蕩的走廊迴盪。「你不在乎。我們不是朋友，不真的是。你跟蕾娜不算真的朋友，甚至你跟伊莉莎白也不是真心的——喔對啦，你以為你是，或許她也以為是，但其實都是假的。」

他很難過。這是他的派對，即使我想反駁他，我還是覺得過意不去。「我想我沒發現吧，」我說，「我真的很抱歉。」

「我不是——天哪，華生。啥都沒有，我對你一無所知，你什麼都不告訴我們。很明顯你出了一點問題——」

我說，「詹米。」

「什麼？」

「詹米，別叫我華生。」

一群繞過轉角的女孩停下來，不確定是否該打斷我們。領頭的女孩一頭金髮，身穿漂亮洋裝，手裡拿著一整袋亮麗的藥丸。她看起來像瑪莉耶拉昨天中午帶來我們那桌的女生，今年入學的新生。她們看起來都像新生，年輕到不該在這兒。

「為什麼？」湯姆質問道，「我不像你加入橄欖球隊，我就不能用姓氏叫你？你還在為去年的事懲罰我嗎？就算是我也無所謂，但你要告訴我，我們才能解決！我——」

我準備的反論瞬間瓦解，因為我沒在懲罰他，但我做的事更惡劣。我完全沒想到他，沒想到他或蕾娜，甚至沒想到伊莉莎白。我不該這麼對她，即使現在知道我傷了她，我還是沒把她放在心上。

過去我善於維持友誼，至少我這麼認為。我曾跟著朋友出國，去藝術家霸占的公寓、警察局和寬廣洞穴裡的派對。我曾在爸爸跟我互不說話時去他家，還在晚上去福爾摩斯的房間守夜。然而現在就算對方彆扭地說他很想我，我也不知道該說什麼。或許湯姆和我比想像中來得親。

以前我還是我的時候，會說什麼呢？我要怎麼套上已經脫掉的皮？

我哪裡出了問題？

「沒事沒事。」我轉身打開門。女孩們藉機從我們身邊走過，領頭的女生撞到我，皮包和那包藥丸掉在地上。我彎腰撿起錢包，同時把藥踢到我身後。她似乎沒發現。

我轉向湯姆。「嘿，不然你想怎麼叫我都行，我不會再當這麼爛的朋友了。我拿烈酒給你，好嗎？」

我聽起來像滑稽的小丑。

他朝我露出鄙視的表情。「跟你女朋友好好談。」他推開我走回派對。

等我抬頭，我驚恐地發現伊莉莎白像鬼一樣沿著走廊走來，圍巾宛如披肩裹在她肩上。

音樂變得高昂，有人歡呼一聲，接著厚重的門關上，隔絕了所有的聲音。

伊莉莎白說，「嗨。」站在糟糕的工業照明下，明顯看得出來她哭過。她的眼神朦朧疏遠，披肩纏在手臂上，讓她看起來像先知或海上女巫。「我跟你說——」

我馬上說，「對不起。」

「是啊。」這不是問句。

「嗯。這件事很誇張，很糟糕，我不該怪妳，跟妳當然毫無關係。可是那封電子郵件不是我寄的。最近發生很多怪事，彷彿去年又捲土重來了。我不想告訴妳，因為我不希望妳面對——」

她說，「我知道。」

「妳知道？」顯然這條走廊上只有我什麼都不知道。「怎麼會？」

她抬起下巴。「因為你又發了一封電子郵件，要我到派對來見你。可是湯姆跟我說他不會邀你，他以為知道你不在，我就會願意出來走走。」

我愚蠢地說，「喔。」我的電子郵件。我這個蠢蛋，居然還沒改密碼。我一直忙著假扮偵探，只是假扮，而且徹底失敗。

「是莫里亞提一家吧？」伊莉莎白說得踉蹌，彷彿每個字都有代價。

「我不知道。」我說，「我想——我想是吧。」

「還有夏洛特？」

「嗯。」

她把圍巾包得更緊，將視線轉向內。「好吧。」

「好吧。」然後我開始等。我發現我在等她一層一層揭露精密誇張的計畫。我們會反攻回去，成為英雄，終於一勞永逸了結這件事。

然而那是另一個女生，她身邊也是另一個我。

「我只知道，」伊莉莎白緩緩說，「如果他們要我們來派對，我們得趕快離開，現在就走。」

我們一路走到卡特宿舍大門口，恐慌事件才爆發。

第十章　夏洛特

第一次見到詹米．華生時，我沒怎麼注意他。那時我好幾個月都彷彿沉在水底。就讀雪林佛學院一年後，我暑假在薩塞克斯的生活安靜到難以忍受。我讀書研究鮟鱇魚，因為我很肯定我無意間在頭上掛了一盞糟糕的燈籠，才吸引到李．道布森。我跟鮟鱇魚都有巨大的牙齒，但我逐漸發現碰到危機時我不太會用。

讀書能讓人忘卻自我，於是我盡量時時刻刻埋首書堆。沒讀書時，我發現自己做起沒做過的小事，例如在安靜的時候幻聽，只搔抓右膝蓋直到破皮，在晚餐時間爸爸說話時站起來，因為我很肯定我忍不住要尖叫了。爸爸看起來越來越老。爸爸再也不看我了。

我花了整個暑假洗淨自己，越乾淨越好。可想而知，結果不甚理想，但我在能力所及範圍內盡力了。我意識到我還能留給自己的部分少得可憐，於是那年秋天，當華生從雪林佛學院中庭朝我走來，我滿腦子只想到，又有一個人對我有所求，但我給不了。

華生滑稽地替我們的友誼揭開序幕，接著揍了李．道布森的臉。即使有人要揍道布森，也應該是我，不是一半美國血統的天真男孩。他就像我爸爸，以為我們的姓氏代表我們要扮演自己以外的角色。

我太沒耐心，向來不是優秀的偵探。我到底是什麼人，又是另一個問題了。過去幾個月，我有足夠時間思考這個問題。以下是我初步的結論：我很晚才社會化。我不知道怎麼照顧別人，因為沒有人給我照顧過（除了那隻叫作老鼠的貓，說穿了他也不太需要我），我也沒受過真正的訓練。但我學得很快，即使過程頗為痛苦。我絕不希望華生這種人當我的測試對象。

俗話不是說，黃泉路上徒有好意多，之類的吧。

乍看人行道上散落的樹葉和門上的花環，我還以為可能抄錯地址了。眼前的商家擺明是花店，雖然門上招牌只寫著「恰逢時宜商店」，隱晦得令人討厭。如果要我取名，我會用店主的名字搭配店鋪的目的，例如「莫里亞提破壞專門店」。為了客戶著想，講清楚很重要。

恰逢時宜商店「確實」有賣花，雖然天氣太冷，花都收起來了。他們也做裱框，例如掛在櫥窗的家庭快照，還有後牆上聚光燈照亮的畫作。除了這兩項事業，他們還想分散風險，於是辦了某種下午繪畫品酒會，來賓都是長相和善的四十幾歲女子，她們應該有兩、三個學齡的孩子，先生都不會幫忙洗碗。

窗邊的女子是秘書，剛遭到資遣。從她右手的短指甲、時髦但磨損嚴重的鞋子都看得出來，但最明顯的應該是她桌子底下的紙箱，裝了三個相框、檯燈和一個裝滿筆的筆筒。面對新的現實前，她想找地方逃避。這家店舒適又溫暖，和善的金髮男子在店內到處替人斟酒，正好符合她的需求。

我有點替她難過。

我心中本來有一點打算抵達後高舉武器闖進大門。去年我就會這麼做，光這樣就表示這個點子很糟。況且我滿想看她畫好的成品，目前看來有點像鍍金的骷髏。

商店右邊有一條小巷，我研究衛星地圖時就知道了。如我推測，運貨卡車停在這兒，閃著警示燈，等待準備好出發。

我步伐堅定走進小巷，彷彿只是抄熟悉的近路回家。我走到駕駛側車門旁，迅速瞄了一眼馬路，然後鑽進去。車門沒有鎖，我因此遲疑了一下，不過這是不是陷阱到頭來不重要了。我頂多有三分鐘，一定要好好利用。

我戴上手套，開始工作。

乍看之下，駕駛座只有一瓶半滿的汽水，瓶子上會有指紋，我趕忙把瓶子朝車外倒乾，塞進包包。接著我拉下遮陽板，副駕駛座的板子上夾著貨單。我猜測貨單列出的品項並不正確，上頭不可能寫*危險物品或可以偷偷但永久傷害小詹姆・華生的東西*。我懶得現在檢查，只確認了寫在表頭的地址——沒錯，寫得清清楚楚，雪林佛學院——照下照片，再把貨單放回原先找到的位置。我用手機快速照下里程計和內裝收音機。我在座椅上尋找能帶走的毛髮，最後在椅子上找到一根頭髮，用鑷子夾起來放進小瓶子。

以往華生會屏氣凝神看我做事，想像我的每個動作都有特定目的。其實沒有，至少不是每次。就像解數學問題，我會遵照一套程序，依重要程度逐一檢查一系列的東西。如此一來，即使遭到打斷，我也能先做完必要的步驟。比方說，這根頭髮八成沒用，但萬一有用的話——

三分鐘過去了。我歪頭豎起耳朵（沒聲音），接著輕輕從駕駛室爬出來，繞到卡車後方。

葛林探長叫我不准看，當時我聽了如釋重負。她說，夏洛特，*妳只負責勘查情資*。可是卡車要去華生的學校，所以我決定要看了。

標準掛鎖鎖住鐵捲門。路上空無一人，但我相信恰逢時宜商店裝了好幾台監視攝影機，正對著這個位子。而且我為了表明立場，沒有變裝前來。我站在這兒決定的時間夠久了，監視攝影機早該清楚拍到我的臉。

我腦中響起狄馬西黎耶教授的聲音：*蠢女孩*。

我怒吼一聲，掏出手機查看天氣，另一隻手在小背包裡翻找特地為此準備的口香糖。我拿出口香糖，讓包包落在地上，再鬆手把口香糖也掉在地上。周遭沒有人看到我，沒有人出面幫忙，這些都是必備條件。我大聲嘟囔，坐在卡車邊緣，緊靠著掛鎖，開始把散落一地的東西收起來。收到一半，我拍拍口袋，假裝在找手機——我看看身後，又看看卡車底下，再查看口袋，然後把背包放在掛鎖上，傾身貼近打開的袋口，靠著背包掩飾，飛快把細針插進掛鎖，把鎖解開。

成功開鎖後，我就要歡欣鼓舞地掏出手機，把東西全塞進小背包，搖搖頭，快速沿路走開。

我的工作有五成都是靠模仿，照華生的說法，另外兩成是魔術技法，其餘則是鑑識技巧，以及矇到的好運。此外有百分之一完全仰賴無所不在的星巴克，以及店內的公共廁所。

我甚至不用多想，這條路的盡頭就有一間星巴克。我鑽進女廁，換上洋裝，但仍穿著防彈背心。我把外套、上衣和褲子整齊捲好，塞進小背包底端。店內沒有客人，如果我更動頭髮這麼明顯的特徵，店員可能會注意，於是我把假髮挪到背包頂端，等到下一個死角再戴起來。感謝美國監視攝影機不足，沒有影像記錄到我的轉變。

十分鐘內，我變成完全不同的女生，回到卡車旁。

華生曾說，福爾摩斯，假如妳活在另一個世紀，他們會把妳當成女巫燒死。

我大聲說，「試試看啊。」我把運貨卡車的鐵門往上推開。

我的穿著和卡車卸貨員的身分不符——時尚部落客很少會去送貨——但我手邊資源有限。我跳上車，又把門拉下來，只露出我的腳。

我用手機的手電筒掃視周圍。確實有很多盒子，但看來都是用來裝畫，或至少是裝畫框。我試著戳戳身旁盒子的中心，再戳戳邊緣。絕對是畫框和畫布。市面上有運送貴重藝術品的專業服務業者，但對方顯然判斷這些作品都不重要，可以放在運送雜貨的卡車上顛來顛去。

我需要美工刀。刀子放在越來越滿的背包底部，我推開外套、開鎖針、吸量管盒、汽水瓶、消音器、攝影機——找到了。

鐵捲門突然往上滑開。

和善的金髮男子不再手拿酒瓶，反而拿著一把布伊刀。好吧，防彈背心是我失算了。

我說，「哈囉，我來送貨的。」我心底還是有點混蛋。

哈德良・莫里亞提說，「夏洛特・福爾摩斯。」他惡毒的視線掃過我。「妳想要幹嘛？」

我說，「我喜歡你的店。」我說真的。雖然店面混亂又有點擁擠，但即使透過半掩的大門，我也聞到店內像玫瑰的味道。我很喜歡玫瑰。

這種情況下，與其思考我的目標是否打算殺我，抽象思考通常對我最有利。

「妳沒有變裝？」他嘶吼道，「沒有戴愚蠢的小眼鏡？」

「假髮不算嗎？」

「妳沒帶跟班？」

「沒有，」我說，「都是你害的。」

我們打量彼此。他瞇起雙眼，抬起一隻沉重的腳踏上卡車車尾，再踏上另一腳，然後用力推著我穿過箱子來到後方，把我抵著駕駛座，誰也看不見我們。

「菲莉芭在哪裡？」我問道，「還是她沒有自己的護照，不能輕易跑到國外？只有你們男生可以在歐美兩地跑？」

「來了，」他說，「妳這張放肆的嘴巴。我還想說那個女生跑哪兒去了。」

「我來找你不是為了你妹妹，是為了康乃狄克州。」

我意識到我不只要防範直接的攻擊。哈德良露出陰沉飢渴的視線，令我聯想到李・道布森那種男生。顯然性愛的重點從來不是性愛本身，而是權力與征服，這兩方面哈德良都輸好一陣子了。

話雖這麼說，我現在很清醒，已經幾個月不抓右膝蓋了。即使我的內心在尖叫，我仍抓著美工刀，只要他敢碰我一根寒毛，我會馬上挖掉他的兩隻眼睛。

我隱約想起這個人跟叔叔親熱過。假如我跟林德再說上話，我一定要跟他談談這件事。

「康乃狄克州。」哈德良說，「我們別管康乃狄克州，先來談薩塞克斯郡吧？怎麼樣，妳媽媽給林德下毒，送他去醫院，怪罪在我和妹妹頭上？想的真好。背負罪惡姓氏的兄妹偽畫家，毒害了你們神聖的福爾摩斯家族成員，妳一定愛死了。」

「魯西安一直勒索我爸媽，他派了一個『居家看護』來毒害我媽媽。以其人之道還治其人之身非常公平。」

「是嗎？所以麥羅才殺了奧古斯特？公平？」

我知道他會問這個問題。「不，」我盡可能冷酷地說，「他以為奧古斯特是你，他以為你要傷害我。」

我們盯著彼此。

哈德良說，「小鬼。」他眼中露出微微一絲幽默，「妳真的打開了潘朵拉的盒子啊。」

「可以這麼說。」有人快步經過卡車，他和我同時安靜下來。我終於說，「你在這裡過得還不錯。」

「是啊，本來可能更糟。」他的妹妹菲莉芭因為毒害我叔叔，慘遭居家監禁——這是少數她其實沒犯的罪。他的弟弟奧古斯特死了。他的哥哥魯西安顯然還在記仇，到頭來會害死我們全部。

整體來看，在布魯克林的花紋裱框店工作並不差。

哈德良看出我的態度軟化了，他咧嘴露齒一笑。

「康乃狄克州。」我挺起胸膛說，「這麼做不值得。我不管你到底要送什麼，趁早收手吧。」

他說，「我得遵守命令。」

「都是你哥哥，你哥哥命令你做東做西。」我眼看這句話擊中他。「你都逃出來了，還真的想重回戰場嗎？幹嘛，你哥哥給你護照，現在你就是他的人了？拜託，你沒這麼差勁，別受他控制。」

哈德良咬緊牙關。「別提醒我欠誰人情。」

「我是為了你好才說。」

「什麼叫為了我好？」

我盯著他，評估我要扯多大的謊。雖然我們過去交手過，我其實不夠了解他，無法看出上次見面以來，他的小習慣或舉止哪裡變了。我只知道他曾經上過英國各地的脫口秀，談論藝術和古董。當年他散發的睿智魅力現在消失殆盡。

他和菲莉芭賣出的偽畫當中，賣到最高價的都是他親自畫的作品。只要看他指甲下的顏料，連小孩都看得出來他仍在畫畫。透過店面櫥窗，我看到後方牆面上掛著畫布——陰暗的浪漫肖像畫，似乎構成一個系列。我心想，《八月的末尾》、《懷錶的思緒》。奧古斯特說過，藝術是哥哥唯一熱愛的興趣。

我伸出一隻手，哈德良握住我的手，我的手指比他短小許多。

我說，「別送貨過去。」他盯著我。「別去。我不管他們是否會展出你的作品，怎麼樣都不值得。」

哈德良猛然抽回手。當下我確定了腳邊盒子裡裝了什麼。

我說，「那些學生不值得你這麼做。」我相信我的話，這些畫給他們看只是對牛彈琴。當然這回美麗的琴音也是牛的創作，不過現在這不是重點。

「我以為妳要來替華生家的男孩報仇。」哈德良清清喉嚨。「看來好像不是。」

我看著他。

我帶了一把左輪小手槍，還穿了防彈背心，以防要跟他扭打搶槍。我沒有變裝，就是要他明明白白知道是我下的手。如果我真的打算殺他。

我考慮了好幾個月。哈德良、菲莉芭、魯西安。除掉他們，彷彿他們是鑽進我家牆壁的老鼠。除去威脅，我就會放下一切，讓我的前好友過他的人生，因為他擺明不想跟我扯上關係——非常明智。我可能會去坐牢。監獄嚇不倒我，我懂得如何應付單調乏味偶爾穿插死亡威脅的生活，況且我一向覺得自己最終會落入牢獄之災。不過也許不會，我的手法俐落，可能全身而退。或許我會完成學業，進入實驗室，攻讀研究所的化學學位。我必須找一個明確的研究目標，不能再到處涉獵，不過專精研究應該也有樂趣所在。我接觸過夠多毒藥，令我更想了解解藥。或許……或許我可以改名。雖然只是象徵性的動作，卻能適度改變人們的想法。沒有人對夏洛特．某某某會有任何期待，她的週末完全由她主宰。我想像這樣的生活：住在公寓，窗外俯瞰還算優美的風景，有點雨或霧或霾。我又能用小提琴譜曲了，長大後我就沒寫過曲子了。當然等我潤飾好曲子，也許能演奏給——

給我自己聽，我會演奏給自己聽，我向來都這麼做。如果我感到孤單，我可以自己哭到睡著。

葛林探長說過，**妳需要去感受理性背後的血肉**。看著哈德良．莫里亞提，我不覺得生氣，只覺得非常、非常疲備。

當下我就知道，我其實不想殺他們三人。

「放過華生，」我說，「我就放過你。」

他實在了不起，竟然考慮了一下。「如果我拒絕呢？」

「那你很快就會再看到我。」說完我從卡車跳下來。

我不是感情用事的白癡，我不打算原諒他，但我也不會開槍殺他。我手上有貨單、送貨確認信、汽水瓶、頭髮、內裝收音機，以及七百美元的防彈背心，全都完好無缺。我也看到哈德良．莫里亞提露出一瞬的懷疑。這個下午成果斐然。

我經過店面，看到裡頭的女生都在畫艾菲爾鐵塔。先前我注意到的女子把她畫的骷髏頭轉化成高挑優雅的建築，她畫了夜色下的鐵塔，點亮閃爍的燈光。

或許她沒有被開除，或許她辭了工作，要去巴黎旅行。雖然跟證據不大相符，但這次我可能會姑且相信她。

我去過巴黎。我去過柏林、哥本哈根、布拉格、琉森和大多西歐城市，要不是為了求學，就是為了辦案。我從不覺得世上有值得欣賞的美景。

現在回想起來，真是可惜。

我在地鐵站又查了一次天氣，接著收了電子郵件，最後查看我的銀行帳戶餘額。看到數字時，我大聲咒罵一聲。我得填補荷包了。

我打了三通電話，搭上地鐵，神經早已疲憊不堪。今天的發展急轉直下。

接下來幾個小時，我得去讀名人八卦部落格了。

第十一章　詹米

我們聽到的不是火災或爆炸現場的喊叫聲。聲音當然聽起來很驚慌——否則隔著厚重的大門我怎麼聽得見？——但我不知道原因是什麼。我只知道沒有人尖叫。目前為止。

伊莉莎白看著我，臉色發白，手抓著大門的壓桿。我們差幾秒就能全身而退了。

「妳走吧，」我告訴她，「沒有人看到妳。」

伊莉莎白向來比我聰明。她沒有反駁或問我要做什麼，也沒有抓住我的手，拒絕離開。她二話不說，拔腿跑向室外。

我大步沿著地道朝派對跑去。頭頂的燈在走廊照出影子，映在門上，創造出魔鬼、警察、莫里亞提家族的成員。

等我來到門口，騷動已經停止了。

不知為何，這樣感覺更糟。

派對現場有二十個人，全都圍著地上某個東西。音樂沒有完全關掉，只是調低音量，樂音在我們頭上瘋狂彈跳，歌手吼著抓住抓住抓住抓住抓住他，閃燈隨著節奏閃爍。延長線就在門口，我一把從牆上拔掉電線。

每個人都抬頭看我。

有人說，「就是他。」

基翠奇不可置信地說，「華生？」

「湯姆說他的筆電整個毀了——」

坐在地上的女孩雙手環抱膝蓋，哭個不停。

「怎麼了？」我問道，「她嗑了什麼？」

大家竊竊私語，面面相覷。藍道站起身，眼神嚴肅。「什麼叫她嗑了什麼？你給了她什麼？」

我感覺好像以前做過同樣的事，知道後果如何。

「她自己帶了毒品來，對吧？我看到她拎著一袋藥丸，結果掉在走廊上。我沒有撿起來給她，因為我當然不希望她嗑藥——到底怎麼了。她不舒服嗎？需要叫醫生嗎？」

藍道做出橄欖球員都會的動作，挺起胸膛，讓身形看來更高大。我向來做不好。

「有人偷了她的零用錢，她身上有一千美元。」

「一千美元？」通常參加賭局的起價是兩百美元，對我來說都嫌貴。一千美元都可以買車了，雖然是爛車，但還是車。「這是新的起價嗎？你們瘋了吧。」

「當然不是。」藍道說，「安娜要替她的朋友出賭金，因為她人就是這麼好。結果有人拿走她包包裡的錢，而你在走廊上撿了她的包包。」

俗話不是說，黃泉路上徒有好意多……我說，「我希望你們檢查過每個人的口袋了。」

「沒錯。」基翠奇依然蹲著，一手撫著那女孩——安娜——的背。「只剩你了，讓我們看看吧。」

我把褲子口袋拉出來，接著拉出外套口袋。我踢掉鞋子，倒過來搖一搖。我把身上所有東西都丟在地上——其實也只有我快空的錢包和手機。

安娜說，「湯姆回來後，他還留在走廊。」她抬起下巴。「他可能把錢藏起來了。」

「湯姆，你原本也在外面，你有看到我拿錢嗎？」

他盯著地面，沒有反應。我心想，也對，我才是壞朋友。我並不滿意我們立場互換。「真的有這一千塊嗎？」我問道，「妳的朋友有看到嗎？」

她的朋友面面相覷。棕髮女孩說，「我有看到。」但她的口氣帶著一絲遲疑。

「我要打電話報警了。」安娜說，「太亂來了，我根本無法相信你們。」

基翠奇猛然回過身。「哇喔，別這樣，我們自己處理就好。大家別報警。」

「應該說大家才不會被退學。」藍道說，「給學校發現我們在這兒就慘了。」

「詹米，你把錢放在哪裡？」基翠奇嘶吼道，「你只要告訴我們，我們就當作什麼都沒發生。這裡有上百萬個房間——」

「傳說中的那筆錢，沒人看到的錢。」我盯著他。「你們擅自決定我拿了錢。基翠奇，別把我當小孩子。」

一片慍怒的沉默中，湯姆說，「聽起來你才把別人當小孩子。」

「喂？」安娜對著她的手機說，「我要通報一起竊盜案——」

藍道看著基翠奇，基翠奇看著湯姆，湯姆看著蹲在地上的女孩友人。每個人都在等待許可，準備卑鄙地逃離現場。

蕾娜從角落說，「你們就走吧。」我一直沒看到她。她靜靜坐在角落的折疊椅上，身後兩側牆上掛滿一排排腳踏車。她戴著跑趴時必戴的禮帽，但今晚帽子讓她看起來像可憐的小丑。「我會留下來。如果你們那麼肯定罪魁禍首是詹米，他也可以在這兒等警察。」

女孩對一一九接線生說，「雪林佛學院？」其他人魚貫離開，沿路竊竊私語。「卡特宿舍，我們在地下。對，就是維修地道，你怎麼知道——」她跟著大家走到走廊，八成不想繼續看我的臉。

蕾娜往後靠著椅背。「派對好玩吧。」

「他們真快就判定是我。」

「你最近態度這麼好，跟你在一起這麼開心，我想原因很明顯吧。」

我酸酸地說，「謝了喔。」

「不會不會。」

我心想，這個地方瀰漫詭異的工業風，到處只見鋼鐵和腳踏車輪，確實適合辦派對。有人在角落壞掉的多功能越野車旁設了牌局，現在一小疊紙牌散落在地上。蕾娜的洗髮精酒吧就在我旁邊，看來瓶子依照顏色排列。我開始從桌上收起瓶子，打算丟掉。

「等一下。」蕾娜說，「我相信警方會想留著當證據。」

「妳真的很吃要被停學這一套耶。」

她聳聳肩。「學校不會讓我停學。」

「因為妳們家是學校的重要捐款人。」

「你早就知道了。」她說，「沒錯，除非我殺人，不然我想我沒問題。」

我可以斷斷續續聽到安娜在走廊上跟別人說話，彷彿這是我們的牢房，她是獄卒。

「伊莉莎白收到電子郵件要她過來，」我終於說，「我的帳號寄的，但我沒寄信給她，剛才我就是在走廊上跟她說話。全都預謀好了，這件事或類似的事本來就會發生。」

蕾娜稍微坐挺一些。「湯姆告訴我你的電腦怎麼了。」

我皺起眉頭。我還沒跟他說汽水爆炸的事，不過也許伊莉莎白說了。「嗯，我是說我覺得不意外。她帶了一包毒品——顏色鮮豔，形狀像星星月亮。錢的藉口太牽強了，我懷疑她本來要拿毒品陷害我，但後來發現藥不見了，只好想別的方法？」

「詹米，我不確定。」

外頭安娜的聲音靜了下來。「等一下。」我說完打開門。「妳可以進來一下，讓我問一個問題嗎？」

我第一次好好瞧了她一眼。她身穿鮮豔的衣服，脖子戴著頸鍊，金色直髮又長又柔順。她的表情表明她寧可吞下一盒蠍子，也不要跟我多說一秒的話。

她說，「不要。」

「沒關係，在這兒也可以。」她微微顫抖，我雖然不想嚇她，心中仍有點慶幸換別人擔心受怕。「魯西安．莫里亞提給妳錢多久了？」

安娜咬緊牙關。「你瘋了。」

「沒有嗎？我換個問法好了。多久以前開始有人——不管是什麼人——給妳錢，要妳毀了我的生活？」

我感到蕾娜來到我身後，喃喃說，「詹米。」

我轉向她。「她在我面前掉了包包，故意的，周圍都有目擊者。妳確定妳不認識她？我以為要受邀才能參加這場派對。妳認識她的朋友嗎？妳以前看過她們嗎？」

蕾娜說，「我不認識她們。」出乎意料之外，她聽起來很生氣。安娜從我另一側默默退開，彷彿我掏了槍。「但我不會在大家面前趕走幾個可憐的新生。詹米——你應該那個——你該走了。鳥事都跟著你來的吧？你本來狀況就不好，然後你來派對——」

「然後我得寫英文作業，但妳不肯告訴我。好吧，或許我該先跟妳說清楚，但到底要怎麼說，我聽起來才不會像瘋子？『我身邊發生這麼多慘事，但我有很多可信的理由可以解釋』？『我最近看來也許笨手笨腳，態度又很混蛋，但我真的沒有』？」

出乎意料之外，她說，「你可以說，『嘿各位，我覺得我得了創傷後壓力症候群』，或者『嘿各位，我又碰到更多糟糕的鳥事，我絕對沒有假裝，因為上次發生的時候你們都親眼看過了。』也許我們都能幫你。」

「我們是誰？妳和湯姆？你們能做什麼？我不想把你們拖下水。湯姆？妳說真的？湯姆從什麼時候開始想管我的鳥事了？」

「那我想幫忙啊！那時候我也在布拉格，詹米，我也在柏林。我親眼看他們拿擔架把你扛走——我還買了那堆該死的藝術品！」我很訝異蕾娜推了我一下，不太用力，不是想傷害我，只讓我踉蹌退到走廊上。「我應該能幫忙，或許叫你去做諮商。湯姆就在做諮商啊！他可以跟你談談！可是你只假裝……天哪，你好自私。你以為只有你想她。」

「這件事跟——」

「不要假裝這跟夏洛特無關！」

「蕾娜，妳到底為什麼這麼在乎這件事？我是她最好的朋友！」

蕾娜盯著我，眼神陰沉又憤怒。「她也是我最好的朋友。」

「我無法——蕾娜，我一個晚上能恍然大悟的次數實在有限，好嗎？」

「兩位？」安娜清清喉嚨。「我完全聽不懂你們在說什麼。」

蕾娜摘掉頭上誇張的帽子，夾在腋下，彷彿來到表演的末尾。「詹米，你不想要朋友，你知道嗎？你只想獨自漂浮在悲慘的小泡泡裡。但你又到處晃來晃去，表現得一副我很悲慘，我好孤單。你這叫自作自受！我看過魯西安是哪種人，好嗎？當時我也在場，我們都會相信你。」

警方很快就會到了，他們會問東問西，拿出手銬，帶我去偵訊室。教務主任也會問我問題，家長會打電話來，懷疑我是詐領獎學金的廢物、殺手、把寶石塞進女孩喉嚨的男生。過去一年我全速衝刺，以為早把這一切拋在腦後了，現在卻突然被迫倒退。

好啦，好啦。如果非承認不可——我很想她。

天哪，我好想她，尤其現在。

我告訴蕾娜，「是啊。」她說的沒錯，她都說對了，但無所謂了。因為或許我不想要其他的朋友，或許我只想要夏洛特。想要治癒毒害，我只能以毒攻毒。想念她既病態又可悲，我簡直像該死的笨蛋。或許我因而非常怨恨自己，以致於現在仍無法正眼看蕾娜。「是啊，因為上次結果完全就是這樣嘛。」

一臉無聊的警察打著呵欠抵達，馬上把安娜帶去偵訊。蕾娜不知為何跟在他們後頭，嚷嚷著什麼救護車。走了兩名穿制服的警察後，還剩下一名怒目瞪著我，以及我的老朋友雪帕警探，他看起來寧可吞下整個蜂巢的蜜蜂，也不想回到這個校園。現在他和我都很熟悉程序了，他甚至沒有試圖在爸爸到場前質詢我，只顧自檢查現場，丟我在那兒悶悶不樂。穿制服的警察撞掉掛在牆上的一台腳踏車，車子掉下來時，連帶又撞倒了一台接一台，緩慢落下的腳踏車擋也擋不住，宛如犀牛在玩慢動作的骨牌遊戲。接著教務主任抵達現場，身穿睡衣、睡袍和霓虹色的運動鞋。隨後我爸爸也到了，雙眼炯炯有神，一如往常精神抖擻到令人受不了。大人們埋頭商談後，我們一大群人走到小丘上鐘塔內的校長辦公室，鞋子把爛泥和塵土都踩進玄關的花紋地毯上。

我們跺掉腳上的雪時，雪帕警探說，「我說過了，我傾向在警局偵訊他。」

教務主任搖搖頭。「你已經帶走那個女生了。算我運氣好，不然我到之前你們就會讓華生同學也消失了。」

「我們不是——」

「反正我都起床了。」教務主任陰鬱地說，「去年的道布森事件後，我們制訂了新方法來處理這種……狀況。這個『新方法』在平日半夜把我從床上挖起來，所以沒錯，我們要在這兒處理。我不懂那個孩子為什麼打電話報警，這是校內的問題。」

大家邊吵邊走上樓梯。爸爸走在最後頭，看起來精神奕奕，彷彿剛喝了一壺咖啡，又跑完三鐵。當下我有一點恨他，但我想是因為我太挫折了。

他說，「你叫我來接你的時候，或許我應該馬上來才對。」

「可能吧。」我脫下手套，塞進口袋。鐘塔內的辦公室意外溫暖。

他挑起一邊眉毛。「你不說『爸，你怎麼不認真一點』？『爸，為什麼你不咒罵我的名字，哀嘆我們家的厄運』？」

「你要聽真話？」我說，「我最近……運氣有點背。我不會指示你怎麼做，你當怪怪的你就好了。」

「謝了。」他搞笑地說，「不過警探看來有點想把你開膛破肚」——雪帕站在樓梯平台上，低頭看著我們——「我們就在處刑隊面前繼續當怪怪的自己吧？如果你想試試看，他們搞不好挺想聽你哀嚎。」

鐘塔頂樓整層都是校長辦公室，我們擠進去，大家都站著等待指示坐下。一群疲憊的大人當中，校長相對顯得氣宇不凡。她全身乾淨整潔，身穿套裝，坐在辦公桌後。她的助理把咖啡倒進瓷杯。

「威廉森校長。」爸爸伸出手說，「我是詹姆．華生，詹米的爸爸。很榮幸見到您，真希望我們能在更好的情況下見面。」

她只簡短地說，「嗯。」去年她也是校長，我不知道扯上我的時候，她到底多常碰到「更好的情況」。「各位請坐。哈利，把咖啡端給大家，然後去接電話，今晚結束前就會有人打來了。」

「如果警方找到錢，可以通知我們嗎？」我在她的長沙發坐下，然後問道，「等他們釐清事情經過之後？」

校長和雪帕警探互看一眼。他終於說，「再說吧。」

「詹米。」教務主任從袋子拿出平板電腦，我看到旁邊有一根波浪鼓；她把小孩子留在家趕來。「我調出你的記錄。雖然去年發生那些事——」

「事後證明他是清白的。」爸爸插嘴說，「那件事已經結案了，多謝這位好警探。」好警探白眼整個翻到天花板，一句話也沒說。我不是第一次想到，或許當初我們應該請他幫忙揭發布萊妮．戴恩斯，而不是單單告知他，還等到事情結束後兩天。

「雖然發生那些事，」教務主任從鏡框上緣往前看，「詹米這一年的學業表現都很好，不只修習大學先修課程，成績也很優秀。然而過去幾天，我看了你的老師本週的評分表——聽說物理報告佔整學期幾乎一半的分數，你卻報得非常差？老師的筆記說，你整整岔題三分鐘在講太空電梯。」

「太空電梯？」我在腦中搜尋報告的記憶，卻發現一點印象都沒有。「喔。」

「喔，」教務主任說，「對。昨天你還蹺課——你沒有交任何作業？你的大學先修英文課應該要交回覆報告，你錯過了大學先修微積分的小考。你的法文老師說你寄了一封詭異的電子郵件，講他吃蝸牛的事，看起來像用翻譯軟體翻過好幾次——坎恩老師在『紀律』欄表示他很失望，並且想知道你是否吃素，才無法接受上週的課程談論法國美食。你有印象嗎？」

爸爸用手熱情拍拍我的肩膀。「吃蝸牛確實很野蠻吧，詹米？」

我真的、真的應該更改電子郵件密碼。我怎麼這麼蠢？我怎麼會如此焦躁不安，居然連掌握在我手中的唯一務實解法都沒試過？

「你的行為的確不正常。」也許我不值得校長這麼溫柔的口氣。「現在那個女生又說有人偷她東西。今晚之前，你跟她接觸過嗎？」

我搖搖頭。

「安娜去參加蕾娜・古塔舉辦的派對，蕾娜是你的朋友——」

雪帕警探喃喃說「已知同夥」。

我把頭埋進手裡。「前幾天中午，她跟我們坐同一桌吃飯，但我沒跟她說話。」我隔著手指說，「那個女生，我是說安娜。我沒寄那些電子郵件，有人闖進我房間，刪掉我的物理報告，害我熬夜重寫，所以我睡眠不足，然後……好吧，沒錯，我覺得太空電梯非常酷，這個部分完全是我的錯，或者應該是我的潛意識的錯，或者我缺乏睡眠出現幻覺了。可是隔天午睡的時候，有人闖進我房間，駭進我的電腦——」

爸爸說，「你沒告訴我這件事。」

「——拿健怡可樂把房間噴得到處都是，也噴了我的筆電。現在我的女友恨我，蕾娜不肯告訴我大學先修英文課的作業，除非我去湯姆的派對。我真的非常非常累，我甚至不知道今天星期幾。而且說真的，我知道幕後黑手是魯西安・莫里亞提，全部都是他的錯。」

教務主任、警探和校長都仔細盯著我。

「你是說有個姓莫里亞提的人吃了你的作業，」教務主任說，「基本上就是這個意思。」

雪帕警探清清喉嚨。「並非完全不可能。」

「然後你在平日晚上去參加違規的派對，結果有個女生宣稱你偷了她的一千美元。」校長說，「我應該要提醒你，我們是來討論這件事。我通常不會為了太空電梯半夜召開緊急會議。」

「並非完全不可能。」需要重複這句話顯然讓雪帕心神非常痛苦。

爸爸問道，「太空電梯嗎？」

「莫里亞提是幕後黑手這件事。」

「對吧！」我指向雪帕。「去年你也在場，你也記得。」

「可以麻煩誰帶夏洛特．福爾摩斯過來嗎？」他問道，「她到底在哪裡？通常如果有東西爆炸，或有人受傷，你們兩個都會一起躲在角落，談論你們的感受。」

教務主任的手機響了。說「響了」還算委婉，其實是發出類似呱呱叫的聲音。「我的保母打來的，」她低聲說，「我們還要多久？」

「福爾摩斯小姐今年沒有回來學校。」校長簡短地說，「這次只跟華生先生有關。」

她的助理敲敲半掩的門。「威廉森校長？博物館策展員打電話找您？還有一個叫蕾娜．古塔的學生──」

「對，」她嘆了口氣，「當然沒錯。請她進來。」

蕾娜披著毛外套大步走進來，一面說話，一面一圈一圈又一圈鬆開圍巾。「安娜沒事，如果你們不相信我，可以打電話確認。她說她在餐廳跟貝克特．萊辛頓買毒，他先給她一些樣品，然後約好今晚在維修地道見，把剩下的貨給她。那筆錢就是用來買毒。」她皺起眉頭。「總之我們一出來，我就要警察叫了救護車，我真的很擔心她。我可以喝一杯咖啡嗎？」

房間立刻鬧成一團。

「這件事跟毒品有關？」教務主任轉向威廉森校長問道，「毒品？我以為是錢——」

「你也有吸嗎？」爸爸仔細端詳我的臉。

校長疲憊地舉起雙手。「各位，拜託。蕾娜，妳知道問題不在妳的朋友吸了什麼毒，而是有人偷了她的錢嗎？」

蕾娜真是天才，徹底的天才。等大家釐清她搞出的這團亂子，我們早就能確認那筆錢是消失或不存在了。這名新生會接受戒毒治療，起碼也會受到嚴重警告——趁警方再次追起雪林佛學院的藥頭，我們或許有機會自己調查這起事件。

就從安娜替誰工作查起。

蕾娜皺起眉頭。「這一點你們真的需要問她？我不清楚，她講到的大部分都是快樂丸，還是搖頭丸？我其實不知道差在哪裡。」她頓了一下。「也許她兩種都吸？詹米，你願意做藥檢吧？我們兩個什麼都沒吸。」

我沒有吸過搖頭丸，其實也沒碰過任何毒品，頂多在歐洲偶爾喝酒，通通都合法。就算我對毒品或大麻有些興趣，我跟警方交手的歷史太悠久複雜，我實在不想多加一筆。

我附和說，「我完全願意做藥檢。」至少我能通過這項測試。

爸爸的手機收到簡訊，叫了一聲，他當作沒聽見。

警探掏出筆記本，問我說，「派對上有誰？我需要完整的名單。」

「策展員還是想找您，」校長的助理說，「他在路上。」

她嘆了一口氣，終於讓步，走出辦公室去接電話。

「派對，」教務主任說，「蕾娜，有誰在場？」

「喔。」蕾娜看來真的很訝異聽到這個問題。「我絕對不會告訴你們。」

「妳不要告訴我們。」

蕾娜說，「告訴你們形同社交自殺。」爸爸遞給她一杯咖啡。「我剛出賣安娜，已經可以感到我的股價暴跌了。況且我都高三下學期了，不值得。有牛奶嗎？」

現場沉默了好一陣子。校長回到辦公室，皺起眉頭，問停下筆的雪帕，「你怎麼沒在替蕾娜做筆錄？」

「她的父母不在場，我不能訪談她。」雪帕說，「妳忘了嗎？這是妳訂的規定。」

「不覺得大家都有點暴躁嗎？」爸爸悄聲對我說，「也許是攝取太多咖啡因？」

「妳如果不說，我們可能得罰妳停學。」教務主任對蕾娜說，「告訴我們派對上有誰。妳不用跟警探——」

「雪帕可以訪談詹米，他爸爸在場。」蕾娜說，「有糖嗎？」

爸爸把糖遞給她。他的手機又叫了一聲，他依舊當作沒聽見。

教務主任問道，「你不接嗎？」

「各位，拜託。」校長說，「我再重複一次——詹米，派對上有誰？」

我說，「我不能告訴你們。」即使我們都還在房子裡，我就放火燒屋，我想也沒有人會阻止我。反正我們早就深陷地獄了。「社交自殺。」

「蕾娜——」

「我爸爸想要捐贈一棟新的宿舍。」她漫不經心地說，「我知道你們都很喜歡他之前捐的三棟。」

「重點不是派對！」我說，「重點是魯西安．莫里亞提！聽我說，這次我會照規矩來，我告知你們了，你們就是正港的執法機關。我們可不可以難得搶先這場歹戲一步？」

「各位，拜託。」威廉森校長在西裝外套上盤起雙手。「我非常非常累。詹米，我的策展員要帶一批作品過來，會讓你的處境更加複雜——」

「有可能嗎?讓我的處境更加複雜?」

「——我建議你別再拿莫里什麼的當代罪羔羊,好好合作。」

「校長?」哈利探頭進來說,「策展員跟他的助理到了。」

教務主任大聲說,「現在半夜耶。」她的手機又開始呱呱叫。「半夜。我是單親媽媽,我有四個小孩,現在託鄰居照顧,我還得從睡夢中挖他起來幫忙。不過又是學生在維修地道玩耍,我們還要叫多少人起來?這件事有什麼好奇怪?蕾娜,這次妳買通哪個工友給妳密碼?」

蕾娜張開嘴,好像要回答,但又決定閉嘴。

「我們都有小孩,」雪帕嚴肅地說,「我們也都要承擔責任。有個女生的錢被偷了——」

教務主任站到他和校長之間,直接打斷他。「校長,說真的,何必呢?這位同學不過是高三下學期有點情緒崩潰,好意外喔!不代表他就是小偷,或是——或是藥師——」

「妳是說藥頭吧?」爸爸提示她,「我想『藥師』應該是藥劑師的簡稱。還是妳想講毒蟲?」他突然閉嘴,因為我用手指掐住他的手臂。

「藥頭。」教務主任說,「對,沒錯。我們可以回家了嗎?」

校長對助理哈利說,「等一下,請叫比爾進來。」哈利依然盡責地拉著門。

策展員比爾一臉苦惱，滿頭白髮，他的一對助理看起來像哈利的雙胞胎。兩名助理拖著巨大的裱框肖像畫，動作有夠粗魯，我都嚇了一跳。其中一位的畫撞到門框，他咒罵一聲，又繼續前進。

校長也很了不起，看來一點都不驚訝。「我想這些就是為了雪林佛百年校慶委託製作的肖像畫？可是發生慘事，畫都無法展出。我看你這樣對待布萊克利榮譽校長的臉，顯然我沒說錯？」

金髮助理飛快眨眼。他把畫作朝向自己，導致布萊克利榮譽校長的臉就靠在他的胯下。「我忘了拿眼鏡——我通常戴隱形眼鏡工作，不過我在博物館放了一副眼鏡。時間太晚，我眼睛不舒服，需要換成眼鏡，於是我回去拿，就發現有人毀了這些畫。」

比爾挑起一邊濃密的眉毛。「雖然他的說明有點亂七八糟，但大致就是這樣。畫作今天下午從紐約運來，我以為會是專業的藝術品搬運公司負責，結果居然是用卡車整疊扛來。我還沒拆開包裝。我的助理今晚進來，發現包裝散得到處都是，彷彿欣賞藝術的浣熊還是什麼跑進來，然後畫都變成這樣。我拿了，呃，最具代表的幾幅給您看。我想說不需要小心輕放了。」

另一名助理把他的肖像畫轉過來。這幅畫的是喬安・威廉森校長，她的身形高大威嚴，臉上和脖子覆蓋美麗的陰影，懷中抱著精裝的雪林佛學院道德規章。畫作帶有特別的風格——人物頭髮散亂、浪漫、有點憂鬱。這幅肖像畫得很棒，其實看起來就像我們在柏林追查的廉根堡假畫。

只不過有人刮掉她的眼睛，用亮粉色噴漆寫上**華生到此一游**。

「我得去廁所。」蕾娜突然說完就走了。

「當真？」話從我口中噴出來，「你們認真的嗎？你們當真沒搞錯？」

爸爸看起來有點擔心。他說，「詹米。」

「『一游』，他寫成『一游』。『一游』！我可是有修大學先修英文！我讀很多書！我會讀書，又厚又重的書！我讀托爾斯泰和福克納的作品，結果——『一游』？」

雪帕警探咬住嘴唇。「你沒有接近博物館？」他埋頭看著筆記本，一面問道，「最近沒有？」

「我根本不知道學校有博物館！」我的聲音有點尖。「為什麼我們會有博物館？」

策展員比爾一臉不知所措。「通常我們會輪流展出歷史文物，今年是百年校慶——」

我說，「是喔。」我受夠了。我身處一齣鬧劇，隨時都會有人交給我一隻橡皮雞和一把刀，叫我跳舞。「好吧，我相信如果你們現在回去我房間，會發現有人放了五十三罐亮粉色的噴漆在地上，還有一本字典翻到『ㄧㄡˊ』那頁。我不管，不是我做的！我什麼都沒做，但顯然無所謂了，因為有人要陷害我。粉紅色噴漆？亮粉色？你在開玩笑嗎——」

哈利探頭進來。「威廉森校長？有您的電話，對方說是恰逢時宜商店。」他推推眼鏡。「他們知道現在多晚嗎？」

「我們透過這家公司找到畫家。」比爾說，「我去請他們裱框時提到這個計畫，他們就推薦了畫肖像的瓊斯先生，價格非常實惠。」

「把電話接進來。」校長繞過桌子走到電話旁，「喂？對，對，確實很不尋常。半夜？喔——喔，我懂了。」她皺起眉頭，草草寫下幾個字。「是，是。嗯，謝謝妳撥空打來。」

她掛上電話。教務主任問道，「怎麼樣？」

校長嘆了口氣。「看來恰逢時宜商店逮到員工破壞出貨的作品，想要警告我們。應該說前員工，他就是因為不滿遭到解雇才搞破壞。他叫法蘭克．華生，他還毀了整個店面。聽起來這回是我們搞錯人了。」

警探嚴厲地盯著我。我盡可能若無其事向他微笑，但威廉森校長才接起電話，我的脈搏就開始加快。

「店主發現後想留言給我們，以防他也破壞了我們的作品。」校長重重坐在位子上。「我想她很意外這麼晚居然有人接電話。各位先生女士，我非常累了。華生先生，你何不休息五天，把你跟你的……問題處理好？」

我問道，「就這樣？」

「法蘭克．華生。」校長盯著我。「法蘭克．華生，這……好吧，我想說得過去。很抱歉把你捲進來。」

「所以我沒有停學囉？」

她嘆了口氣。「我還不確定。先等幾天，看警方對你的偷竊嫌疑怎麼說，當然還有毒品的問題。離開學校五天，去住你爸爸家。假如你沒有錯，我們就當你請病假。你確實狀況不好，這個藉口不算誇張。假如你確實有錯……對，你就會停學，我們也必須通報你申請的大學。」

五天。

有點挑戰，但我已經在做打算了。

我會找安娜談，跟她討價還價，想辦法讓她開口。我會去堵基翠奇和藍道，看他們是否對我有意見，也看同宿舍的人是否缺錢，或經常在丹恩太太的桌子附近閒晃，接近她裝萬用鑰匙的上鎖抽屜。丹恩太太可以跟我說她看到中午有誰進出宿舍，包括教職員、學生或維修人員。伊莉莎白可以跟我說她回到卡特宿舍地上後，有沒有看到誰逃離現場。

蕾娜可以給我派對的邀請名單，不過要先等她掛掉電話，離開廁所，不再假扮成恰逢時宜商店的員工。

「很合理。」教務主任已經半個人走出門外。「我要走了。校長，明天見。」

「嗯，晚安，我很抱歉。比爾，你就……說真的，我不知道該拿這些畫怎麼辦。我覺得看起來還算前衛？留下來好了，也許選修表演藝術的學生會想把畫放進大砲之類的發射。警探，我想我們可以明天繼續？詹米——」

一切都還害我頭暈目眩——派對，電子郵件，爆炸的汽水罐，搔抓我後頸的纖錦沙發，遭到破壞的畫作，整群指責我的朋友，雪帕像X光掃射我的眼神。我懼怕的事太多，天哪，過去十二個月我已成了這方面的專家。我過度沉溺於哪裡出了錯，卻忘了為什麼我一開始牽扯上福爾摩斯。眼前充滿危機，與我的未來息息相關。

眼前有個案子等著我調查。

老天救救我，我好興奮。

「莫里亞提？」校長說，「我好像在哪兒聽過這個名字？」

這時蕾娜從門口溜進來，滿臉通紅，擺明非常得意。「我錯過了什麼？有什麼好料嗎？」

「古塔小姐，」雪帕說，「可以借一下妳的手機嗎？」

第十二章　夏洛特

十四歲時，我決定我受夠了，管他的。我媽媽無能為力，爸爸可悲差勁。我這個孩子也真蠢，還以為值得努力，把自己塑造成他們的樣子。

一開始，我只偶爾吸毒。當我覺得鋪天蓋地的虛無難以承受，當一本新書或跟哥哥下棋都無法令我分心。我時時刻刻提心吊膽，彷彿斧頭隨時會落下，所以假如我能躲在防護罩後面，何樂不為？我把藥分成兩半，告訴自己這樣比較安全，但我知道是為了吃久一點。當媽媽在公司滑倒跌斷腿，我知道她會帶更多藥回家。我就是從她浴室的櫥櫃偷藥，才終於被逮到。

「逮到」這個說法比較無聊，實際上他們送我去勒戒。爸爸說，**這是玉石俱焚的選擇**。爸爸教我辨識謊言，清理槍枝，把自己變成別人，因為我本人總是不太對勁，永遠不對勁，所以最好還是當別的女生。他總是很失望我在偽裝下仍是他的女兒。

到了聖馬科斯的帕拉貢女子中心，鎖在牆上的電視總在播影集《我們的日子》，我在電視下學會怎麼玩梭哈。我喜歡上《我們的日子》。每天晚上，我一邊跟當時的室友梅西討論劇情，一邊自學怎麼把針筒裝滿毒品，再彈一彈去掉多餘的空氣。針筒來自已婚的勤務員，他跟隊上的首席心理醫生外遇（褲子拉鍊沒拉，午飯後遲到十分鐘；我開開心心勒索他好幾個月）；毒品則來自我的前室友潔莎（她會在靴子鞋跟挖洞，我很快就學會這招），她沒有拍攝洗潔劑廣告討生活時，每個星期天都會來拜訪我們。這個計畫持續了頗偉大的四週。她們不是我的**朋友**——想交朋友，你必須分享自己和你的過去，但我不做這種事。共犯會在當下跟你合作，我們是共犯，而且合作無間。

結果梅西出賣我們，換進單人房。潔莎重新回來勒戒。我立刻被趕出去，但我帶走了養成的習慣。

我像個小孩，以為我能回家了。

到了佩塔盧馬當下新世代中心，我真的努力了。我盡可能阻止自己淪陷，盡力對抗像脈搏在皮膚下潛行的誘惑，那股渴望、渴望、渴望。過去我能完全掌控自己，現在我卻成為乘載別種能量的電流。我開始吸菸，大家說這是尚可接受的替代方案。我被迫去做瑜珈，變得既柔軟又憤怒。心理醫生想要我哭，我就哭給他看。我迫切想逃進自己，感覺像牙齦和皮膚下搔不到的癢，或血液中一點都不假的燃燒火焰。我沒有爬到床下等死，反而叫同宿舍的女孩站成一排，只看她們的腳，就說出每個人的鞋號，以及她們家裡養的寵物。我像算命師看她們的手掌，判斷她們是否工作過。我們沒有人工作過，當模特兒不算。

他們要我做的事，我都做了。

然而我的父母從沒來看我，叔叔從沒打電話來。我的朋友來來去去，我們不是朋友，甚至不是共犯，她們只想尋求傾聽的耳朵，而我剛好是會聽的安靜女生。她們出去後要吃的五彩紙屑蛋糕，她們去海灘路上要播的收音機電台，畢業舞會，前女友，前男友，無止盡延展向她們可以預想的未來，但我做不到。什麼未來？如果我「康復了」，我會去哪裡？我的明年是什麼樣子？

我的決心潰堤了，畢竟我還是人。沒有可預期的獎勵，我無法找出動機改變。況且勒戒中心的老師爛透了，我不需要重學化學元素表，有大把剩餘的腦力，可以好好利用。我明目張膽教其他女生如何把藥藏在手心，如何在床墊上挖洞。我想要變得更高大、更響亮、更強壯，於是我開始吃興奮劑，吸古柯鹼。這是最容易入手的藥，也是我能找到最明顯的毒品。我有個目標：這裡跟大多數勒戒中心一樣，比起「畢業」，造成惡劣影響而遭到開除容易多了。

於是我被開除了。我回到英國，讓媽媽評估我的進展。一如往常，一旦我不再想回家，我馬上就得到回家的機會。這次爸媽沒有把我送走。在家裡，我有實驗室、小提琴、無線網路、司機，以及寂靜，無比的寂靜，沒有人跟我說話，不用上課，不用上學。狄馬西黎耶去突尼西亞的實驗室工作了，沒有人想到找人替補他。我報名線上的有機化學課程，每天讀書十六小時，三週就完成課業，拿到四個大學學分，但血管仍蠢蠢欲動地發癢。我花一星期把房間的牆漆成黑色，重漆成深藍色，再漆回黑色，又漆成骨白色。我在媽媽可悲的小跑步機上跑了好多公里。也有些好事：我養了盆栽，拉琴好幾個小時不受打擾，我說過我養盆栽，還有實驗桌，篩查攪拌的程序，雙手的動作。工作讓我記起自己的身體，給我一絲絲的控制。然而一旦我低下頭，想起我的皮膚，以及背後的事實，灼燒感便會再次浮現。

有天早上醒來，我感到滿足。我坐在床上伸懶腰，告訴自己，我永遠都會這麼滿足。我可以一個人，我不用再是渴望的聚合。

隔天，我又開始感到嘴內發癢。

不出多久，我就在義本找到藥頭，比呼吸還容易。

我也有習慣的小動作。雖然華生天天觀察，但他永遠看不出來。或許只有我吸毒時才會出現，也許少了毒品，我只是一片空白。媽媽總是知道我何時復發，馬上就發出警訊。她說她「受夠了」，旁觀管家清空我的抽屜；她永遠不會親手碰我的東西。爸爸當然不在場，他在倫敦，擔任英國政府的顧問，他從麥羅學校得到的人脈終於替他擠出職缺。當年他在情報局當雙面諜販賣情資，遭到揭發後名譽受損，缺乏好名聲找不到工作。爸爸堅持拒絕不在食物鏈頂端的工作，非要當魅力四射的物種領袖。他寧可選擇多年不工作，也不願意喪失權力，我們都因此受害。

現在他成功擠回權力中心，準備競選公職。假如有人審查他的背景，列出的第一條一定是：**毒蟲女兒會造成問題**。

我需要接受治療，或至少做出接受治療的樣子。

他們送我去那些便宜的地方、奇怪的地方，各種成癮病患都毫無區別關在一起。在布萊頓那間，整片白色害我無法思考。女孩們身穿運動服，頭髮骯髒，塗著指甲油。我們不准持有尖銳物品，於是腿毛越長越長。沒有事情好做，我便開始自學德文。每天每夜，我都在腦中自言自語：nichts、danke、nichts、danke、nichts、danke。我告訴自己，等我去找哥哥的時候，我就會說當地的語言了。我畢業了。我去找他，他看我的眼神，彷彿需要用玻璃把我包起來。我又回去。在學時我學過法文，現在講得更流利了，我還記得拉丁文，所以學法文很快。我學會尤克牌、惠斯特牌、克里比奇牌、德州撲克牌，成天跟整桌的女孩打牌，努力不要輸給渴望。

但我還是想要，停不下來。當我想不出別的方法，我把這份感覺埋在腳底地下。為了不要覺得我錯了，我什麼都試。我像植物在黑暗中成長，不斷往內扭曲，尋求一點點的光。

我與自己作伴。這不過是委婉地說我是自己唯一的朋友，如果我想獨處，就得除掉自己。

我沒這麼做。

大概是家裡的錢花光，或父母耐心耗盡，他們終於把我帶回家。醜聞即將爆發，他們要組織戰力，所以他們要雇用奧古斯特．莫里亞提。

那天晚上，我待在曼哈頓中城的高級飯店，賺業餘玩家的錢。

今晚跟我玩牌的女生是潔莎．捷諾維西、娜塔莉．史蒂芬和潘妮．柯爾。她們都是女演員，也是模特兒，同時在社群媒體上賣減肥茶，運動休閒品牌會送給她們非常昂貴的衣服。華生會說她們靠不實手法賺錢，但我尊重她們。對某些人來說，最刺激的追尋到頭來找到的不是罪犯，而是一大筆黃金。

如果我聽起來語帶輕視，是因為我嫉妒她們。

例如演戲這回事。有幾把刷子的偵探都知道，想從目標口中探出資訊，你必須扮演一個角色。我扮演過時尚部落客蘿絲這種全心投入的角色，算是極端的例子。我沒有警徽，無法強迫對方回答，因此必須採取較卑鄙的手段取得資訊。就算警探能「做自己」，他也要知道何時威嚇，何時哄騙，何時承諾，何時撒謊。

我相信如果你在深夜去找警探，趁他們感傷又有點醉的時候，問他們有機會演莎劇的話，會不會贏得滿堂彩，大部分的人都說會。（我經常覺得我很適合扮演《李爾王》的寇蒂莉亞，不過我岔題了。）

參加牌局之夜的女孩從事我向來渴望的工作。她們打牌的功力還算可以，非常漂亮又有錢，沒有人想謀殺她們，至少我沒聽說。沒錯，我有點嫉妒。

我會在這兒，是因為我需要錢。

潔莎・捷諾維西在她的飯店小套房招待我們，她住在這兒，拍攝新的恐怖藝術電影《山谷》。我們起初在聖馬科斯的帕拉貢女子中心是室友，那時她還在拍洗潔精廣告，現在早已今非昔比。我知道潔莎比我大三歲，因為勤務員都讓她抽菸。我也知道她是演員，因為她講話聲音頗大，又搭配手勢，她會讓聲音穿透到遠方，注意不要爆音，同時掃視誰在看她，依照對方改變說話方式。沒錯，她是義大利人，多少可以解釋她的聲量和活潑個性——我其實很喜歡義大利人——但無法解釋她自以為獨處時，只要一點聲響就會嚇到。趁她讀書時嚇她，她也會一驚。她時時刻刻都在讀書，讀了一本又一本背景在蘇格蘭的羅曼史小說，所以她經常被嚇到。你可能認為小時候她家裡很安靜，她習慣寂靜。可是不對——她會壓抑自己的反應，只會嘴唇一抖，稍微抽動放在床上的手。

彷彿她時常害怕有人偷偷靠近，害怕對方會對她做什麼。彷彿過往她必須隱藏自己的恐懼。

有天晚上，我們在房內吸毒嗨翻，我把光看她就發現的每件事告訴潔莎。她哭了，然後跟我說了一些她媽媽的事。接著她想出一個計畫，利用我的能力讓我財源滾滾，讓她永遠不需要回家。

於是我們開始打牌。

只要潔莎和我同時在紐約或倫敦，我們就會碰面打牌。她會帶來一些朋友，每次都不同人。我會贏走他們的錢，一開始慢慢來，接著飛快加速。潔莎會確保他們玩得開心，根本不在乎。

他們離開後，我會把當晚從他們身上挖出的所有資訊告訴潔莎，隨她去用。

六個月前，我在倫敦設局玩得挺開心，可是今晚……我覺得有點不舒服。但我快破產了，華生又有危險，目前桌上有兩千七百美元，今晚的兩個女生潘妮．柯爾和娜塔莉．史蒂芬隨時想走都行。

多虧潔莎的努力，她們並不想走。她叫了香檳、雞翅、薯條和鵝肝醬，播放冷調回聲的嘻哈音樂，令人感覺到性感又偉大。她不停分享音樂人的惡行惡狀，雖然我沒聽過那些人，但娜塔莉和潘妮聽了都哈哈大笑。

「然後他拉上拉鍊，我是說他獨角獸道具服背後的拉鍊。太厲害了。」我其實聽不懂這個故事，但我看得出來潔莎講得很好。

「妳們就是這樣認識的？」娜塔莉咯咯笑。「在這種表演？」

「不，夏洛特跟我是老交情了。」潔莎說，「康復之家。」

她們互看一眼。潘妮在迪士尼頻道有自己的情境喜劇。娜塔莉以前是娛樂頻道的老牌影星，後來變成基督教歌手。如果潔莎和我有毒癮，我們今晚的聚會只要曝光，她們的公眾形象必然會受損。

「飲食失調。」我趕忙解釋，讓我顯得沒那麼危險。我不算撒謊，但我還是討厭暗示飲食失調比毒癮來得「好」，或「比較不是我的錯」。「我不太想談這件事，我現在好多了。」

潘妮完全放鬆下來。「喔，天哪。」她的口氣真誠。「辛苦妳們了。」然而娜塔莉看來比較擔心。我很熟悉這種擔心，加上她右手食指的狀態，我腦中對她累積的資訊又多了一項。

我的手機叫了一聲。我從桌下查看螢幕，簡訊來自我在雪林佛學院的線人。**他的狀況越來越糟了，妳多快能到康乃狄克州？**

我冷靜地意識到比起待在這兒，我寧可去其他哪裡都好，甚至包括我以前的寄宿學校。不過我們已經玩到最後一輪，我要收網了。

潘妮發牌時，潔莎說，「這是河牌圈了。」我們在玩德州撲克牌。「好！各位小姐，最後一次下注。」

潘妮加碼，但她在唬人；跟前三輪一樣，她在桌子底下拍腳。娜塔莉的牌確實比潔莎好——她確定自己會贏的時候，會刻意若無其事吃薯條——不過我的牌也比潔莎好。潔莎是大盲注，所以非下注不可，不會放棄。（況且最後她會跟我平分贏的錢。）

我的手機在口袋裡又響了一次。現在溜出去會顯得很沒禮貌。

但我還是忍不住看了。簡訊寫道，*詹米需要妳，情況只會越來越糟*。

我在桌子底下緊抓住手機。

我迫切需要贏這一輪。

娜塔莉端詳她的牌。「夏洛特．福爾摩斯。」她沉吟道，「真有趣，我整個晚上都在想，我小時候好喜歡夏洛克．福爾摩斯的故事。」

大家總喜歡加上「我小時候」這句，彷彿這些故事有點幼稚。我說，「很好呀。」我不怎麼想把她的祕密告訴潔莎，但我也不在乎她，以及她讀過什麼書。我只希望她下注，好讓我離開，私下聯絡我的線人。

我盡量不去想最後那封簡訊代表的意思。華生死了，倒在宿舍房間地上。華生死了，在雪地遭到槍殺，就像——

「妳知道嗎？我最近碰到一個莫里亞提家的人。」

我的脈搏加速。當然除了我沒人發現，我的撲克臉很厲害。「這個愛爾蘭姓氏很常見，」我告訴娜塔莉，「妳應該經常碰到。」

「不是。」她拿牌敲敲桌面。「真的是故事裡的莫里亞提家。我讀演藝學院——訓練年輕演員和歌手的地方——結果他來參觀學校，校方還讓他旁聽我的作曲課。我猜他有贊助學校的課程。」

魯西安．莫里亞提的顧問公司客戶名單。新增的客戶：華盛頓特區的大型高級醫院。康乃狄克州的青少年野外勒戒中心。還有曼哈頓的藝術高中。

「小姐，快點下注吧。」潔莎感到話題轉變，便說，「然後我們可以再點香檳。或許我可以打給懷錶ＤＪ，看她想不想過來。」

我的手機又叫了一聲。

「妳有問他最近有沒有犯法嗎？」我的口氣輕鬆，但聲音稍微拔尖，足以讓娜塔莉知道我有點在意。這種語氣能吸引對方，促使他們好奇為什麼你不開心，很少失敗。

這次也成功了。她向前傾身，充滿興趣。「哇，你們兩家還是不合喔？」

我聳聳肩。「可以這麼說。他這個人怎麼樣？」

「滿無聊的。戴了一頂垮帽，自以為很酷。大眼鏡。他喜歡我表演的曲子。」

「妳的作曲課同學多嗎？」我問道，「我是說，有我聽過的人嗎？」

娜塔莉瞄了一眼她的牌。「除非妳喜歡民謠搖滾？安妮．亨利是很有名的小提琴手，潘恩．歐森和瑪姬．哈威爾一起表演一陣子了——」

潘妮說，「妳們趕快啦。」音樂停了，她盯著她的錢全堆在桌子中央。「我們可以快點結束嗎？」

我把我的籌碼拉向胸前，發現我不在乎輸贏了。

瑪姬．哈威爾。

麥可．哈威爾是魯西安的假身分之一。

我的手機叫了，簡訊寫道，**妳知道妳可以阻止慘劇發生**。就這樣，我消失到了別的地方。飛回英國的飛機上，奧古斯特的眼神把我看得透徹。在灰石公司，奧古斯特把頭探進我的房間，手裡拿著我的小提琴——**妳願意拉琴給我聽嗎？**奧古斯特倒在雪地裡。

我大可在發生前阻止的事。今晚我可以搭上火車，一小時就會到賓州車站。我——

葛林探長說過，妳需要感受情緒，否則妳時不時仍會受到情緒衝擊，就會繼續做出非常愚蠢的事。

我強迫自己呼吸。

我和潔莎一起打牌夠久了，隔著桌子她也看得出我的變化。我心底有一小塊覺得，我們沒有聯手打橋牌實在可惜。「潘恩．歐森和瑪姬．哈威爾？」她接手問道，「影音網站上找得到他們嗎？」

娜塔莉笑了。「應該可以吧。他們不算很有名，大部分都在翻唱別人的作品。瑪姬人很好，但潘恩有夠自大。」

呼吸，我在呼吸了。我說，「喔。」聲音聽起來並不緊繃。

「她完全比不上妳。」潔莎對娜塔莉說，「潘妮，妳聽過娜塔莉的新單曲嗎？好聽得不得了。」

「沒錯，棒透了。」潘妮親吻娜塔莉的頭。「妳得跟我的節目製作人聊聊，也許我們可以在某一集替妳寫個角色？我們最近好像要拍一集音樂劇！」

她們看著彼此，因此沒看到潔莎眼中一閃而過的嫉妒。

我們迅速算好錢，把籌碼換成現金。香檳都喝完了。「天哪，我好累，現在還超級窮。」潘妮一邊收拾包包，一邊說，「明天早上我七點就要上工，一早要先拍泳池場景。唉呀，剛才也許不該吃雞胸肉。愛妳，愛妳——」她吻吻自己的手，朝我們送飛吻——

「不過我拿到薪水前，我們先別約了吧？」

女孩總是恣意揮霍她們的愛，彷彿把愛傳得越遠，她們就能促使世界也愛她們。彷佛世界不會拿了她們的愛，轉過來打她們一頓。不過我仍送了一個飛吻給潘妮，向娜塔莉揮手道別。我仔細檢查贏的錢——將近三千美元，我幾乎贏了全部的賭金——然後轉身面對潔莎和她的筆記本。

當下我擔心只要張開嘴，一切就會傾洩而出。我會說出我的行為多糟糕，持續了多久，造成多少傷害，好像我會向第一個問的人坦承一切。

潔莎救了我。

「妳今天還真有用啊。」我們獨處時，她的說話方式開始變得像我，短促、精準、更沙啞。顯然她在上新的表演課，而我是她目前研究的對象。

當下我無法想像為何有人會想裝成我。

我告訴自己，**想像爸爸坐在那張桌子後面，冷血一點**。就這樣，我冷靜下來了。

「演藝學院的資訊？是啊，對我很有用。」

「妳有發現她們的事嗎？潘妮和娜塔莉？」

其實我發現不少。我張開嘴巴，卻遲疑了一下。「不冒昧的話，我可以問妳打算拿這些資訊做什麼嗎？」

「我猜跟妳用錢一樣，當作貨幣。」她等了一下製造效果，然後快速眨眨藍色眼睛。我猜想我開始解釋前，是否也會做同樣的動作。「這些女生是我的競爭對手。八卦很有幫助，能了解她們的缺點和怪癖。不過我會囤積最好的幾條，如果錢不夠，就把這些祕密賣給八卦網站。」

我們端詳彼此。說真的，她模仿我著實令我不安，害我難以思考。

在陌生人眼中，我是這個樣子嗎？

我把這件事放到一旁，告訴潔莎我發現的資訊。娜塔莉信主，她覺得打牌要輸的時候，會默默禱告。她的信仰很私密，因此她的十字架項鍊不掛在脖子上，而是放在口袋裡，需要紓解壓力就會去摸。潘妮崇拜她的姊姊。她腳上的靴子明顯是二手貨，而且(1)大了半號；(2)最近才出廠，不是中古貨；(3)造型退流行五年了。她姊姊穿這雙靴子有實際用途，也許是騎馬（鞋底會接觸馬鐙的位置磨得厲害），但潘妮是因為愛才穿。或許她姊姊過世了，我從手邊的資料無法判斷。

我說完後，潔莎說，「就這樣？」她顯得很挫敗，以至於變回了自己，令我同時感到失望，又鬆了一口氣。「沒有什麼習慣、癮頭、前任，或者……？」

娜塔莉有暴食症。潘妮不希望別人知道她在老家有女朋友。娜塔莉曾在短時間內迅速瘦了超過四十五公斤，她的短版上衣從褲子往上拉時，露出輕微的肥胖紋。潘妮想在合約到期後離開業界，也許（這是我的猜測）多花時間陪親愛的姊姊。（或許她的姊姊沒死，而是快死了？我需要更多時間觀察她。）她們都再也不想跟我們打牌了。

潔莎現在收版稅和重播費，有自己的收入了。雖然她說需要賣祕密給八卦小報，但她實際上並沒有「缺錢」。至少她不需要靠我毀掉兩個女孩的人生，才能遠離媽媽，以及她殘缺的過去。

「沒了，」我對潔莎不悅的臉說，「就這樣。」我知道我也不會再跟她打牌了。我已經傷害了多少人。我還會繼續傷害多少人。

我走到路上，又看了一次手機。雪林佛學院的線人傳來最後一封簡訊。**出事了就算妳的錯**。明明一直以來都是這樣。

我的心跳慢下來。今晚我不會去賓州車站，我不會只靠一點推論，就抓著武器闖進雪林佛學院。我會回家，逼自己設鬧鐘，花三十分鐘「感受」我的過去。我會繼續我的計畫，因為這是確保詹米．華生安全最好的辦法。

比奧古斯特這輩子都安全。

安全遠離我。

我點燃一根菸，允許自己好幾週來第一次抽菸。我有錢，我吃了免費的食物。時間不早了，我真的很累，早上還要去星路航空面試。我有不少準備要做。

第十三章　詹米

雪帕警探檢查起蕾娜的手機，她站在一旁，雙手抱胸翻白眼。「我以為你是，那個，真的想打電話。」

他再次滑過她的簡訊、未接及已接來電紀錄、聯絡人，然後把手機丟還給她。不愧是蕾娜，馬上俐落地單手抓住手機。「只是覺得太巧了。」他說，「妳一消失，威廉森校長馬上接到藝廊打電話來自白。」

「這叫機緣，」她把圍巾纏上脖子。「學術水準測驗會考的單字。今天是平日晚上，我該回去了。詹米，明天再傳簡訊給我，好嗎？」她揮手道別就走了。

其他人也都走了，爸爸在停車場暖車。警探拉起防寒大衣拉鍊，看向積雪的校園。他說，「不能說很高興再見到你啊。」

我打了個哆嗦。「對不起，」我說，「我也不想捲進這些鳥事，不過我很高興是你負責。」我說真的，我向來喜歡雪帕警探，他聰明又堅持，卻能靈活應變，跟我和福爾摩斯合作。我只希望他不是每次都來調查我。

他把雙手插進口袋。「小鬼，你真的跟不少人結下樑子。」他說，「不然就要怪她，夏洛特。我不知道，我希望你覺得值得。明天早上我會打電話給你，別出城。」

我跟他說不會，然後上了爸爸的車。

我問蕾娜，那通電話不是妳打的？

她馬上回覆我。就跟你說我很厲害。就算不是藥頭，我包包裡也有一隻拋棄式手機。他沒跟我要那隻哈哈晚安詹米親親。

我顧自笑了。時間很晚了，開回爸爸在鄉間的房子路上只有我們一輛車。我在這兒長大，在院子裡跟爸爸玩鬼抓人，夏天全家在戶外吃晚餐，我和妹妹輪流把對方鎖在樓梯下的櫃子。現在爸爸和我的繼母艾比蓋兒、同父異母的弟弟麥坎姆和羅比住在這兒。他們把原先悶熱的客房整理出來給我，我沒有做任何裝飾，也很少在這兒過夜，但知道我有房間還是不錯。我在房內留了足夠的衣服，一隻刮鬍刀，還有幾雙鞋，就不需要回宿舍收行李了。

我們走進大門，艾比蓋兒在客廳等我們。她點燃了壁爐，但火已經燒得只剩餘燄。

「詹米。」她緊緊抱住我。「你沒事就好，謝天謝地。至於你——」

爸爸說，「妳好呀。」

「下次你可以直接告訴我嗎？而不是留字條說小詹出事了，我會晚回家，然後又不回我的簡訊？」

「對不起，事情發生得太快了。」他的道歉不帶太多歉意。「我們可以明天再談嗎？我不想吵醒孩子。」

「隨便你，反正他們也好幾天沒見到你了。」艾比蓋兒拉緊睡袍。「抱歉，詹米，我很累了。這個——算了。去睡吧，我們再談。」

「你媽媽要過來。」他對我說，「我之前聯絡她，她改了機票，她跟薛碧——我們再想住宿要怎麼辦。也許你睡沙發？我們可以明天討論。」

艾比蓋兒說，「你今天晚上打電話給葛蕾絲，卻沒打給我？」

我想這是我該上樓的意思了。

他們繼續低聲爭執，我準備上床睡覺時，他們的聲音仍默默竄上樓梯。沒錯，我爸爸不是模範家長，但我以為他已經擺脫一些糟糕的習慣。不管小時候我多期望他放棄艾比蓋兒和美國，回來倫敦跟我們團聚，現在我都不這麼想了。我確實想過他跟林德這樣跑來跑去，怎麼兼顧工作、家庭跟兩個小孩。不過爸爸是大人了，至少據我所知，大人能搞定這些事。

我想我爸爸沒辦法。

我睡得不太安穩，醒來時已接近中午，日子都開始一半了。我的房門開著，樓下傳來水壺煮沸的聲音。我來到廚房，沒看到艾比蓋兒，我的小嬰兒弟弟羅比也不在，爸爸和學齡的麥坎姆也不見人影。今天要上學嗎？我累到記不得了。

我沒找到家人，反而看到林德坐在流理台邊，用平板電腦滑新聞網站。他的襯衫燙得筆挺，鬍子才刮過。他說，「麻煩鬼，早安。」

「請別把這當成我的綽號。」他關掉了煮沸的水壺，但水依然滾燙，我泡了一杯茶。「不過現在我是遭通緝的小偷了，如果教務主任盯上我，我還可能是『藥師』。」

林德放下平板電腦問道，「你覺得哪些跟魯西安有關？」

「肖像畫一定是，爸爸跟你說了嗎？」他點點頭。我繼續說，「起初我以為店家打電話來也是魯西安在玩弄我，想表示他能輕易入侵我的生活，如果他願意，他也有能力救我一命。結果其實是蕾娜．古塔打來替我擺脫罪名。」

他說，「我向來挺喜歡那個女生。」

「是啊，蕾娜很讚。」我往後靠著流理台。「至於其他的事——我爸不知道，不過有人毀了我的筆電？還有人假裝成我，寄電子郵件給伊莉莎白，要她到事發現場，也要她去派對。」

林德點點頭。「你要從頭講給我聽嗎？」

「全部？」

「我可以幫忙。」

「你不會告訴我爸？」

他遲疑了一下。「不會，我讓你自己說，好嗎？」

「好。」

他又拿起平板電腦。「如果你知道確切時間，我們先從每件事發生的時間和地點講起，還有事發當下每個人在哪兒。」等我說完，他說，「我建議兵分兩路來處理問題。如果你不排斥在學校打探一番，我就從城裡進行我的調查。今天我有個約，不想錯過。」

我問道，「我爸爸會去嗎？」

林德看來坐立不安。「他和艾比蓋兒今天要休息一下。」他說，「兩人時間很重要，尤其你的家人要來，他們需要一點時間獨處來……重新調整。」

「喔。」我端詳他一會兒，我已經把他視為自己的叔叔了。他把自在的優雅像斗篷穿在身上，偶爾如果他讓你靠近，你會看到斗篷織得多麼刻意，掩飾了多少東西。「同樣的狀況發生過嗎？」

林德從來不跟我打啞謎。「跟你媽媽有過好幾次，但跟艾比蓋兒是頭一遭。如果狀況無法馬上改善，我就會回倫敦，試著從那邊調查。我……可能害他們的關係太緊繃了。」

我在腦中想到爸爸時，他看起來興高采烈，一頭亂髮，身穿平常的燈芯絨和西裝外套。畫面中，他從來不是一個人，林德．福爾摩斯永遠在他身旁。不是我媽媽，也不是艾比蓋兒，而是他最好的朋友。我才認識他一年，但我從沒想過他們的關係對爸爸娶的女人造成什麼問題。當你的人生切成兩半，你怎麼能擁有一切？

或許有些人不該擁有一切。

我直覺想到福爾摩斯，我的福爾摩斯。那晚在布拉格的飯店，她堅決又害怕，雙臂環繞我的脖子，悄聲說著我聽不見的話，或許她以為我能從她嘴唇在我肌膚上畫出的形狀讀懂。我從不允許自己回想那晚，更別說在她真的會讀心的叔叔面前，更別說我才剛想到我爸爸。我紅了臉，當林德朝我露出驚訝的表情——天哪，他推論出什麼了——我的臉又更紅了。我盡快走開，去多倒一些熱水。

林德清清喉嚨，一會兒後問道，「要我載你回學校嗎？」他的口氣非常、非常正常。

「不用。」我揮手搧掉臉前的蒸氣。「謝啦，沒關係，我用走的。」

走回學校很遠。到頭來，林德堅持載我，我中午就回到雪林佛學院。

第十四章　夏洛特

星路航空是業界的老牌公司之一。二十一世紀初難得逃過破產命運後，當對手極力削減成本，他們卻加倍推出尊榮服務（皮椅，免費托運行李，機場貴賓室的蒸氣室）。他們專精長程航線，直飛杜拜、墨爾本和京都等本來就昂貴的多天旅遊據點，並在飛機上準備床鋪和按摩師。

也就是說，參加星路航空地勤人員的面試，如果想展現品牌形象，可不能顯得太寒酸。我把頭髮往後梳成高高的髮髻，戴上假睫毛，穿上為面試準備燙平的裙裝。簡而言之，我看起來符合角色，令我很滿意。

來到機場後，我把身分文件交到星路航空的諮詢台。

眼神和善的接待員說，「大概十五分鐘後，招募人員會來帶妳過去。」

我問他現在幾點，還有廁所在哪裡。我把口音調成皇室英國腔，不知為何，美國人愛死英國人了。接待員露出微笑，指引我方向。這下我知道他會記得我，以及我們確切何時見面。

過去幾個禮拜，我花了一點時間研究機場地圖。星路航空在這座機場佔的空間比其他公司都小，櫃台在航廈盡頭。由於他們的通勤航班極少，週三早上九點沒有人排隊在用機器或找地勤。我等唯一值勤的地勤離開去休息，然後穿著裙裝和高跟鞋，走到櫃台後方，來到螢幕前。

幸好那位地勤沒有登出，所以我不需要嘗試在希斯洛機場看地勤輸入的密碼。這是整個計畫的弱點，我很慶幸問題解決了。

進入電腦後，我需要一點時間熟悉環境。螢幕底色全黑，白色文字不斷往下跑，只能用鍵盤快捷鍵控制。我試了幾次，才終於進到正確的系統。上方播著愉悅的流行音樂，我隨著節奏拍腳，讓自己冷靜下來。

找到了。今後訂位。

我從眼角看到地勤靠近，他雙手插在口袋裡，從航廈盡頭的巨大窗口往外看。接著他的視線轉向目的地，看到我坐在電腦前，便加快腳步。

我有預想到這個狀況。我的打扮盡可能貼近實際的星路航空員工，因此從遠方來看，他應該會懷疑一下，但不會立刻報警。我知道我大概有兩分鐘。

然而現在我只剩一手能打字，因為我另一手拿著桌上的電話話筒湊到臉旁，哭了起來。

訂位資訊。我在系統中迅速搜尋麥可．哈威爾和彼得．摩根維克的名字，搜尋結果開始往下顯示。我在線上看了好幾個小時的教學影片，但有幾個鍵盤快捷鍵還是沒有學好。當我按下以為是下一頁的按鈕，螢幕卻轉黑了。我又按了一次，螢幕恢復原狀。我飛快用食指按下連續三個鍵，帶我往回幾頁，然後同樣用食指再次輸入名字。我把話筒貼著臉，臉上掛滿淚水，身體遠離螢幕，讓我看起來像無害的女職員，不可能駭入他們的系統。

地勤對著無線電說話。大門旁的警衛抬起頭，轉向我的方向。

幾秒鐘，我只剩幾秒鐘。我需要一筆完整的飛航記錄，以及莫里亞提下次抵達的時間。今天是禮拜三，我在倫敦希斯洛機場觀察了好幾個星期，知道今天魯西安一定會飛來紐約。

「嘿。」地勤粗聲粗氣地說，「嘿，妳！妳在做什麼？」

我找到了。

我趕忙按下列印鍵，搜尋結果滾到鋪地毯的地上。地勤出現在我的視線範圍內。

「住手！不准再動了！」

我驚呼一聲，放開話筒，癱倒在地上。

他繞過櫃台，發現螢幕一片空白，我哭個不停。「搞什——妳是誰？妳在做什麼？小姐？」

「我恐慌症發作了。」我邊哭邊說，「我今天要來星路航空面試——我沒辦法，我——我得打電話給醫生。我無法呼吸。對不起，真的對不起，不要逮捕我。」

他蹲下身，撿起地上的話筒，湊到耳旁。我可以聽見愉悅的電話錄音。若要預約，請按八。重聽一次選項，請按九。

「妳沒有手機？」他扶著我站起來。

我顫巍巍朝他微笑。「我的手機在美國不能用。」我的英國腔高貴又做作。「我才剛到，還在適應。」

地勤的視線再次飄向螢幕，上頭一片空白。他微乎其微地放鬆下來，自以為他登出系統了。

「這份工作可能不太適合妳。」他一面說，一面帶我往回走向航廈中央的諮詢台。

「這邊工作壓力滿大的。」

「真的嗎？我想放假的時候一定很糟吧。」

這句話足以讓他講起一件關於穿麋鹿裝女生的趣事。諮詢台迷惑的接待員確認我是來面試沒錯，五分鐘前才報到，他有親自跟我說到話。於是地勤說，「聽我說，夏洛特，別太擔心——不過或許別來這兒工作吧。」趁他們都沒再想到要報警，我趕忙走出航廈，搭上計程車前往曼哈頓。

我從裙子底下撈出一疊紙時，司機朝我挑起一邊眉毛。我差點來不及把紙塞進褲襪。

我緩緩翻起資料，試圖看懂我在讀什麼。麥可・哈威爾沒有要飛來紐約，彼得・摩根維克沒有要飛來紐約，他們也沒有要飛去波士頓或華盛頓特區。訂位系統內沒有確定的訂位，以防萬一，我還重新查看一次。

資料只剩一頁，我在最後一秒做的應急搜尋。車陣跟倫敦尖峰時間一樣擁擠，計程車緩緩前進，司機踩著剎車，我則深吸一口氣穩定心神，把最後一頁湊到陽光下。

找到了。

魯西安・莫里亞提今天晚上要飛來美國，使用崔西・波尼茨的名義。

我等這一刻等了一年，但我還是沒有準備好。我——我難以呼吸，為什麼我無法呼吸？我需要找人談談，這個人必須很了解我，在這一切發生前就認識我，我必須信任他。

我沒有多想，也沒有考慮後果，就拿起手機，撥了我唯一想過要儲存的號碼。

第十五章　詹米

我安排跟伊莉莎白在午休時間見面，我親自打電話給她，讓她確定這次真的是我。停車場接近校區盡頭，位在一道小坡底端，她還沒到，我大老遠就看到她朝我走來——她防風外套下的紅色制服外套，穿著褲襪的雙腿，晶亮閃爍的頭髮。

她很漂亮，很有魅力，而我在浪費她的時間。

尤其當她遞給我餐廳的熱飲紙杯，我更這麼想了。「熱可可。」她說，「我想說你不希望別人看到你在學校，因為你有點算停學了吧。」

「謝謝。」我用雙手捧住紙杯。「我不認為學校會監視我，不過沒錯，我想低調一點。」

我們互看好一會兒。

「你不是好男友。」她說得一副這很明顯，或許也沒錯。「我猜有人在利用這一點，他們希望我生你的氣。我很氣沒錯，但不是這個原因。」

我說，「我很抱歉。」

「我知道。」

「我以為我能——我真的很喜歡妳。妳超級酷，又很漂亮，而且——」

「我知道。」她有點絕望地說，「我也這麼認為。」

「我就是太心不在焉了。我快要畢業，去年又亂成一團。我知道我對妳不好。」我忍不住想伸手碰她，但不知道碰了能怎麼樣。「我不確定是因為這些原因，還是我本來就是爛人。」

伊莉莎白把重心從一腳換到另一腳。「即使你了解自己的缺點，也不表示別人應該原諒你。」

我又說了一次，「我很抱歉。」

所以我們玩完了，這樣也許最好。

「那就別再這樣了。」

「我很抱歉——什麼？」

「別再這樣了。」她說得更大聲。「如果你有自覺，就別再這樣了，拜託。你喜歡我，不應該這麼……難才對。我不敢相信你這麼掛念從來沒交往過的人，至少不算正式——她當過你的女朋友嗎？總之她還是傷透了你的心，或許這樣更糟。我需要傷你的心嗎？才能鑽進你心裡？」

一小時前，我才在回想福爾摩斯躺在我床上。即使只是回憶，仍讓我覺得充滿壓迫，全身燥熱。我不知道愛是否是這種感覺。「我不知道，」我大聲說，「我希望不用。」

「我會幫你搞定。」她說，「這堆鳥事。」

「什麼鳥事？莫里亞提家的事？伊莉莎白——」

「別用這種可憐人的口氣對我說話。」她盤起雙手。

「妳為什麼要冒這種危險？這樣能證明什麼？」

「證明我人比她好？」

這句話像刀刺進我的肚子。不管我心中想過多少次，說福爾摩斯是人渣、難搞的傢伙——「別這樣說，才不是這樣。我們不是在比誰比較不爛，不然真要比的話，我想我會輸。」

「別說了。」她因為說話的力道而微微顫抖。「我會幫你釐清這件事，因為跟我也有關，況且我在學校能打聽到你不知道的事。天哪，詹米，我覺得你需要幫忙。」

「可是我們的關係，」我說，「不能繼續下去了。」

「好，沒問題。我們先搞定這件事，再來談。」

我應該拒絕才對。我有蕾娜幫忙，我有爸爸和林德幫忙，我有五天的可能停學期限在火燒屁股。可是伊莉莎白非常堅決，又聽明得不得了，拒絕她幫忙感覺不對。

「我們要從哪裡開始？」

我們緩緩沿著小坡走向學校。「安娜在醫院，據說是因為蕾娜，畢竟她抖出了搖頭丸的事。」伊莉莎白的嘴巴抽了一下。「沒什麼人難過，安娜風評不太好。」

「我跟她不熟。」

「她就是雪林佛學院的懶豬。」她的口氣意外苦澀。「有錢到不行。這所學校有許多了不起的老師，有人寫過詩人伊莉莎白．碧許的傳記，有人在白宮工作過，有人在美國太空總署工作過，但安娜上課都不抄筆記，還付錢要室友幫她寫報告。錢在這兒能使鬼推磨，但一千美元又是另一回事了。」

「真的有那筆錢嗎？她真的有帶去派對嗎？」

伊莉莎白拿紙杯指了一下。我們快走到學生會會館。「我們去問問看吧。」

會館裡有一間小餐館，你可以花十塊錢請廚師替你做三明治，但食材跟學生餐廳一模一樣。如果學生因為運動練習或唸書而錯過晚餐，就會來這裡吃飯，如果教職員沒有自帶午餐，也會來這裡用餐。我沒聽過學生在上課期間進來，感覺沒什麼意義。

然而安娜的朋友就在這兒，她們身穿百褶裙和雪靴，坐在壁爐旁吃三明治。其中三人把頭髮綁成啦啦隊員的高馬尾，但中間的女孩把大波浪的蓬鬆紅色長髮放下來。她們坐的位子似乎都安排好了。

伊莉莎白說，「她們看太多CW電視台的節目了。」她堅定地往前走。

「伊莉莎白。」紅髮女孩平靜地說，「嗨。喔，嗨，詹米。」

我不知道她們的名字，但我想我算是剛騙了她們的朋友，於是我說，「嗨。」

伊莉莎白問道，「那筆錢是真的嗎？」

我眨了眨眼。我習慣福爾摩斯拐彎抹角接近嫌犯，一面獲取信任，一面埋下炸藥。她從來不會這麼快直攻要害。

「不是。」紅髮女孩說完，咬了一口三明治。

她們之間顯然有我不知道的過節。「我不記得在昨晚的牌局看到妳，妳有去嗎？」

紅髮女孩越過三明治打量我。「我沒有受邀，我沒有高年級的男朋友。」

另一個女孩說，「我們也沒有。」

紅髮女孩反駁，「妳們都希望有啊。」

其他女孩面面相覷，其中一人聳聳肩，她們又繼續聊天。

「詹米不是地位象徵。」伊莉莎白說，「他是——」

「妳想要的人，妳也得手了。當時我也在，我是妳的朋友，但妳甩了我。」

「不好意思，」我一面後退，一面對她說，「我覺得我好像不該在這兒——」

「所以其實沒有那筆錢。」伊莉莎白說，「是妳們叫她去的嗎？是誰？她為什麼在那兒？」

她的其中一個朋友出聲了。「她想去，我們都想去，因為基翠奇會去。」

我問道，「基翠奇？」

「對啊，」她說，「他好帥。」

紅髮女孩聳聳肩。「別以為大家都是衝著你去，」她告訴我，「才不是呢。」

「當然。」我忍著不要笑出來。她們口中的男生會跟室友比賽放屁，連在走廊盡頭都聽得到。「我想都是衝著基翠奇吧。」

「那筆錢——」

「說真的？我不知道，妳得問安娜。」紅髮女孩說，「她付很多錢向貝克特．萊辛頓買毒，她也花很多錢在巴尼百貨網購。也許她花太多錢，覺得不好意思。她都答應要替雷妮、阿蒂媞和思薇莎出賭金了——」從其他女孩的表情判斷，應該就是她們——「也許她沒發現手上現金不夠，到了派對現場，才決定怪罪給你。我不知道，我覺得沒有表面那麼單純。」

阿蒂媞說，「如果要說誰知道，一定是傑森．基翠奇。」還是她是雷妮？「她一出現，他就黏著她不放，他會知道她一開始有沒有錢。」

「謝謝。」伊莉莎白在原地逗留了一下。「瑪莎，」她對紅髮女孩說，「妳的頭髮真好看。」

瑪莎說，「謝謝。」她的眼神依然銳利。「我喜歡妳的靴子。」

「謝謝。」

完成奇怪的儀式後，我們離開會館。

我推開學生會會館大門，一面問道，「妳們之間有什麼內幕嗎？」

「沒有。」伊莉莎白說，「她們想要的東西我不願意給。」

我直盯著她，心頭湧上最詭異的既視感。「什麼？」

「很簡單，永遠的忠誠。」她掏出手機。「也就是不准跟渣男來往，但每個人都是渣男。暗戀可以，交男朋友不行，然後每天晚上七點大家一起吃飯。要遵守這些規則。」

「等一下，她們覺得我是渣男？」

「你有一頭渣男髮型。」她一邊說，同時飛快傳著簡訊。「沒有啦，我跟你交往這麼久，現在沒有人認為你是渣男了。大家都知道你愛上不來上學的毒蟲，你們一起被誣陷殺人，現在她不在了，她們覺得整個故事浪漫到不行。瑪莎跟我說你會傷透我的心，我們因此絕交了。」

我不知道該說什麼。「妳怎麼不告訴我？」

伊莉莎白收起手機。「因為我不希望你說她講的對。我得去上生物課了，晚點見？」她吻吻我的臉頰，小跑步跑上小丘。

我對這個女孩還有很多地方不了解。

距離放學還有三小時，到時候我可以到基翠奇房間堵他。我躲進圖書館，迅速上樓進入書庫，來到PQ—PR書區。四周很安靜——大部分學生沒有空堂，就算有也幾乎不會排在午休後——瀰漫著陳年落葉的味道。一如往常，暖氣又開過頭了。我脫掉幾層衣服，堆成一疊，找一個隔間坐下。

昨晚搭車回爸爸家的路上，我終於換了電子郵件信箱的密碼。我打開信箱，重新查看寄件備份。那幾封假信的寫法像極了我，非常了不起。偽造郵件的人顯然讀了我的舊郵件，記下我的口氣和結尾寫法。「我」昨天寄給伊莉莎白的最後一封信件這麼寫：

小伊：

先前的事我很抱歉。也許我們可以在外頭見，然後去哪裡談談？來湯姆的派對吧——我會去。阿詹，親親

因此感到害怕真的很蠢——這學期我寄出的數百封信件都是清清楚楚的範本——但

我還是嚇到了。要模仿暱稱（小伊、阿詹）很容易，結尾寫一兩次親親也是英國人寄電子郵件的慣例。然而長短句的組合，以問號收尾的直述句，還有破折號，樣樣都是我天天用的寫作習慣，我卻直到現在才發現。

郵件中沒有線索，至少我看不出來，只知道作者絕不草率。他們至少要花好幾個小時，才能確切掌握我的口氣。

一定是魯西安，不然還可能是誰？但我親眼看過沒有掌握事證就妄下結論的後果。你把莫里亞提一家和麥羅．福爾摩斯拖進來，使盡全力想證明你的推論沒錯，結果就是害朋友在雪地上慘遭槍殺。

手機上的國際通訊軟體跳出一條簡訊，我很感激能稍微分心。薛碧寫道，**很快就能見到你了。我們會先去看那所學校，再去爸爸家。好多事要跟你說。聽說你又惹麻煩了，好意外喔。**

我傳給她一排嘔吐的表情符號，再說**改天見**。

我還有時間可殺，於是我用學校的電腦開始努力寫大學先修歐洲歷史課的回覆報告。我很難專心。假如我在高三下學期因為偷竊遭到停學，我的成績好壞都無所謂了，我哪所大學都去不了。

說來詭異，但我感到很平靜。或許這就叫宿命，或許就算真的是也無所謂了。我很會寫報告——不算超厲害，但夠好了——這堂課最近在討論第一次世界大戰的起因。我進入寫報告的節奏，敲出句子，重新排列，反駁自己，然後停下來思索我到底怎麼想。

我實在太投入，根本沒注意到基翠奇坐在我旁邊，直到他湊過來，朝我耳邊呼氣，又熱又噁心。「聽說你在找我？我剛好也有很多話要跟你說。」

第十六章　夏洛特

我打了電話，正在等候回覆。我每分鐘都接到雪林佛學院的線人傳來三封簡訊，一直問我，*妳為什麼不回簡訊？妳在哪裡？妳難道不在乎嗎？*

我太焦慮，沒辦法進屋，也沒辦法靜下來。我在大樓門口的階梯爬上爬下，一面心想，*魯西安可以在這兒找到我，我跟葛林探長直接有關係，他知道我跟她合作，我太蠢了，不該待在這間公寓。*我心想，*美國很多地方都沒有人能找到我。*我想我可以改名字，搬去奧克拉荷馬州。我心想，*我會很安全。*安全。安全，安全，安全，安全。莫里亞提還多買了兩張機票，訂位資訊上沒有他們的名字，我不知道怎麼查。我想應該是菲莉芭，或許再加一名手下。又有滿身刺青的人要來追殺我們了，像在森林裡獵鹿。

為什麼我心中突然湧現這些感覺？難道在水壩上鑿了一扇門，水終究會把水壩衝破，全部傾洩而出？

我不安全，而我從來沒有這麼渴望安全。我追蹤這個人這麼久，但現在我願意放棄一切，去瑞士找媽媽，接受她能給我的安慰。
就算魯西安．莫里亞提還不知道我住在哪裡，我只要繼續不變裝，在光天化日下表現得大驚小怪，他很快就會知道了。我太丟人現眼，有位老太太已經停下來，問我需不需要幫忙，需不需要打電話。我跟她保證我沒事，只是沒帶鑰匙，又急著想尿尿。
這個藉口的成功率高達百分之九十八。她點點頭，走開了。
我在腦中默念拉丁文的詞形變化。我出聲列出腿中每根骨頭，先照英文字母排序，再照大小。我唸出背下來的星體名稱。一長串數據在我腦中展開。我知道這些事，可以放進表格和清單，進一步研究。我知道不管世界怎麼變，這些事都不會變。
我突然想到，**我變了**。我想要改變，於是我變了。去年假如我知道魯西安．莫里亞提要來，我絕不會像現在這樣。
我會怎麼做？
我會拚命抽菸，考量華生的能力，思索我能承受失去什麼。我會設下豪賭的計畫，利用哥哥的錢和爸爸的人脈，將魯西安趕入陷阱，動彈不得。等我看他付出代價，把他關進黑牢，或沉到海底深淵，我會洗淨我跟整件事的關係。
當然奧古斯特過世後，一切都變了。
我又想起這件事了。我不斷阻止自己回想，但過去二十四小時，我必須用各種方法，讓思緒留在當下。我還剩下哪些防護措施？我重新檢視清單。一元二次方程式、費米悖論、一致對應平衡的數字和字母。我想到——

我想起十四歲生日隔天，奧古斯特．莫里亞提敲敲我的臥房門。

那時我躺在床上。去了一趟勒戒所後，我經常賴在床上。我一返家，就去找先前的老藥頭，後來又試著戒毒，但沒有成功。我試了一個禮拜，症狀跟過去完全一樣。反胃、灼熱感伴隨陰鬱的情緒而來，我意外感到安慰。我很熟悉這些症狀，就像老朋友了。

「夏洛特。」他說完又敲敲門。「啊，妳願意的話，可以請妳……出來嗎？好讓我看看妳？我知道有點尷尬。」

我還躺在床上，我花很多時間在床上。「嗯。」我把臉又埋進枕頭。

「嗯是指妳願意？還是妳同意很尷尬？」

「我——」我想說什麼？我在書上讀過一次，但現在腦袋一片模糊。我的腦壁吃痛，我無法思考。「我身體微恙，你明天再來。」

門口傳來聲音，他好像拿手掌抵著門。門打開了。

「喔。」他說，「妳需要開燈嗎？」我還來不及抗議，他就飛快動作起來——打開燈，拉開窗簾，拿起掉在地上的毯子，摺好放在床尾。

我聽到他的動作，但沒有看到。我的臉還埋在枕頭裡。

「夏洛特。」我終於轉頭看他。他頭上一撮金髮捲起來，飄離他的臉，像裝飾一樣。之後我會覺得很漂亮。「妳爸媽不在？」

「對。」說完我才發現可能不對。「大概吧，我不確定。」

「妳不舒服？」

這個解釋算簡單，我接受了。「對。」

我看他做出決定。「今天是我們相處第一天，我們就來度過第一天吧。」他坐立不安了一會兒，看著我（我有回望，雖然我相信我的影響力和魅力跟壁鐘差不多），接著環視房間一圈。他用一隻手指漫無目的滑過書架上我的藏書。

奧古斯特靜靜地說，「以前我生病的時候，喜歡別人唸書給我聽。」然後他說，「妳喜歡聽別人唸書嗎？」

「我不知道。」因為我確實不知道。他打算唸什麼？微積分課本？感覺很難。「我可以找找看——」

「啊。」他的手指停下來。「這本如何？」他從書架拉下一本書。

「我看不見，所以無法提供意見。」

「安靜點。」不過他的口氣很和善。「我就坐這張椅子吧，我們可以從這裡開始。我相信這本書會讓妳耳目一新。」

我說，「我想也是。」他雙手遮住書的封面。

他用拇指推開書頁，翻到最後。「『我懷抱沉重的心，』」他說，「『提筆寫下最後的篇章，記錄我的朋友夏洛克・福爾摩斯先生超人異稟的長才。』」我就是這樣認識奧古斯特・莫里亞提：聽他沉穩緩慢的聲音朗讀《福爾摩斯回憶記》，彷彿我是他妹妹，或他的摯愛，或兩者都是。

他再也不會唸書給我聽了。

我發現我哭了。

林德找到我時，我坐在褐石公寓門外的階梯底端，雙臂環抱著膝蓋。

我說，「你來了。」然後我哭得更厲害了。

他帶我走上樓梯，進到公寓，讓我在座墊太蓬鬆的沙發坐下，拿毯子裹住我的肩膀，放我一個人哭。一會兒後，我聽到他在放洗澡水。

「來，」他說，「跟我來。」他牽著我的手走到浴缸，彷彿當我是孩子。

「水裡有泡泡。」我麻木地說，「粉紅泡泡。」泡泡冒出水面，聞起來像玫瑰。

「沒錯。」他說，「進去泡一下，至少二十分鐘，懂嗎？」

我點點頭。

「很好。」他把我推進浴室，關上門。

我聽從指示坐進浴缸，拔掉頭髮裡的髮夾，排成一排。我拿毛巾卸妝，然後把頭埋進溫熱的水裡好一會兒。等我浮上水面，我發現我好久沒泡澡了。我不喜歡等待，沒有耐心等澡盆裝滿水。

林德出去了。現在我聽到大門再次打開，傳來他獨特的腳步聲。他故意誇大步伐，讓我知道是他。我的呼吸開始加速——也許魯西安查到我在這兒，也許魯西安很了解林德和我，知道林德怎麼走路——

然後他開始唱歌。他從來不唱歌，現在卻唱起愛爾蘭民謠，講一個叫丹尼的男生。無庸置疑是叔叔的聲音，甜美宏亮又悲傷，逼得我又想哭了。我心想，**害我變成這樣的原因太惡劣了，不能再繼續了。**我起身擦乾頭髮，穿上浴袍。

這時我發現，過去一小時我情緒崩潰，卻一次都沒想到藏在外套裡的藥丸。

我走進廚房，對林德說，「你唱歌真難聽。」

廚房的中島上擺著紙袋裝的巨大麵包，兩盤沙拉，還有一隻擦得晶亮、槍口鋸掉的散彈槍。

「我不可能十全十美。」他遞給我一個可頌甜甜圈。

我們開始吃。實際上應該說林德狼吞虎嚥把食物塞進肚子，然後看我吃。我一如往常吃掉一塊麵包，慢慢咬每一口，不時喝一口水，把麵包撕成小塊，給肚子時間適應。

林德問道，「妳現在還是這樣？」

我說，「對。」小時候吃飯時間很難熬。當時我不喜歡食物，現在也不喜歡，就這樣。「那把散彈槍要做什麼？」

他把沙拉稍微推向我。「吃一口換一個答案。」

「我不是小朋友，你不需要收買我。」

「拜託。」他打開蓋子。「這是鮭魚沙拉，我在高檔超市買的。如果妳吃完，我就買生蠔給妳當晚餐。」

我忍不住微微一笑。「好吧，給我叉子。」

林德講了很久。他一面沿著廚房中島和水槽之間狹窄的走道來回踱步，一面講起過去十二個月。他告訴我華生的事，我大部分都知道了（雖然我還是每聽一段就乖乖吃一口），不過他也提到他和詹姆．華生在樓梯井質問彼得．摩根維克之後，他的調查發現什麼。

「摩根維克的爸爸雖然在選戰中途突然遭到魯西安拋棄，但他沒有跟情婦躲在歐洲，早就沒有了。梅里克．摩根維克回到紐約了。」林德指向我的沙拉，我吃了一口。

「他組了一個探查小組，打算競選公職——但我不知道是哪個職位，也不知道英國政客為什麼要跑來美國競選。我倒知道他恨透了魯西安．莫里亞提，而且他有錢又有勢。我講這麼多，妳至少欠我兩口。」

我慢慢吃，一邊思考。「你認為梅里克．摩根維克知道魯西安跟他兒子彼得合作嗎？」

「大概不知道，而且魯西安不是隨便挑中他兒子的護照。彼得．摩根維克可能覺得剛好賺到了——他只要待在美國，就能惹毛討厭的爸爸，又能大賺一筆——但魯西安一定有所打算，我認為跟跨國旅行無關。你有別人的護照，就能竊取他的身分，奪取他的錢，甚至有人整棟房子都被偷過。」

我笑了起來，然後我發現他是說真的。「你說什麼？」

「去年我處理過一個案子。」他掏出另一個麵包。「其實簡單到不可思議。那個騙子下載了轉讓房產申請書，複印偷來的護照，偽造簽名，然後把房子轉讓到他本人名下。我有個女客戶付了好幾個月的房貸，都沒發現錢進了別人口袋。我調查好久，終於在溫哥華找到小偷，然後……說服他跟我回到美國。我不是說魯西安打算這麼做，但持有別人的身分能做很多事，我想他會好好利用這個機會。」

「況且他還扯上梅里克．摩根維克的兒子，魯西安．莫里亞提知道梅里克對他毫無好感。」我想了一下。「你覺得我們應該直接找他幫忙嗎？那個爸爸？」

林德驚訝地笑了。「除非妳想拿擴音器宣傳我們在哪兒。我很肯定魯西安知道摩根維克現在的從政計畫——他沒有公開，但也沒下封口令，魯西安一定有眼線在觀察選戰。不行，我想我們得拐彎抹角說服摩根維克。」

「這先放一邊吧，」我說，「今天下午我有個計畫。你知道演藝學院嗎？」

「知道。妳最近有上他們的網站嗎？」

「何必？我一直在追蹤紐約的私校論壇。」

林德露出笑容。「然後呢？」

我說，「哈威爾。」他沒有列在學校的官方網站上，線上我能找到的臨時頁面也沒提到他。他的名字和表演學院只有一個關聯：一個叫「麥哈威爾43」的男生在詢問有薪休假。他是新進員工，新到還沒正式列在網站上，就打算換工作了。

但他還沒離職。

「哈威爾。」他的嘴角上揚。「做得好。」

說著說著，我感到自己由內溫暖起來。或許只是因為泡了澡、吃了東西，或是跟我景仰的大人在一起。然而不只這樣。我覺得有人懂我，我心中所有陰暗的角落都被照亮了。這種感覺並不陌生，過去跟林德和華生在一起時我都感受到過，有一次甚至是跟媽媽，但那都是很久以前了。

「我最近——」我難以啟齒。「我覺得我對你的態度糟透了，我不會再犯了。」

林德點點頭，雙眼閃耀。

「謝謝你跟我分享情報，還相信我。我知道我不值得。」我想說的話越發容易說出口。水壩的門衝破了。

「寶貝。」叔叔的聲音有點沙啞，「妳當然值得。妳想不想要有個搭檔？」

演藝學院在曼哈頓中心，位於切爾西區一條意外寧靜的街上。我們其實離彼得·摩根維克的公寓不遠。我撐傘遮雨，不是擔心頭髮或衣服淋濕，而是希望必要時有個屏障，免得被認出來。

校園很安靜，裝潢是媽媽向來喜歡的極簡風，但我沒料到仍有一絲家的溫暖。自然光，木頭屋樑，兩個女孩手牽手趕著去上課，令我懷念起從未經歷過的校園生活。遠方某處有個女生在拉大提琴，但我認不出曲名，或許是她自創的作品。

我們到了入學處的接待室，卻是一名穿時髦洋裝的女孩接待我們，請我們填寫檔案。我悄聲對叔叔說，「我以為哈威爾禮拜三上班。」但他微乎其微地搖頭。

「別擔心。」他用正常聲量說，「我們會讓妳順利入學，妳屬於這裡。」這時走進接待室的男子逕自笑了一下。

他說，「我很佩服你的自信。」

林德伸出手。「華特．辛普森。」

「麥可．哈威爾。」他說，「請進來我的辦公室，跟我多談談你的女兒吧？」

「我的姪女。」林德露出他的千瓦笑容。這次他伸手引導我走進辦公室時，我的遲疑都是裝的。

「這所學校好漂亮。」我坐下來，撫平裙子。「我一直聽到音樂！太棒了。」

林德說，「我知道現在轉學有點晚。」

「畢竟她已經高三了。辛普森小姐應該已經申請大學了吧？我不知道我們能幫上什麼忙。」哈威爾再次翻閱我的檔案，然後闔上文件，朝我露出同情的微笑。「方便請問為什麼妳現在想要轉學呢？」

我低頭盯著瑪莉珍鞋的閃亮鞋尖。「我的家教過世了，」我說，「事發突然。爸媽認為我應該來美國找叔叔，換個環境。況且我還沒申請藝術學院，我可能打算先休息一年。」

「家教過世對她打擊很深，他們一起上課很久了。」林德偷看我一眼。「她不希望我提議，不過——」

我紅了臉。「不行，不行！你答應我不提的！」

「妳應該表演給他聽。」他從包包拿出我的小提琴盒。

我抗議道，「叔叔。」

「別這樣，讓他看看妳的天分，讓他看看妳很適合這所學校。」林德轉向輔導顧問。「這就是入學的目的吧？讓她接受最優秀的指導，有機會走上職業演奏家的路。表演給他聽！」

哈威爾往後靠著皮椅。「我不是評審，她必須參加甄選，在音樂系教授面前表演。」他的嘴角寵溺般上揚。「她很厲害嗎？」

我把樂器抱在胸前，彷彿抱著活生生的生物。我好久沒碰琴了——扛著琴到處跑既奢侈又危險，這項興趣藏不住。我幾乎能感到琴在我手指下呼吸。

「斯特拉迪瓦里琴。」哈威爾的雙眼閃閃發光。「真有趣。」

我用下巴夾住琴，調整手指位置。我握住小提琴時，總會稍稍想到天空，鳥兒盤旋，還有太陽之類的東西，很難解釋。

非常非常草率地上網搜尋後，我們發現麥可．哈威爾是大都會歌劇院和紐約愛樂的重要贊助人。所以才挑小提琴。

林德給我一點時間準備，然後說，「哈威爾先生，我想她能讓你感動到哭。演奏一首原創曲吧，夏洛特？」

要不是我已經閉上雙眼，我應該會像野兔嚇得瞪大眼睛。這完全不在計畫當中，何況計畫早已比我想的貼近事實太多了。我原先提議林德扮演我爸爸，我們是最近歸國的美國人。我們會說我用吉他寫歌，曲子描述我多麼懷念我們在薩里郡幽靜的生活。我會請哈威爾介紹他寫歌的女兒給我認識，我會是她的粉絲。他會深感驕傲，覺得受到重視，或許就會比較願意談。

林德拒絕了。帶妳的小提琴來，當我的姪女，我來領頭。

只要有我在，我絕不讓別人領頭。非有必要，我從不偏離計畫，而且「必要」的定義非常狹隘。（就算有人拿槍抵著我的頭，我也能輕鬆唬弄過關。）但今天我不相信我的直覺，因為恐懼仍在我胸口亂竄。我會退居二線。

願意讓別人領頭代表成長，還是遲疑？我不知道。跟葛林探長合作是一回事，她可以下達命令給我，但不會在場看我執行（與否）。這次完全不同。

現在林德又叫我夏洛特，但資料表上我的名字明明是哈莉葉．埃綠絲．辛普森。他還要我演奏原創曲，但我什麼曲子都沒寫。

哈威爾有注意到我的名字嗎？一定有，我不敢冒險睜開眼睛確認。不管叔叔在盤算什麼……好一段時間過去了，以十八歲女生需要準備的時間來講還算合理，但再拖下去——

我開始演奏，從記憶中挖出兒時在鄉村演奏會聽到的民謠旋律。我父母絕不會帶我們去，他們沒什麼藝術基因。然而當年我八歲，對我的小提琴著迷不已，麥羅又剛好回家過暑假。我們的管家提到慶典時，他看出我臉上的期待。

那時爸爸問道，「你這麼寵她？」他的口氣不帶批判，也不驚訝。

麥羅聳聳肩說，「她想聽樂團表演。」印象中那是他唯一一次反抗爸爸。他把我扛在消瘦的肩膀上，帶我進城。

鎮上沒什麼，一間超市，一間酒吧，幾間定位模糊、販賣「禮品」的店家，跟沿海想招攬遊客的城鎮差不多。然而那天晚上，村子綠地上搭起涼亭，四重奏樂團演奏民謠詠嘆調，哥哥一直把我背在肩上看表演。大家不習慣看到我們家的人外出，福爾摩斯家就像住在山上的吸血鬼。但我跟著旋律拍手，哥哥也配合節奏撐著我上下跳動。不出多久，一名老先生過來，問我想不想跟他跳舞。麥羅把我放下來，富饒興味地看我穿著洋裝轉了又轉，轉了又轉，最後頭暈眼花坐在地上。

活動結束後他問我，「妳喜歡嗎？」老先生在攤位買了一個太妃糖蘋果給我，走回家的路上，我一直拿在手上，不敢吃。

「嗯，」我記得我回答，「我喜歡這種哀傷的感覺。」

因為這天結束了，再也不會有像這樣的一天。如果我吃掉蘋果，蘋果也會消失，很快麥羅也會回到那所逐漸改變他的學校。

哥哥沒有強迫我解釋。

我從記憶中找出那天，與今天重疊。我把兩個平行的時刻編織成一首歌，演奏了好一會兒。

等我張開眼睛，麥可·哈威爾正不住啜泣。

他說，「夏洛特。」我脖子上的寒毛豎了起來。「這首曲子太美了。我很——我很抱歉。」

我把小提琴放在大腿上，然後說，「所以你知道我是誰。」

哈威爾說，「對，有人給我看過妳的照片。」

林德站起身說，「但你沒看過我。」

「對，我只看過她，夏洛特。」

叔叔進一步擋在我和麥可·哈威爾之間。「現在你在這裡工作。」哈威爾擦擦眼睛。

叔叔繼續說，「但先前你是華盛頓恩典醫院的精神科住院醫生，對吧？」

我注意到哈威爾在發抖，也許是哭過的後遺症。「對。」

「莫里亞提有你的什麼把柄？」

「沒有，」哈威爾說，「沒有。」

我清清喉嚨。「那他給你什麼好處？他用你的護照進入美國，為什麼他不用死人的身分就好？」我想聽他的答案。

哈威爾用紅腫的雙眼看我。我不認為他的情緒源自於我的表演，我認為音樂讓他想起某件事，某個人。應該是他的女兒，因為他的視線不斷飄向桌上女兒的照片。照片中她身穿藍色洋裝，抱著吉他，相框上寫著「我的音樂女孩」。

「我們達成協議。」他緩緩地說，「我有——我有人脈，我認識很多人，包括華盛頓恩典醫院，還有——我就是認識很多人，好嗎？他希望我利用人脈，替他安排事情，如果我不照做，他會……我不能告訴你。我有小孩，我要保護家人。」

華盛頓特區的高級醫院。康乃狄克州的野外勒戒中心。紐約的高中。

哈威爾轉向林德。「假如你真的是她叔叔，帶她離這裡越遠越好，而且動作要快，好嗎？打包行李，搭上飛機，去別人到不了的地方。我甚至不知道這間辦公室有沒有被竊聽——」

林德往前一步，細嫩的手插在口袋裡。「你上次什麼時候檢查？」

「檢查？」哈威爾盯著他。「我是心理學家，我——福爾摩斯先生，我不像你，不像你們家的人。我不知道怎麼檢查辦公室有沒有竊聽器。」

一台直升機嗡嗡飛過屋頂，聽起來像一群蜜蜂。

我追蹤聲音，一面問道，「附近有直升機起降場嗎？」

「那不是——他不會——他不在這兒。」他終於說出口，「他還沒到。你們快走吧，離開紐約市。如果你們不走，發生什麼事我無法負責。」

沒什麼好說了。我們迅速收好東西，跑到外頭，小提琴盒笨重地碰撞我的腿。外面天氣糟透了，雨中夾帶著雪。我們緊抓彼此，拖著身子踩著濕滑的腳步前進。

「你叫我夏洛特。」我們在街角等綠燈時，我對他說，「你揭穿我們的身分，為什麼？」

他問我，「好人的特徵有哪些？」

「你說什麼？」

「特徵。」他說，「好人的特徵。你怎麼看得出來這個人可不可信？」

「我不知道。」我說，「我不相信——好吧，我相信你。」

不知為何，我以為林德會笑出來，而我不想看他笑。他的頭髮往後梳，沒有戴帽子，雨中的雪像珍珠落在他身上。他的山羊鬍修剪整齊，柔軟的棕色靴子低調又帥氣。他臉上掛著極類似狼的表情，能把每隻羊都趕回牧場。

我現在意識到，他可以這麼嚇人。

我看林德小心翼翼把表情收起來，像在摺外套一樣。綠燈亮起，他又變得友善，變回仁慈的紳士，變回了羊。

「總有一天妳會學會，」他說，「但不是現在。這件事結束前，我不希望妳相信任何人。」

「包括你？」

他看著我說，「有可能。」

我挽住他的手臂，不發一語。後方有人靠近，想超越我們，結果在雪地上滑了一下。我屏住氣，林德挺起肩膀。不過他從我們旁邊經過，原來是一位拄拐杖的老人，他向我們問好，消失在越顯昏暗的夜色中。

現在魯西安．莫里亞提可能在反覆聽我們跟麥可．哈威爾的對話。

我心想，紐約是個陷阱，我們居然自投羅網。

林德點頭，彷彿能聽到我的思緒。「等我們到家，妳趕快去收拾行李。我們今天晚上就要走了。」

第十七章　詹米

我認識的橄欖球員都精通一種威嚇方式，全靠他們的身體——肩膀往後挺，凸顯體格，或跟朋友一起大吼大叫，直到脖子上的血管爆出來。舔男生的額頭，害他「像女生一樣」驚呼；在男生的鞋子裡尿尿，看他踩進去會不會「像女生一樣」尖叫；從肺裡咳出髒東西吐在地上，朝對方的臉重重吐氣，然後放聲長嘯；在球場上打球時互相推來推去，就為了看自己陽剛的男子氣概能不能勝出，逼對方露出他們認為的陰柔弱點。

他們最怕的就是像女生，於是他們把各種沒道理的行為都歸類成「娘娘腔」。我不懂他們為什麼特別怕像女生。據我所知，他們大多喜歡女生，有女性朋友，成天只想跟她們約會或上床，練習後聊來聊去都是這些。然而當我們聚在一起練習，像野獸把彼此擒抱在地，有些人是因為喜歡這項運動，有些人則是渴望用力摔人的滋味、把對方推倒在泥巴地的感覺。這種欲求也會展現在練習以外的行為。並非所有隊友都這樣，如果硬要數，可能不到一半，但對我來說已經夠多了。這種討厭的行為發生時，我學會忍住情緒，隱去聲息，以免成為目標。基翠奇通常也會採取同樣的策略。

今天可沒有。

我在椅子上轉過身。「你有事要跟我說？那就說啊。」

他舔舔嘴唇。「你想把事情怪在我頭上。」他說，「瑪莎告訴我了，她全都說了。」

「我到底想把什麼事怪在你頭上？你是要背什麼黑鍋？」我現在只會訓斥別人了，簡直跟我的前好友一樣。「我沒看到有人威脅要你停學，也沒有人指著你，要你拿出該死的一千美元。怎樣？我和伊莉莎白不過是問問安娜昨晚跟誰說話，就表示我想害你？不是吧。」

基翠奇搖搖頭說，「我沒有拿她的錢。」

「傳說中的錢——」

他打斷我，「別再這麼說了。」我跟福爾摩斯學來這一招，幾乎不會失敗——你永遠能刺激對方來糾正你。「你裝得好像你知道怎麼回事，可是你不知道。我親眼看到了。她口袋裡有厚厚一疊鈔票，她還拿出來給我看。」

「當真？為什麼？」

他小心觀望四周，不過圖書館書庫空無一人。「她說有人拿給她的。她邊說邊笑，好像不敢相信——她說她不缺錢，但她還是很開心。我看不出來她是不是嗑了搖頭丸，我不吸毒，所以不知道。」

「我也是。」

「我跟你說。」他攤開手放在桌上，接著握起拳頭。「換做是我，我會去找貝克特．萊辛頓。他賣了小藥丸給她，或許她要替他販毒，他提前分紅給她。他有時候會這樣，藍道跟我說的。」

這比我目前想到的論點都好，我對基翠奇的評價提升不少。我說，「好。」

基翠奇站起身。「我們沒談過這件事，好嗎？」

我說，「你不希望安娜發現。」

「對。」他小心翼翼打量我。「但我也不希望有人啥都沒做還被停學。貝克特在校園廣播室工作，從那兒找起吧。」

他伸出手，我握住他的手。就這樣，我們不再是野獸了。

基翠奇說，「我們快閃吧，省得雪林佛學院把我們生吞活剝。」

然而貝克特．萊辛頓可不好找。廣播室位在威佛宿舍地下室一間狹小雜亂的房間，我過去看看，發現廣播系統設成自動播放，唱片散落一地。學生餐廳還要一小時才開，我沒辦法在晚餐時間堵他。最後我用線上名冊搜尋他的房間，發現他住在我那棟宿舍一樓。不過我走上米許諾宿舍的階梯時遲疑了一下。丹恩太太一定坐在櫃台，也一定聽說我被迫請假。我不確定我要冒著被趕出校園的險進去，尤其不希望由我尊敬的人動手。

我的手機響了。爸爸傳簡訊來說，你媽媽今晚會到，你要我幾點去接你？

我回覆說，我晚點告訴你好嗎？

我還站在陰影中掙扎，結果丹恩太太從門口出來。「外頭冷死了。」她推著我進門。「快進來，我替你燒水泡茶。你們是這樣說嗎？『燒水泡茶』？」

我問道，「妳確定？」

她揮揮手。「你不說，我也不會告訴學校。」她走回櫃台後面。「我從家裡帶了餅乾來，正在塗糖霜，你要幫忙嗎？」

以跟監時能做的事來說，這算不錯了。

我從大廳拖來一張椅子。丹恩太太的桌子上亂糟糟擺滿歡欣鼓舞的無用小物。她的編織成品在籃子裡，堆滿織好要送去女兒學校的亮麗圍巾。還有她從瑞典帶回來的一系列達拉木馬，紅色藍色排成一列，她說能帶來好運。她的咖啡杯放在不斷更換的一疊詩集上面，包括瑪麗·奧利弗、弗蘭克·奧哈拉和泰朗斯·海耶斯的作品。旁邊的平板電腦永遠都在播放不用動腦的節目，可能是搭檔警察影集，或英國烘焙秀。如果她需要跑去處理宿舍的小問題，她能立刻放下手邊在做的每件事。

今天她把糖粉餅乾放在巨大的塑膠容器裡，旁邊幾個小碗裝滿紅色、藍色和綠色糖霜。她交給我一把刀，然後繼續播放烘焙秀。我盯著大門，努力不要吃掉每一塊我塗了糖霜的餅乾。

男生進進出出，從運動練習、圖書館或學生會會館回來。我做好準備，以防安娜的錢和我「請假」的消息傳開，大家不知道會怎麼看我。然而什麼問題都沒有，幾個人跟我打招呼，或問我是不是生病才沒去上課。我告訴他們，對，我病得很重，但不會傳染，下禮拜會回去上課。

事情出錯的時候，你很容易以為大家都知道，大家都在談。但沒有人像你那樣在意你的生活。

我們終於塗到底層的餅乾，也到了四點半的離峰時間，大家等會兒就會下樓去吃晚餐。我還沒看到貝克特．萊辛頓。我又看向丹恩太太的桌子，但這次視線飄向她放萬用鑰匙的地方。

我說，「前幾天我碰到一件怪事。」

她心不在焉地說，「喔？」烘焙秀裡有個女孩烤焦了英式瑪芬。

「是啊。」我說，「有人闖進我房間，把汽水噴得到處都是。」

丹恩太太轉向我，一臉震驚，看來不像裝的。「太可怕了，詹米。你的東西還好嗎？」

「不太好。妳也知道我會鎖門，我只是想知道昨天下午有沒有人來借萬用鑰匙。」我肚子裡的東西開始害我有點反胃。

丹恩太太皺起眉頭，拿出維修紀錄。「木匠早上七點來借，去修壞掉的窗框——」

「太早了。」

「當然還有晚飯後伊莉莎白來找你的時候。」她抬頭看我，「你希望我以後別借她鑰匙嗎？我知道你在房間裡也喜歡鎖門，但她是你的女朋友——」

「沒關係，」我告訴她，「謝謝妳。」

丹恩太太堅定地說，「你們兩個夠辛苦了，我希望能幫點小忙，讓你們的生活好過一點。」她回頭查看記錄。「晚上查房的時候還有借給一個學生，他被反鎖在門外。你要他的名字嗎？」

「不用。」我真的開始反胃，甚至開始流汗。「不用，那個時間太晚了。沒關係。」

我把餅乾推回給她。「謝謝妳幫我查。」

「我說你啊，」她說，「你看起來真的不太舒服。你想去醫護室嗎？」

我聽到「醫護室」的反應，就像給人甩了一巴掌。

「喔！喔——你知道布萊妮護士不在那兒工作了，你不舒服可以去，很安全的——」

「我沒事。」我微微喘氣。蕾娜說我有創傷後壓力症候群，真的嗎？我連那是什麼都不清楚。

「詹米。」她伸手想碰我的額頭，我沒多想就甩頭躲開。

由於這星期老天都跟我過不去，貝克特．萊辛頓偏在這一刻走進大門。

「華生。」他在地墊上跺跺雪靴。「老兄，你看起來糟透了。」

我現在沒辦法應付他。「我感覺也很糟。」我說，「你可以等一下嗎？我想——伊莉莎白說她有事找你——」

他撥掉臉上不對稱的頭髮。「好啊，」他說，「沒問題。嘿，我可以吃一塊嗎？」

「當然。」丹恩太太把容器遞給他。

我弓身拿出手機，努力不要看貝克特把紅綠色的餅乾塞進嘴裡。*求救*，我傳簡訊給伊莉莎白。*貝克特．萊辛頓在米許諾宿舍，基翠奇認為他給安娜錢。我那個發作了，真遜。*

她幾乎馬上回覆，*你才不遜，我五分鐘後到。*

如果她像中午對那些女生一樣，對他窮追不捨，我不確定她能問出多少資訊，但我現在的狀態無法質詢人。我只能打電話給爸爸。「爸，」他一接起電話，我就說，「你得來接我，現在就來。」

「我剛好在鎮上辦事，」他說，「我很快就到。」

我在門外的階梯等他，緩緩吸氣吐氣，努力不要立刻假定我感染了奈米病毒。自從布萊妮．戴恩斯用有毒的彈簧扎我之後，每次我感到不舒服都會陷入恐慌。

恐慌，或害怕，還是創傷。也許丹恩太太對我下毒——

不可能。冷風吹在臉上很舒服。我短暫閉上眼，微微搖晃。等我張開眼，伊莉莎白正盯著我。

「你還好嗎？」

我指向裡面。貝克特一手拿著餅乾，一手在滑手機。我問道，「去跟他談談？」

出乎意料之外，她咧嘴笑了。「你臉上有糖霜，」她說，「藍色糖霜。你看起來像雪人，你吃餅乾當晚餐嗎？」

我想起我沒吃中餐，我們沒點東西就離開了小餐館。其實我整天什麼都沒吃。想到這兒，我稍微沒那麼反胃了。我再次告訴自己，**你只是恐慌症發作**。

「詹米。」她朝我走上樓梯。

我說，「我沒事。」她頭戴毛帽，顏色很襯她的眼睛。當下我感激到都想哭了。「謝謝妳，謝謝妳幫我這麼多忙，妳不需要管的。」

她脫掉一邊手套，伸出手，用一隻手指抹掉我嘴唇上的一點糖霜。「嗯，」她輕柔地說，「我當然要幫忙。」

爸爸的車開到路邊停下。

我說，「我該走了。」

「我會去跟萊辛頓談，看他知道什麼。你晚點打給我？」

「好。」衝動之下，我吻了她的臉頰。「晚上再聊。」

我打開後車廂，挪開一堆購物袋，空出位子放我的背包。購物袋裝滿各種昂貴的食材——羊奶乳酪，幾瓶紅酒，一些我認不出來的義大利醃漬物。我吞吞口水壓住反胃感，跳進前座。

「你很期待看到媽媽，我懂。」我說，「晚餐這麼豐盛？」

爸爸聳聳肩。「只是善盡東道主的責任。」

車內很溫暖，太溫暖了，他開出學校大門時，我搖下車窗。「不好意思，」我說，「我不太舒服。」

他看了我一眼。「也沒有多不舒服吧。伊莉莎白好嗎？你們復合了嗎？」

「沒有。可能吧。沒有，沒有，我們沒有復合。」我知道這個答案很差勁。我考慮說我一次只能解決一個問題，想想卻揪起臉。伊莉莎白怎麼說的？我的自覺並不能為我的惡劣表現解套？

爸爸沒再開口，直到我們開出雪林佛鎮，駛進鎮外冰冷雪白的草原，他才終於帶著古怪的激動情緒說，「有事瞞著別人不好。」

我看著他。「我有事瞞著你嗎？」

「伊莉莎白。」他緊抓著方向盤說，「可憐的女孩。你要知道，她對你也有期待，我不希望你拉著她亂跑。這樣不好，我不想看你這種態度。」

我自己也不喜歡，但這似乎不是重點——爸爸從來不會這樣斥責我。「你還好嗎？你跟艾比沒事嗎？」

「你不需要管我們的事。」

我不安地說，「好。」過去幾年，我經常抱怨爸爸永無止盡的好心情，但我發現他情緒惡劣時，我不知道該怎麼辦。

夜色越來越黑，我們繼續駛入鄉間，兩旁的路燈朝我們眨眼。四周並非全是農地，綿延好幾公里只見農場、風機和稻草堆。馬路其實蜿蜒行經小鎮，每個鎮上都只有一家加油站和幾間酒吧，周圍環繞古老的農舍。白天雖然毫不起眼，但夜晚雪花轉為雪雨時，這些老房子看來古怪又哀傷。

「不過啊，」爸爸沒頭沒腦地說，「她期待你沒辦法給的東西，也不太公平。她有跟你談過嗎？」

我眨眨眼。「有？」

「喔，那就好，很好，她真不錯。不要——不要空有期待，卻什麼都不說，選擇待著不走，心裡痛苦，又不肯像個大人好好表達自己的感受。」

我們絕對不是在講伊莉莎白了。「爸。」我吞了口口水，然後說，「你跟林德還好嗎？」

他差點把車開出馬路。「你在說什麼？」

我和善地說，「我想你知道我在說什麼。」

車內繼續沉默，農舍繼續像哨兵站在夜色中。爸爸用手捶了方向盤一次、兩次、三次。「你的繼母不喜歡林德常待在家，看著她，好像——我引述她的話——『想要等詹姆發現他喜歡他勝過我。』」

「看來他很常去你們家。」

「他在同一條路上租了房子。」爸爸說，「過去十年我很少這麼頻繁跟他見面！我們通常能在夏天擠出幾個週末，跟以前一樣在愛丁堡亂逛，替他辦的一些案子收尾，但你也知道時間總是不夠。以前在倫敦，他住在我們附近最好了，不過當然惹你媽媽氣死了。我——啊，我不應該跟你說這些才對。」

我說，「是啊。」

「艾比不一樣，她喜歡更冒險犯難，我們在一起很開心。」他點點頭，好像要說服自己。「她覺得他愛上我了。」

說出來了。我問道，「他有嗎？」

「沒有。」他聽起來似乎很慶幸對話導到這兒，彷彿這一直都是最終目標。「沒有！沒有，沒有，他沒有。即使他是同性戀，不代表他就會愛上他的直男好友。我討厭別人這樣暗示，很不尊重我們雙方。況且我只是——他太棒了，你知道嗎？林德去到哪兒都是眾人的焦點，當然他長得也很好看，他想要誰都可以，不可能待在這兒對我魂牽夢縈。世上那麼多人！這太扯了，這樣……」

他越說越小聲。

我低頭看著雙手說，「這樣他就太可憐了。」

爸爸說，「天哪。」

雪雨下得越來越大，一點一滴的冰雹在擋風玻璃上彈跳。

「是啊。」我頓了一下。「他是你最喜歡的人？」

他自動開啟雨刷。「我從來沒有——我對男生沒興趣，他也不例外。」

「但他是——」

「他是我最喜歡的人。」他簡直像在自言自語。「有時候，你不會希望能單單用這個標準決定你——你跟誰共度一生嗎？這樣不會比較簡單嗎？」

我十七歲。我跟一個女孩可能在交往也可能沒有，現在她為了一起我沒犯的案子，在質詢校園藥頭。我愛上我最好的朋友，我已經一年沒看到她，但她仍存在我的每一天，像碎片插在我該死的心上。我不願意承認，但我經常思考未來的人生。

我說，「我不覺得會比較簡單。」

我們家出現在遠方。雖然天氣很差，車庫門卻開著，裡頭亮著燈，可以看到有人從租來的車扛下行李箱。

我們開上車道，爸爸開心地說，「你媽媽到了。」他使出我很討厭的大人招數，假裝剛才尷尬的對話沒有發生。「你從前門進去吧，看看貓有沒有跑出去，好嗎？再看看你的繼母需不需要幫忙。」

我拎起背包和幾個購物袋，盡量不看裡面（我的胃還是想假裝食物不存在），在雪雨中奮力走進大門。

家中到處都找不到艾比，也沒看到貓。我走進食品儲藏室找貓，這時手機響了，來電號碼我沒看過。「喂？」

「詹米，是我。」

「薛碧？」我挪開幾袋馬鈴薯，沒看到貓。「妳在哪裡？妳不是到了嗎？妳還好嗎？」

「你一個人嗎？」她的聲音緊迫沙啞。

我關起儲藏室的門。「現在是了。怎麼樣？」

「詹米，這實在太離譜了，我根本不知道從何講起。我想我只有一分鐘——」

我的心跳加速。「小薛，發生什麼事了？」

「那間學校？康乃狄克州的學校？詹米，那才不是學校，反而像某種勒戒中心。我不知道為什麼我在這兒，但我就是在這兒，在醫護室，我猜我發現怎麼回事的時候昏倒了。我現在用這裡的電話，因為他們拿走我的手機，但醫生隨時可能回來。詹米，你得想想辦法，你得來接我——」

「勒戒中心？」我不敢相信我聽到的話。「他們有什麼理由？到底發生什麼事了？」

「都是媽媽，我也搞不懂。你發生那堆事之後，她到現在還超級生氣。這已經很詭異了，通常她都氣一下就過去了。後來她翻我的東西，在抽屜找到一瓶伏特加。可是酒不是我的，我發誓從來沒看過！」

「我相信妳——」

「泰德試著安撫她，然後——腳步聲，我聽到腳步聲。等一下。」

我站在陰暗的儲藏室裡，手機緊貼臉頰，聽著妹妹驚恐的呼吸聲。這輩子我從來沒感到這麼無助。

「他們走了，」她悄聲說，「我不知道他們什麼時候會回來。這所學校——我沒辦法。這裡就像野外營隊，有馬沒錯，但更像在做生存訓練。他們會把你丟在森林裡好幾天，根本沒有學校。媽媽堅持——她跟泰德還結婚了——」

「什麼？」

「本來應該是驚喜。」薛碧講得好快，我只聽懂一半。「昨天中午，在倫敦法院。所以……你要見新繼父了？」

「妳說真的——」

話筒傳來一陣騷動，以及男子的聲音。她說，「不，不。」然後電話就斷了。

反胃感再次全面襲來，頭暈目眩讓我彷彿要墜地，這次我很確定全都是因為恐慌。

我要自己深呼吸。理性思考，我心想，別像小孩一樣。薛碧可能沒說實話，伏特加可能是她的。學校或許只是比她習慣的環境嚴峻了一點，她可能想家了。泰德可能人很好。

深呼吸。

車庫傳來爸爸熱情說恭喜的聲音。笑聲。車庫門呻吟著關上。

他們踉踉蹌蹌走進門，一邊談笑——媽媽的手扶著爸爸的手臂，兩人興奮地閒聊，我的新繼父跟在後頭，扛著兩個行李箱。

「詹米。」媽媽看到我趕忙走過來。「我真的覺得你長高了——哈囉，寶貝。」她抓住我的肩膀。她從來沒這麼熱情。「真高興看到你。」

「嘿。」我逼自己用上友善的口氣。「薛碧呢？我以為她要來。」

「她好愛新學校。」泰德從爸爸身後說，「她愛死了，想要馬上入學。」他說話的聲音很好聽，渾圓的高音帶著威爾斯腔。

「沒錯，」媽媽說完又轉向我。「她愛死學校了。我們有好消息！」

「葛蕾絲，別這麼急。」泰德說，「我都還沒跟他打招呼呢。」

「嗨。」我走上前，握住泰德的手。我要重寫這段對話，掌控全局，我要查出到底怎麼回事。「我是詹米，很高興終於見到你。」

他握住我的手，微微沉著臉。泰德很高，肩膀寬闊，頭禿的程度令人訝異。也許妹妹有跟我提過？可是他也沒有眉毛——看起來幾乎像他把眉毛剃掉了——眼睛小又精明。我心想，他長得跟某個人很像。我的脈搏開始加速。他長得像誰？

「詹米，」他說，「嗨，我是泰德．波尼茨。」

「他的本名是崔西。」媽媽笑著走到他身旁。她做了頭髮，化好妝，戴著外婆傳給她的項鍊，一長串珍珠掛在脖子上。她看起來很漂亮。「崔西！很可愛吧？可是他喜歡用他的中間名，泰爾多，比較嚴肅。我們晚上都規劃好了，大家一起去吃餐宴吧！」

「結婚餐宴。」爸爸茫然地說，「今天晚上，我們要去紐約吃晚餐。」

我幾乎沒在聽他說話。我緩緩對泰德說，「你讓我想到一個人。」

他朝我咧嘴一笑。「很多人這樣說。」

「詹米？」媽媽問道，「你還好嗎？」

我的新繼父笑的時候，看起來就像奧古斯特。

還有菲莉芭跟哈德良。

「我很好。」我對魯西安．莫里亞提說，「真的，很高興終於見到你了。」

第十八章　夏洛特

回到公寓後，我顧不得把衣服摺好，全部一股腦丟進行李箱。我聽見林德在講電話，哀求某個人。「今天晚上，」他說，「不能等了。」我想要的話，大可走到門口去聽。但現在他說什麼都不重要了，真的。

「我們走遠了再重新來過。」稍早他告訴我，「我們來不及在他抵達時逮住他，天知道他來了之後打算做什麼。我們要找到制高點。快收拾行李。」

放棄其實讓我鬆了口氣。我們會再訂定計畫，這段期間林德會讓我跟他住。他沒有明講，但走回家的路上，他不斷列出我們能去的地方。

我爸爸身為長子，繼承了薩塞克斯的老宅；姑姑阿拉敏塔正式接收了小屋和養蜂場，現在住在那兒；叔叔朱利安拿到倫敦的公寓，據說他一走了之，再也不跟全家說話。（很聰明的決定。）遺囑中寫道，林德叔叔太常雲遊四海，不適合繼承地產，因此把爺爺的錢給他，主要是拿夏洛克．福爾摩斯的終身版權好好投資的收入。

林德二十幾歲時還跟詹姆・華生在愛丁堡的小公寓當室友，那時他用繼承的遺產做了幾筆明智的投資，但仍過得像教堂老鼠一樣。（叔叔雖然打扮得體，向來卻節儉過活。）當他的投資產生獲利，他便買起房產，再拿租金買新房子，或賣掉別的房產，調整他的資產組合。

也就是說，我們有不少地方能躲。

「大部分房產都在我的名下。」他說，「我留下了紐約和愛丁堡的公寓，還有普羅旺斯的房子。」

「所以我們不能去這些地方。」

「沒錯，不行。不過倫敦——倫敦就不一樣了。幾年前，我透過空殼公司買了一間公寓。當時我在臥底，需要有個避難所好迅速換裝，順便藏我的東西，免得被追蹤。我一直沒把公寓賣掉，想說將來可能有用。」他朝我嚴肅一笑，「沒想到真有這一天。」

沒想到真有這一天。

我一面把假髮塞回木箱，一面心想，再見了紐約，再見了康乃狄克州，再見了美國，天知道我什麼時候有理由再回來。我再也不用撬鎖，拿鐵棍撬門，戴上無辜的面具取得我需要的資訊。我會幫他做研究，我會幫忙，退居二線。

自從我離家，媽媽從來沒打電話給我。我想起她跟爸爸在瑞士的爭執，她為我跟他哀求了五分鐘，但就我所知，她再也沒有提起這件事。媽媽對我的愛都跟爸爸帶給她的挫折綁在一起，現在爸爸缺席後，我似乎也不存在了。

我失去了好多：我的父母。奧古斯特。麥羅在永無止盡的謀殺案開庭期間音訊全無。我總是想像詹米．華生逐漸遠離我，但他卻一瞬間就走了，傷口還在流血，他就撕掉了繃帶。

我是因為拒絕接受真相，還是為了毀滅自我，才迎頭跑進追殺我的野獸口中？除了想快速了結一切，我到底為什麼花了一年追蹤魯西安．莫里亞提？每晚我都認真照下我的藥，我好好吃飯、洗澡、移動、做計畫，我假裝展望未來。表面上看來，我都活得很好。

然而當我意識到我不會殺死魯西安．莫里亞提，我也就寫下了自己的結局。我現在看清楚了。這隻蜘蛛在全世界織了網，我想不出別的方法除掉他。空手追殺他最終只會導致我的滅亡。

我不想死，再也不想了。

我的整箱假髮，我的撬鎖工具，我的錄音設備，我的黑洋裝，我的黑色休閒服，裝著我其他面貌的化妝包，全都裝進行李箱。

我穿上抽屜裡找到的舊運動服，尺寸對我來說太大，但我還是穿了。我會留下五十美元，當作補償綽綽有餘。我還剩下三千美元可用，足以支付飛越大海的機票，加上抵達後去染髮，也足以付錢更改名字，讓我消失。

我把行李箱扛到廚房，享受腳步踩踏磁磚的聲音。我相信我的靴子搭配運動服很滑稽，但靜悄悄走路好幾週後，我需要聽到自己的腳步。

「我在幫妳的筆電充電，還有我在妳包包裡找到的幾隻手機。」林德在食物儲藏室裡翻箱倒櫃，把乾糧堆成一疊，裡面有不少花生醬。「這是誰家？我會補償食物的錢。我想要準備充足的補給品，以防我們上飛機前得躲起來。最理想當然是今天深夜離開，但如果錯過機會，我覺得至少要等三到四週再試才安全。」

我問道，「今天深夜？」現在還不到下午四點。「為什麼不現在就走？我們可以直接去機場，搭紅眼班機去倫敦。」

林德背對著我，雙手攤開擺在流理台上。「我要先去跟詹姆・華生道別，妳要跟我一起去。」

「你要幹嘛？」

「天哪，夏洛特，別跟我吵這個——」

「不行，我堅決反對。要他保密來保命他都做不到，況且我最不希望他看到我，畢竟他兒子——他兒子——我做不到。」

叔叔低下頭。「妳可以為我做最後這一件事。」

「最後這一件事——」

「該死，」他說，「那個人在城裡逍遙法外，我不會留妳一個人在公寓。」

我咬住嘴唇。「對不起。」

「我知道。」我看他吐氣。

「如果對你這麼重要——」

「妳可能要換衣服，」他說，「詹姆說是結婚餐宴。」

我拖著腳回到臥室。在薩塞克斯老家，我們吃晚餐要正式著裝，但我從未認真看待這個習慣。那不過是另一種偽裝，假扮成自己。媽媽買給我的長裙優雅又昂貴，深色服裝再搭配深色口紅。打扮完後，我看起來總是比實際年長許多。

我手邊只有時尚部落客蘿絲的衣服，但現在我不想扮成她。

我翻起葛林探長妹妹的衣櫥，思索她有沒有我能穿的衣服。開襟毛衣，有袖釦的高領襯衫，還有一整排的小禮服。兩件是我的尺寸，其中一件是紅的。我脫下衣服，穿上洋裝，走到鏡子前。

華生曾說我像刀子。我確實沒有身材「曲線」，如果要用幾何圖形來說，我就像一條線。這件洋裝沒有改變我的身體樣貌，但我也不需要。我從衣櫃拿了一雙鞋，從衣櫃門上的掛勾拿了一個銀色晚宴包，把必需品塞進去。可以的話，我們會回來拿行李箱，不行的話，我也能靠手上的東西湊合湊合。

「夏洛特。」林德的聲音好像給人勒住似的。

我發現他幾乎整個彎著腰，看著廚房流理台上的一隻手機。

我喘氣問道，「怎麼了？」然後我好好看了他一眼。「不對，你不是在——你在笑。

你為什麼拿著我的舊手機？」

先前他說他在充我的兩隻手機。我一直把過去在雪林佛學院用的手機塞在包包底端，關閉電源，別人便無法用GPS追蹤我的位置。有手機備用總是不錯。

有手機備用幾乎總是不錯。

「上頭說妳十一個月沒開機了。」叔叔抹掉眼中的淚水。「十一個月！這段期間，妳沒收到任何訊息，也沒有簡訊，直到今天，應該說根本直到剛剛。」

我從他手中搶過手機。

四封新的簡訊：

福爾摩斯。

福爾摩斯。

夏洛特。

妳在哪裡？

第十九章　詹米

去年，薩塞克斯丘陵

夏洛特．福爾摩斯用雙手摀住臉，哭了起來。「麥羅，」她說，「麥羅，麥羅。不，不，跟我說你沒這麼做。」

遠方有一輛車發動。我聽到一陣喊叫，有人大叫，**別碰我，別碰我**，接著傳來車輪輾過小碎石的聲音。我轉頭去看，一名男子孤單的身影站在福爾摩斯家陰暗的大宅前方，像被鎖在自己家門外，或是尋找過夜之處的流浪漢。

福爾摩斯的媽媽消失了。哈德良和菲莉芭——他們在哪裡？

「我——」麥羅渾身發抖，把槍舉在胸前。「是奧古斯特——還有哈德良——天哪，小洛，我做不下去了。魯西安消失了，他消失了。沒有錄影，沒有情資，沒有……**我不能再做下去了**。我要怎麼做下去，還要成功？」

整個宇宙的幕後主宰，居然問我們這個問題。

福爾摩斯從他手中奪下來福槍，沒有低頭就拔掉彈匣，通通丟在地上。

「林德不幹了，」她說，「奧古斯特死了。你也一樣嗎？你也要丟下我們兩個來收拾爛攤子嗎？」

「這是妳的爛攤子，」麥羅說，「是時候妳來收拾了。」

我沒有全神貫注聽他們說話。遠方海潮的怒濤越發大聲，冷風抓咬我的雙手。奧古斯特．莫里亞提四肢大張躺著，這不是夢，我能看到雪地上他的外套輪廓。我無法看向他們任何一方，福爾摩斯或福爾摩斯，同一位恐怖神祇的兩張臉，望向相反的方向，妄下評論，互相攻擊。房子前方的人影不見了，草地現在空無一人，海潮震耳欲聾。

然而那不是海潮，而是警笛，嘈雜的警笛。等到閃爍的紅藍燈光來到車道盡頭，現場只剩下我和福爾摩斯。

麥羅消失了。前一秒他還在，下一秒連足跡都不見了，彷彿他在原地消除了自己。我四處尋找線索。地上有小鹿和狐狸的動物腳印，兔子低滑的足印，狗兒泥濘的掌痕。即使在冬天，這個地方也充滿生機。

福爾摩斯說，「華生。」

房子附近逗留的那個人看著我們，舉起一隻手，伸出手指，像老師在呼喚學生。接著他拉緊外套，背對我們走向房子。

「華生。」福爾摩斯說，「華生。詹米。看著我。」

我硬把視線轉向她。我感到沉重遲緩，彷彿有人把我壓在水底下。起起伏伏的警笛像海潮衝撞我們。聲音來自救護車，一定有人打電話報警了。附近有鄰居近到能聽見槍響，打一一九嗎？

我差點問福爾摩斯，但她看我的眼神好像我是惡性腫瘤，必須切除。

「現在怎麼辦？」我半笑著問，「妳有什麼計畫？」

她的眼睛向來無色，現在更顯冰冷。「我需要你背黑鍋。」她轉頭看救護人員從救護車尾端跳下來。「我需要你自首。」

要是在別的時候，別的情況下，我可能會同意，我可能會隨她一頭栽進去。或許我迫切想要維持與她的關係；或許我產生妄想，得了二聯性精神病；或許是過去三個月我一心求死，隨便就能從橋上一躍而下，不在乎下頭有沒有張著網子。

這回不一樣了。

「所以我來就為了這個，背黑鍋。」

「華生——」

「這是我跟妳來的主要目的，我是代罪羔羊，妳栽贓的人。福爾摩斯，妳有好幾個禮拜，好幾個禮拜能解釋！假如妳先告訴我，**什麼都好**！我就能說服妳回心轉意！可是妳拐騙我來，只為了——」

她猛然轉向我。「這就是愛。」她嘶吼道，瞳孔縮成細針，雙眼散發危險的光芒。「這就是愛的模樣。」

「那從來沒有人愛過妳，」我說，「包括我。」我可以吸引救護人員注意。他們後面緊接著來了一輛警車，許多人從車上下來。其中一人身穿便服，戴著墨鏡，絕對是警探，她手裡拿著對講機。

「嘿！」我叫道，「嘿！幫幫我！」

「華生，」她抓住我的手臂，「你在做什麼？」

「說實話。」

她沒辦法回答。

我甩開她，跑向走來的一群警察。「剛才有個男人——他很高，戴眼鏡，拿著附望遠鏡的來福槍。他開槍射了我們的朋友，他還躲在外面。」

警察越過我，看向奧古斯特逐漸冰冷的屍體。「哪裡？」他質問道，「他往哪裡去了？」

我無助地指向他原先躲藏的矮林，希望警方能找到我錯過的線索，指引方向。警察快步跑開，其他人跟在後頭。

福爾摩斯瞪大眼睛盯著他們。「等一下，」她說，「等一下，等一下。是我做的。」她的聲音微弱，小聲到只有最後頭的警察停下來，轉頭看她。

「我殺了他，」她又說了一次，「是我。」

「小姐，」他有些語帶哀求地說，「我知道妳不是說真的——」

她大步往前走。「我躲在那棵榆樹上，用山徑點三三八的狙擊來福槍。我在義本的射擊場練習好多年了，拿我的照片過去，他們可以指認我。過去兩年我不住在這兒——」

警察不自主退後一步。「這裡需要支援，」他朝對講機說，「需要支援。」

「——但我規劃很久了，因為地上那個人？」她伸出手指，指向奧古斯特的屍體。「他傷了我的心，他對我撒謊，他向別人求婚。他是我的，卻跟布萊妮・戴恩斯求婚。我可不會眼睜睜看他走。我沒有眼睜睜看他走，過去式，我們已經是過去式了。」

警察舉起雙手，不住點頭，彷彿跟老虎一起困在表演場上。

「至於他呢？」福爾摩斯猛然指向我。「這個可悲懦弱的小鬼認為如果他救我一命，他就能擁有我，好像我是獎品。看清楚，看看我，現在你還覺得值得嗎？」

「葛林探長。」身穿長外套的女子踏雪慢慢走來，警察看到她感激地說，「有人自首了——我還沒口頭警告她，她衝動脫口而出——」

她銳利的眼神從福爾摩斯轉向我，又轉回去。她問道，「哪一個？」

「她。」

探長似乎有些失望，是我多想了嗎？「好吧，」她說，「銬上她，給她口頭警告，再問她一次。孩子，你也一樣，跟我來。」

警察小心翼翼抓住福爾摩斯的手臂。即使發生這些事，即使她差點朝他的臉血口噴人，他還是把她當成玻璃纖維對待。他拿手銬銬住她的手腕，探長一手扶著她的肩膀，三人走回警車。

我準備跟上去，但我發現我錯過救護人員扛走奧古斯特的屍體了。我遠遠看他們把擔架推進救護車車尾。他們會載他去太平間，他們會剪開他的衣服，把他放在手術台上，像一樣東西、像娃娃。我猜想他們會通知誰去認屍，誰還能去說出他的名字？

警察帶福爾摩斯走到救護車後方，讓她坐上警車。他們好整以暇，好像很禮遇她。我知道她跟倫敦警局合作過，幫一個我忘記名字的警探破了詹森鑽石失竊案，當時我在美國也聽說了這件事。可是現在我們遠離倫敦，也遠離美國，這裡的警察只會聽過福爾摩斯家的名號，不會認識冠著這個姓氏的女孩。

直到我感到膝蓋一片濕，才意識到我屈膝跪在雪地上。我覺得我沒辦法走了。時間緩了下來，警察在四周走來走去，拉起封鎖線，從車上拿出相機和腳架，準備拍攝現場。

無所謂了。我就待在這兒，不需要思考。

有人把手放在我肩上，對我說，「孩子，跟我來。」我點點頭，起身跟著他。他帶我繞過房子，來到仍敞開的地窖門口，下頭地面骯髒鋪滿稻草。他說，「下去。」

我轉頭看他，原來是福爾摩斯的爸爸亞歷斯泰。我問他，「為什麼？」

「他們要你在下面等，」他說，「來吧。」

他的動作很友善。他伸出手臂，扶我走下樓梯，等我下到地下室，他拉來一張椅子——從高聳雕花的椅背來看，應該是餐廳的椅子——讓我坐好，才拿出繩索。

我不記得他拿繩索做了什麼，只記得繩子最後像蛇緊緊纏住我。

他站在那兒看我，雙手指尖相觸，抵著下巴。他說，「不好意思這麼做。」他臉上的表情少了什麼。「真希望我女兒跟你一起在這兒，有她陪伴，我想能稍微安慰你。你想要我替她也放一張椅子嗎？當作象徵？」

我說，「不要。」我隱約覺得不對勁。我微微掙扎一下，但繩索不為所動。

「喔，」亞歷斯泰看著我說，「你還沒從驚嚇中回復，這下有點麻煩了。」

他身後的牆上掛滿武器——一對擊劍的花劍，一對刀鋒磨鈍的刀子。這是他們家的練習場。我把視線轉回亞歷斯泰的臉。他的雙眼充血，我爬出地下室時踢中他的傷口還在流血。我感到瘋狂的衝動想道歉。

這種衝動確實很瘋狂吧？不過朋友剛遭到謀殺，我就被綁在房子地下室的椅子上，同樣也很瘋狂。

我小心問他，「你會放我走嗎？」

「你有理由說服我嗎？」他問道，「我總是要我的小孩拿出理由說服我。你覺得為什麼我帶你過來？有些不錯的解釋，跟聖經有關。亞伯拉罕獻祭兒子以撒，你可以從這兒開始。」

「好吧，」我說，「你是混蛋這個理由聽起來怎麼樣？」

然而亞歷斯泰已經拿起汽油桶。我開始認真掙扎。

「救命！」我大喊，「誰來救救我！我在下面！」

「別誤會了，」他說，「這不是我的首選，但沒有其他合理的做法了。現在魯西安沒道理隱瞞我們——我們的財務狀況。」

我喘著氣說，「你們的財務狀況。」他把汽油倒在我腿上，但我的褲子早已被雪浸濕，所以我幾乎沒感覺。「你在說什麼鬼？」

他把汽油澆在自己腿上。「我拿俄國人的錢，說服軍情五處的夥伴在特定時間到特定地點，然後洩漏情報，害他們被抓。就像小房子裡的小雞等著被抓，我記得好像還有相關的歌呢。」

第一次見到他時，他告訴我，我造就了幾件小小的國際衝突。「我以為你在國防部工作。」

「我從國防部起家，也在白廳待過一陣子，內政部，軍情五處，又再回來。不然你覺得我女兒怎麼學到那些技巧？她的能力當然不是憑空而來。不過全都完了。你知道魯西安．莫里亞提怎麼在泰國擺脫監控嗎？」

我什麼都沒說。

「不猜一下嗎？真可惜。你知道我的國家怎麼處置叛徒嗎？魯西安．莫里亞提知道。當他發現無法控制我的行為——無法控制我女兒的行為——他就不再光說不練了。我還能用掉最後幾個人情。我會親自過去，跟麥羅談談，喝一杯。我會等到他睡著，然後找來他公司裡效忠我的人。」

「你有間諜？在灰石公司裡面？」

「廢話，」他不耐煩地說，「怎麼會沒有？當然要我幫助那個人，我也覺得很痛苦。他就像一把鈍器，跟我女兒很像。我一直以為她的下場會很淒慘，但栽在魯西安手上——

「好吧，我想現在講也沒用了。雖然聽起來很蠢，但魯西安現在『逍遙法外』，即使他答應過我，我知道他還是會把情報洩漏出去。那種人哪有忠誠可言？完全沒有。我的祕密都會曝光。我唯一的選擇只有抹除證據，我自己就是證據，你也是證據——當然還有林德跟我太太，但我碰不了他們了。我只能做到這樣。如果哪天兒子打算定下來，我的保單應該能留給他一大筆儲備金。」

他從口袋拿出打火機，不是我料想的精緻小型鐵製打火機，反而是塑膠的，在加油站都買得到。

「不，」我說，「不，不——不，拜託不要——」

「或者他可以替自己再買一場戰爭。」亞歷斯泰瞇眼盯著手中微小的火光。「真的，那個孩子的影響力遠超過我的想像——」

我用雙腳踢向地面，迅速把椅子往後推。我胡亂大叫，發出一連串喊聲。樓梯上傳來聲音，聽起來有點空洞，幾乎像在敲打東西。當哈德良．莫里亞提繞過轉角，我不確定我是否眼花了。他什麼也沒說，只是悶哼一聲，揮動雙臂，亞歷斯泰．福爾摩斯就昏倒在地上。

哈德良彎下身，撿起打火機，放進口袋。

我呆呆地說，「嗨。」

他扭過頭當作打招呼。

「我以為你——逃跑了。」

「沒錯，」他說，「我躲到房子旁的樹叢後面。逃離現場前，最好待在附近越久越好。」

「喔。」我不知道還能說什麼。

「我聞到汽油味。」他解釋完後說，「來。」他從口袋掏出一把布伊刀，甩出刀片。

我扭身從他旁邊逃開，重重喘氣。才逃脫狼爪，又誤入虎口——

他翻了個白眼。「不是啦，小鬼，別跑了。」他逐一把繩索砍斷。「下次再發生同樣的事，你就扭動身體，像跳舞一樣，懂嗎？他根本沒綁你的手。」

「下次，好。」

「嗯。」他把繩索丟在水泥地上。「起來，」他說，「快走吧。」

亞歷斯泰．福爾摩斯已經在地上扭動。

我揉揉手臂，試圖喚回觸感。「你為什麼幫我？」

哈德良低頭看著亞歷斯泰。「他應該在牢裡蹲到天荒地老，他不能選擇自己的結局，也不能燒掉我躲藏的房子，即使這是他的房產。」他朝地上吐了一口口水。「至於你——」

我等著他說，你只是個蠢孩子，你被騙了，被利用了，你太不自量力，回家去找媽媽吧。自從我們降落在英國，這些話就在我腦中徘徊。

「你命還不該絕。」他把刀拋給我。「趕快走吧。」

後來警探說她發現我在屋外遊蕩，神情恍惚，全身淋滿汽油，手裡拿著一把刀。我跟她說是別人弄的，但我不知道是誰。我不確定我為什麼撒謊，也許我無法面對更多像今天或這週的日子，沒完沒了，衍伸成訴訟和各種爭議，在這場戰爭中打更多仗。或許人就會這樣——扭曲事實，直到出現夠大的洞，讓你逃跑。

警方要我描述把我綁起來的人長什麼樣子。我說沒辦法，我說沒什麼大不了。我依然不知道為什麼他們相信我，或許他們以為是我自己弄的。

他們要我住院一晚，觀察受驚的狀況。亞歷斯泰的診斷沒錯。我在醫院多待了半天，媽媽坐在床邊的硬塑膠椅上睡覺陪我。警方又來質詢一輪後，我爸爸也到了，於是他們放我回倫敦，給父母照顧。

那天最陰魂不散的回憶不是繩索、椅子或汽油，雖然這些元素也反覆在惡夢中出現。也不是亞歷斯泰或哈德良的良心危機。其實是福爾摩斯和我有一段獨處的時間，警察趕到我們旁邊之前，有長長的三分鐘，足以讓她轉向我說，**你必須這麼做，讓我告訴你為什麼。**

不，最陰魂不散的是，我知道那天要是在草地上自首殺了奧古斯特，福爾摩斯仍有辦法洗刷我的名聲。可是她讓哥哥不用為他的錯負責，她放任布萊妮·戴恩斯面對悽慘的下場，她一人球員兼裁判處置了哈德良和菲莉芭，現在她又為自己沒犯的罪自投羅網。她會全身而退，最後沒有人會為奧古斯特的死坐牢。

決定權不在她手上，也不在我手上。夏洛特．福爾摩斯曾跟我說她不是好人，那天我開始相信她了。

第二十章　夏洛特

你會去嗎？今天晚上的派對？我深吸一口氣，送出簡訊。

一分鐘後：嗯。

我心想，華生。我的腦袋嗡嗡作響。他在那兒，他在跟我說話。就連現在他都在打字——

他在看我，我得走了。

我連問四次要他說明，他都沒有回覆。我遲疑了一下，然後關掉手機。

我心想，華生，還有魯西安．莫里亞提。我把心中感受的聲量調低，直到再也聽不見。

「把鞋子穿上。」林德說，「我希望你們準備親親和好了。」

「叔叔。」

「我把外套放到哪兒去了？」

「叔叔，我覺得魯西安在派對現場。」

「妳想臨陣脫逃？」

我非常努力不要像小孩跺腳。「我說真的。」

他嘆了口氣，重新站起身，把剩餘的乾糧塞進袋子。「我沒聽過妳用這麼差勁的藉口。」他說，「我沒時間跟妳鬧了。」

「林德，看著我。」他不情願地看向我。「華生說有人在看他，是個男的，然後他就不回簡訊了。假如我**真的**猜中詹米的意思好了，我們該怎麼辦？」

叔叔把圓筒包放到一旁，拿起放在流理台上的散彈槍。

「我不知道，」他說，「妳有什麼想法嗎？」

第二十一章　詹米

我沒辦法把爸爸單獨拉到一旁。

媽媽研究過後，上星期訂了紐約市蘇活區的這間高級餐廳。我們全都到場了：我爸爸、我媽媽、魯西安．莫里亞提，快樂的一家人。艾比蓋兒開車跟我們一起來——我們到家時，她在樓上整理客房——不過她把麥坎姆和羅比留在外婆家。

這樣也好。我不知道今晚會發生什麼事，但沒必要牽扯到兩個小孩。

魯西安——「泰德」——一直叫來侍者，加點紅酒、雞尾酒、龍蝦和菲力牛排。他的動作毫不張揚，彷彿與店家早有共識。食物不斷端到他身旁，宛如上菜給國王。他會朝我們露出有點不好意思的微笑，然後說，「你們想不想試試？我聽說很好吃。」店家安排我們坐在小包廂的圓桌，好讓大家清楚聽到彼此說話，但魯西安主導了對話。

他說他喜歡我爸爸的外套，還寫下他在哪家店買的。他不斷問艾比蓋兒關於麥坎姆和羅比的問題——他們喜歡學校嗎？喜歡老師嗎？他們是不是小淘氣，惹過哪些麻煩？

然後他把媽媽拉進對話，問我小時候是不是跟他們一樣。我親眼看媽媽和艾比蓋兒第一次講話既不生硬尷尬，也沒有語帶怨懟。媽媽說，**詹米也花了很久才學會上廁所**。魯西安握著媽媽的手，拇指撫摸她手指上的銀色婚戒。

他恐怖極了。

如果他擺明很殘酷，還不會這麼恐怖。那樣我就有證據能確實確定，也有正當理由解釋我得做的事。

現在我滿腦子只想到，**我快要瘋了**。

我一直在調查發生在我身上的不公不義，彷彿我是……蝙蝠俠之類的。然我的恐慌症不斷發作，我對伊莉莎白發脾氣，我有事情瞞著朋友，我指控別人密謀害我，一副我很重要，大家會費盡心思來破壞我的生活。

好像他們策劃了龐大的計畫來對付我，而最後的壓軸好戲是把汽水噴在我的筆電上。

可是如果……如果都是我自作自受呢？也許我不小心刪掉了物理報告？也許我一開始就沒寫？我最近缺乏睡眠，提心吊膽，只要想到去年就吐。或許問題都是我造成的，我創造出各種情境，來解釋腦中的恐慌。要是我在妄想呢？或者昏倒了？也許妹妹只是去了完全沒問題的新學校，但她很不喜歡，希望哥哥帶她回家？

自從認識夏洛特・福爾摩斯，我就疑神疑鬼，但——為什麼魯西安・莫里亞提要花時間追求並娶我媽媽？我似乎迫切需要把媽媽再婚當作對我的侮辱，因而認定她的新丈夫是大壞蛋。

這不誇張，當初爸爸再婚時，我的反應也一樣。

喔天哪。

也許媽媽只是找到一個好男人，想讓她開心？

整頓飯我都直盯著他，甚至無法稍作掩飾。剛就座時，我還在桌面下跟福爾摩斯傳簡訊，結果魯西安——泰德——把一隻手放在我肩膀上。「這麼說有點不好意思，」他說，「我也不想命令你做什麼，不過你介意把手機放到桌子中間嗎？」

證據來了，證明我沒有發瘋。他知道我在求救，他想奪走我的救命符——

我急著抬頭看向爸爸。他把手機調成靜音，艾比蓋兒也是。

「我們在重要聚會都會玩這個遊戲，」媽媽說，「跟朋友出去的時候，讓大家關注當下。每個人都把手機疊在桌子中央，第一個忍不住去看的人就要請客。」

她和魯西安心照不宣互看一眼。「當然我不會要各位請客，」他說，「但我真的很想認識你們。」

我看他把我的手機放在最上面。

「好啦，」媽媽說，「這樣不是好多了？」

整頓晚餐我坐在他旁邊。這個人策劃謀殺案，替政客說謊，勒索，騙人，害我感染致命病毒，又故意把解藥放在碰不到的地方。我替他斟酒，聽他滔滔不絕跟我爸媽說他也上過野外學校，跟薛碧一樣。「我從小就喜歡馬，」他說，「我真的很開心我們興趣相投。」

媽媽捏捏他的手。「我們一到，小薛就好愛新學校。我們馬上簽了所有的文件。校園很漂亮！建築都好壯觀，他們甚至有完整的醫療大樓——我猜是為了處理騎馬意外吧。」

「結果我們離開幾個小時後，她打電話來哀求我們回去接她，真可憐。」

「她想家了。」爸爸搖頭說，「真有可能喔。」

媽媽說，「她很快就會適應了。」

我緊咬牙關，我猜用力到皮膚都發白了。

侍者端來蝦和牛排。媽媽講起他們怎麼認識——他們在雜貨店門口擦撞，他幫她撿起水果和蔬菜，跟電影演的一樣！——以及他們旋風般的交往過程。「泰德總是在出差，」她說，「我發現每次他離開，我就更想他。」

他握起媽媽的手，吻了她的手掌。我自己在桌子底下握起拳頭。

「我的第一任妻子過世了。」他的聲音輕柔，更像是對媽媽說話。「過程拖了很久，很痛苦，我——我花很多時間在她的病床旁思考。我不想再浪費時間了。當我遇到葛蕾絲——我決定人生太短，我需要冒險一試。」

媽媽把他們交握的手舉到唇邊。「從你跟我講的來看，貝蒂很了不起。」

隔著桌子，艾比蓋兒的眼眶盈滿淚水。爸爸認真切著他的牛排，顧自點頭，彷彿泰德是小有名氣的預言家。

這讓我很在意，卻也摸不著頭緒。爸爸知道多少？他推論出多少？他刻意表現得這麼客氣，是因為他在慶祝前妻嫁給別人，還是因為他知道對面坐的是魯西安・莫里亞提，正在伺機而動？

隔著桌子，我拚命想對上他的視線，但爸爸一直盯著盤子，切他的食物。

還有媽媽——媽媽看起來好開心，她把頭髮燙得捲曲，擦上指甲油，手指上戴著樸實的戒指。如果是魯西安・莫里亞提，難道他不會大費周章嗎？給她一顆大鑽石做秀？可是沒有，她手指上只有精美的環戒。泰德的視線不斷飄向她的戒指，再飛快回到她臉上，我發誓他眼中帶著真正的感情。

我的腦袋真的要瘋了。

媽媽笑著問道，「大家還想吃什麼嗎？」每個人都搖搖頭。

「我覺得我們吃了菜單上每一道菜，」艾比蓋兒笑了。「太好吃了！謝謝你們。」

魯西安問道，「那你們覺得可以上蛋糕了嗎？」侍者出現在包廂門口，他比了個手勢，侍者點點頭。

「泰德。」爸爸將近半小時以來第一次開口了。他的口氣超級虛張聲勢，平常都是用來應付小孩子、罪犯和姻親。就算他不知道泰德的真實身分，很明顯他也不怎麼喜歡對方。**感謝老天，我心想，不是每個人都愛上他。**「我們要不要移駕到那邊看來好棒的酒吧，我請你喝一杯？」

「喔！」泰德說，「我很樂意，但我不想留葛蕾絲——」

「沒關係。」媽媽說完朝前夫燦爛一笑。「去吧，我希望你和詹姆好好認識。」

就在這時候，我看到了。

魯西安頓了一下。

跟妻子的前夫一對一面談前，需要一點時間很正常，但他不是這樣。福爾摩斯教了我很多東西，我學會的非常少，但我越來越會看人了。

他看來並不遲疑，也不害怕。短短不到半秒的時間，他看起來火冒三丈。

看著魯西安的反應，我不禁覺得像在看福爾摩斯做事。他腦中的齒輪飛快轉動，整體看來很自然，但他一定想不出脫身的方法，怎麼樣都會惹新婚妻子不開心——少了她的慷慨協助，他在這兒無能為力。

好吧，應該說看魯西安．莫里亞提能多無能為力。

「當然好。」魯西安把椅子往後推。「當然好，詹姆。」

艾比蓋兒說，「我去打個電話，看看兒子怎麼樣。」她從桌子中央的手機山拿走她的手機。她走開時盯了我一眼，看來她認為媽媽和我需要獨處一會兒。

媽媽在盤子上用叉子推著龍蝦尾巴跑。她說，「你今天很安靜。」

「我知道，」我告訴她，「我還有點反應不過來。」

她看著我。「你知道我很開心吧？我有權利過得開心。」

我知道她希望我做什麼。我有話該說，我應該抱抱她，請她多講一些她和泰德的故事——**法院的婚禮如何？真的很浪漫嗎？他怎麼求婚的？**

我沒辦法逼自己照做。

於是我像混蛋一樣說，「很好啊。」然後我們像陌生人坐在桌旁，不停喝水。

天知道爸爸和魯西安要談多久？我得想辦法溜走。我會帶著手機，艾比蓋兒都拿走她的了，就算媽媽因此生我的氣，也比不上啥都不做的後果。或許我腦袋徹底瘋了，但我必須百分之百確定。

侍者開始整理桌面，空出空間放蛋糕。我把髒盤子疊成一疊，方便他們拿走，但主要是為了避開媽媽哀傷的眼神。魯西安起身時餐巾掉在地上，我把他的椅子往後拉，好把餐巾放回原位。

就在那兒，他的椅子上，我看到我的手機。

手機怎麼會跑到他的椅子上？我沒看到他拿，也沒看到他看我的手機。

他知道多少？

趁媽媽還沒發現，我拿起手機，藏進袖子裡。「我應該去上個廁所，回家還要好長一段路。」

媽媽沒有看我，只是靜靜地問，「你想吃甜點嗎？」

「不用，」我站起身，「不過謝了。」

我走進廁所的廁間，鎖上門，趕忙打開手機。我看不出來他是否看過我的簡訊和電子郵件，也看不出來他是否裝了什麼來追蹤我的訊息和電話。我試著回想福爾摩斯說過的話。微型耳機？我瞇眼看著收話器，但什麼都沒看到。

我的手機不斷叫著跳出訊息。伊莉莎白傳來一封很長的簡訊：萊辛頓入學以來就在賣毒給安娜，但他沒有給她一千美元，因為她也跟他炫耀了。他說她提到什麼老爸。包養她的甜心老爸？是這樣說嗎？真噁心。我說我會替他寫這學期剩下的英文作業，他就全招了。我一個字都不會寫。

接著：蕾娜說她可能找到一條線索，能查出錢跑去哪兒了。我等一下要跟她見面，再跟你說。

接著：真的有那筆錢，錢也真的被偷了——蕾娜說安娜非常堅持她的說詞。她不知道在怕什麼，她一定很需要找回那筆錢。

接著：詹米？你在嗎？晚點名之後我們可以見面嗎？

然後二十分鐘前，福爾摩斯傳來五個字。我們在路上。

我想她指的是她和林德。所以他今天進城就是辦這件事，我並不驚訝。

我回覆伊莉莎白，我們半夜在學校見，就在卡特宿舍的地道入口。然後我回覆福爾摩斯：妳在哪裡？

廁所大門打開，有人走進來，開始洗手。

福爾摩斯傳來，我到了。我站起身，費盡心思刪掉所有的訊息，一行一行、一個人一個人刪。等我打開廁間的門，魯西安．莫里亞提抓住我的襯衫，把我拖出門外。

第二十二章　夏洛特

我們沒有帶散彈槍，反而帶了兩把手槍。我的槍放在皮包裡，除了口紅，只有槍放得下，而我沒有帶口紅。我把撬鎖工具包綁在大腿根部，插了幾根髮夾在頭髮裡，必要時可以當作螺絲起子。我一度考慮帶著圓筒包，就能帶上散彈槍了——槍管切得精準，美得不得了——但感覺會引人側目。

林德擺明覺得我採取的防禦措施多到誇張，我非常希望他沒錯。

我們走進餐廳，裡頭坐滿了人。我猜測這兒總是高朋滿座，客人不會招搖地把錢財穿在身上，但依舊是在炫富。喀什米爾毛衣，擺在桌上的駕駛手套之類的。林德指向一排小包廂，就在詹姆．華生獨自喝酒的酒吧後頭。

「妳先去吧，」他說，「我跟詹姆道別，妳可以去跟詹米聊聊，然後我們就能走了。十分鐘，好嗎？十一點有飛機從拉瓜地亞機場起飛，我打算搭這班。」

我看他走向詹姆。我像在偷窺，但我想或許能學到什麼，多了解自己。

他靜靜靠近——在這麼熱鬧的餐廳並不難，我給他扣了幾分——直接在詹姆身旁坐下，彷彿從魔法傳送門走出來。我心想，他展現的努力和俐落的動作，通常會讓我開心微笑

詹姆．華生抬頭看向林德，然後舉手摀住眼睛。他在哭嗎？林德的小伎倆顯然不怎麼樣。

喔，我心想，**我不該看才對**。

但我也沒去他們的桌子。基於突然湧上的虛榮心，我反而走進廁所。我告訴自己，我想確認撬鎖工具包沒有從洋裝下露出來。我們腦中的思緒跟其後流動的情緒，兩者的交互關係真是有趣。其實我是想確定自己打扮得漂漂亮亮，再去見詹米．華生最後一面，所以我進了廁所。（道別很難，容忍我一下吧。**擁有一切的人總想要更多**，之類的。）

我懷疑要殺我的人也在這間餐廳。這個狀況下，我看起來還可以。

好吧。我彎腰洗手。

廁所牆面另一側傳來聲響，彷彿有人出拳毆打濕的大布袋。講得明確一點，聽起來像有人想在男廁殺人。

華生。

我沒有停下來多想，考慮我的決定。我馬上從晚宴包掏出手槍。

第二十三章　詹米

魯西安．莫里亞提不打算殺我。我很清楚，因為他一字不差告訴我了。

「但我希望你知道，」他又朝我的肚子捶了一拳，「我不介意一直傷害你，直到你聽話。」

他的另一隻手臂抵著我的喉嚨，把我壓在牆上。起初我試著反抗，但我找不到施力點，他卡住我的氣管，害我的腳在磁磚地上都站不穩。我只有在他一開始把我拉出廁間時，扯掉他襯衫上幾顆釦子。

「你要照我說的做。」他的手臂更用力壓著我的脖子。「否則我會停下來，不再命令你了。我會改去命令抓住你妹妹的人，懂嗎？」

我啞聲說，「你打算做什麼？」

「你很想知道吧。點頭，聽懂就點頭。」

我無法點頭，只能擠出一聲「懂」，看他油光滿面的醜臉露出得意的笑。

泰德。泰德講得一口迷人的口音，眼中只容得下媽媽。泰德靦腆又無比開心，贏得每個人的歡心。

泰德的手臂緊壓著我的氣管。

我顫巍巍吸了一口氣，然後奮力一推，猛然往前衝，用力把他推倒在地上。他往後滑，直到頭撞上水泥牆。

過去這一年，我花了很多時間打橄欖球。

「我希望你知道，我不打算殺你。」我用膝蓋抵著他的胸口。他還有意識，也在呼吸，但血開始從額頭流進眼裡。「但我希望你知道——我不介意一直傷害你，直到你聽話。」

他重重呼吸，喘氣罵道，「你這個死小鬼。」就在這時候，廁所大門猛然打開。夏洛特・福爾摩斯身穿紅色洋裝，站在門口，雙手舉著手槍指向魯西安・莫里亞提。門在她身後用力關上。

「喔，」她說，「我不知道你已經搞定了。」她把手槍上了保險，塞進包包。

外頭餐廳傳來一陣騷動。有個聲音大喊，**我看到她，我看到她拿槍——**

福爾摩斯冷靜地鎖上身後的門。

當下我心中可以浮現各種情緒，但我只感到如釋重負。

我朝她咧嘴一笑說，「嗨。」

「嗨，」她說，「你打算怎麼處理他？」她用腳趾指向魯西安・莫里亞提。他掙扎著想起來，但他還頭暈眼花，我能再壓住他幾分鐘。我如實告訴她。

「妳有計畫嗎？」說完我臉色一白。**上次我讓福爾摩斯做計畫**——

她一定也看到了。「沒有，」她說，「拔槍就是我的計畫，但——這個計畫不管用了。那邊有一扇窗戶，很小，在上面。」

「所以我們爬出去，然後呢？別忘了他聽得見我們說話。」

「廢話我當然聽得見你們——」

我揍了魯西安的嘴巴一拳。「這是為了我媽媽，」我告訴他，「或者我妹妹。兩個都有。」

福爾摩斯挑起一邊眉毛。「你這樣會留下痕跡。」

「但他頭上流血的傷口以後就會消失了。」

「我沒說我不同意你的決定。」

「妳最好同意，」我說，「頭上那個傷口是為妳弄的。」

有人猛捶廁所大門。「出來，我們報警了，出來——」

「把我的手機給我好嗎？」我問她，「我想應該在水槽下。」

「螢幕裂了。」她把手機拋給我。

「我會把維修帳單寄給他。」我滑過聯絡人列表。「找到了。等一下。」

「雪帕警探。」

「雪帕，」我對著話筒說，「我——」

魯西安奮力推我一把。兩秒後，福爾摩斯又拿槍指著他。我用唇語對她說，檢查他身上有沒有武器，她開始拍打搜查他的雙腿。「嗨。」

「你還好嗎？」

我對話筒說，「還好。好吧，不好。」福爾摩斯從魯西安的襪子裡抽出一把帶鞘的刀。「我們在紐約市阿諾德餐廳的男廁。魯西安‧莫里亞提娶了我媽媽，現在我把他壓在地上，福爾摩斯拿槍指著他，然後有人報警了。」

「你——你做了什麼？」

福爾摩斯繞著我飛快跑來跑去，從他的西裝外套裡拔出一把槍，接著逐一拿走他的錢包、手機和護照，動作乾淨俐落，像小偷一樣。她的另一隻手一直穩穩拿著槍。

敲門聲越來越大聲。「我們是警察！」

「我說完了啊。聽我說，雪帕，我們必須把他留在這裡——」

「警察！」

「——但等我們見面，我會把整件事跟你說清楚。」福爾摩斯比手勢表示沒問題了。我點點頭。

雪帕說，「這不屬於我的管轄範圍。」

「我還是覺得應該跟你說一聲。」

「好吧——那你們就去警局一趟。」

「晚點吧，我們有點忙。」

「老天，詹米，你們現在就去——」但我掛掉了電話。福爾摩斯把魯西安的東西塞進她的小包包。

「警察！我們要破門了！」有人拿肩膀撞上門，發出一陣碎裂聲。

腎上腺素逐漸從我體內退去，隨之而來的喜悅、瞬即的清醒，以及渾身的自信也都漸漸消逝。我從魯西安．莫里亞提身上站起來，踢他一腳叫他不准起身時，甚至痛得皺起眉頭。

我意識到我要去坐牢了，這不再是疑問句了。

福爾摩斯朝窗戶點點頭。我爬上洗手台，把她拉到身旁。那一剎那，她溫暖的身子緊貼著我，頭髮就在我的鼻子下。我彎腰用雙手做成支架，把她抬起來，就像我們最初認識時，我幫她爬進道布森的宿舍房間。我們現在厲害多了。我抬第一次時，她打開窗戶；抬第二次時，她順利爬出窗口，往下向我伸出手。

廁所大門裂開，像閃電打中大樹。魯西安．莫里亞提掙扎著站起來。外頭有人放聲尖叫。

然而我抓住夏洛特．福爾摩斯的手，鞋子扒著牆面往上爬。她把我拉到百老匯和王子街的轉角，我們一站起身，就拔腿狂奔。

第二十四章　夏洛特

我們需要避難所，找地方躲起來。警方會搜索火車、計程車、收費站和出租車，也會搜索機場，所以我猜今晚本來就算有計畫前往倫敦，這下也泡湯了。

可能的選擇：

回葛林家的公寓。

向哈德良．莫里亞提認錯道歉，尋求庇護。

找空的民宿闖進去。

暫時躲起來，打電話請葛林探長幫忙。

林德可能回去葛林家的公寓，我們會把搜索隊引到他跟前。我不敢聯絡他，以防警方正在偵訊他。第二個選項形同自殺。第三個選項只要稍微誤判，我們就可能闖進旅客租的民宿，吵醒他們，結果引來更多警察。第四個選項——第四個選項還有可能。

我把華生拖進巷子，躲在盡頭的大垃圾桶後面。一會兒後，一輛警車呼嘯而過，第二輛被困在車陣中，警笛叫了又叫，像獵犬一樣。

我悄聲說，「我要打電話給倫敦警局。」華生點點頭。

倫敦現在半夜，但葛林探長還醒著。她說，「嗨，史蒂薇。」

「嗯，嗨。我需要曼哈頓下城的避難所。」

「妳對麗莎的公寓做了什麼？」

「沒什麼，我們只是——我們在蘇活區的公共廁所跟魯西安・莫里亞提起了肢體衝突。」

「我們是誰？」

「我和華生。」

「是喔，太棒了，做得好。」

「不管妳幫不幫忙，」我嘶吼道，「我都沒時間聽妳講風涼話。」

她嘟囔著說，「我聽到警笛聲。」但我聽到她在打字。「好吧，我本來就打算跟妳說，我們今天聯絡上一位新的關係人了。」

「誰？」

「梅里克・摩根維克。他住得離妳不遠，我來打電話給他，跟他說我要派妳過去。我有他的地址，妳手邊有筆嗎？」

華生發出窒息般的恐怖聲音。一隻老鼠從垃圾桶跑出來，爬過他的鞋子。
「沒有，」我說，「不過我的記憶力不錯。」

第二十五章　詹米

我們被帶進摩根維克家後門時，我發現我的襯衫浸滿魯西安．莫里亞提的血，或我自己的血，我很難判斷。福爾摩斯平常乾淨得一絲不苟，現在也髒得要命，紅洋裝的裙襬撕破又染成褐色，露出來的腿上都是傷痕和看起來很髒的瘀青。我們一起站在廚房，像黑死病全盛期殺人不眨眼的一對孤兒。

廚房本身並不起眼，就是一般的櫥櫃、桌子、不鏽鋼水槽。從通往樓上的樓梯來看，摩根維克租了褐沙石公寓的一、二樓。

帶我們進來的女孩謹慎地看著我們。「摩根維克先生去拿一些文件。」

「嗯，」福爾摩斯說，「沒問題。妳是誰？」

「我的同事。」麥羅．福爾摩斯從廚房桌邊開口，他的助理默默離開。我大概往後跳了超過一公里。我沒注意到他在那兒。福爾摩斯的眼睛瞪大，接著瞇起來，顯然她也沒注意到。就我所知，這種事從來沒發生過。

或許是因為麥羅看起來完全不像他。他身穿全套運動服，留著大鬍子，沒戴眼鏡，長髮在頭頂綁成髮髻，身前放著空酒杯和酒瓶。

「不行，」福爾摩斯逐步倒退往門口走去。「不行，絕對不行。」有那麼荒謬的一瞬間，我以為她指的是他紮起來的髮髻。

他說，「坐下吧。」我很震驚他的咬字含糊，彷彿喝了酒。「坐下來，否則我就把妳拖進來，綁在那張該死的椅子上。」

我向來很怕麥羅．福爾摩斯——若是不怕他就太蠢了——但當下我嚇得半死。福爾摩斯神情冷淡，但她仍在他對面緩緩坐下，好像怕他會撲過來。「葛林探長派我來的，我來找梅里克．摩根維克。」

麥羅說，「妳總是以為我不知道這些事。」他往酒杯倒了更多威士忌。「妳就是學不乖。」

我吞了口口水。「麥羅，你為什麼在這裡？」

「詹米，」他語帶誇張的鄙視，「我真是太沒禮貌了，請原諒我。也許你想換個衣服？兩位需要嗎？」

「不用，謝謝。麥羅——」

「別再像兩隻受驚的兔子看我。」他把酒杯舉到唇邊。「我希望你們來，我不會害你們。」

他把酒吞下肚，福爾摩斯看著他的喉嚨。「你跟葛林探長有聯絡嗎？」

「小妹妹，是葛林探長聯絡我的。」宏亮的聲音從樓梯傳下來。「等一下，等一下。嗯，哈囉。」梅里克．摩根維克有點喘不過氣，酒足飯飽的肚子上撐著一個文件箱。他露出政客的微笑歡迎我們，出於習慣，我馬上跳起來，福爾摩斯則坐著伸出手。

「梅里克。」麥羅說，「福爾摩斯小姐想知道這是『怎麼回事』。」我幾乎能從他的口氣中看到引號。

摩根維克把文件箱放在桌上。「我們親愛的朋友麥羅——」

麥羅向他敬禮。

「——介紹我認識他在聯合國安全理事會的朋友。我組了競選研究委員會。」我說，「原來如此。」我完全聽不懂。

「這不是重點。」麥羅說，「我在這兒，因為我不認為美國會把我引渡回英國。好吧，他們可能不會，也可能會，誰知道！就跟開趴一樣刺激呢。」

摩根維克抿緊嘴巴。「過去幾天出現一些……新發展。」

麥羅又喝了一口酒。「監視錄影帶，偏偏就是這個。畫面來自我的老家，我親自設置的攝影機，我明明把錄影內容清得一乾二淨，不知道為什麼還是落到倫敦警局某個笨蛋手上，他完全搞不清楚狀況——」

「監視錄影帶，錄到你——你槍殺——」我的嘴巴無法說出那幾個字，說出奧古斯特·莫里亞提。

福爾摩斯把頭埋進手裡一會兒。「然後呢？現在你感到一直壓抑的愧疚了嗎？」

「愧疚？」麥羅舉起酒杯對著燈光。「這叫愧疚嗎？我只是不太想去坐牢。」

福爾摩斯看起來想要伸出尖爪，越過桌子撲向他。我把手放在她肩膀上，對她說，「嘿。」

她僵住身子，接著放鬆下來，點點頭。

麥羅富饒興味看著我們。「真噁心。」他顧自說完，喝乾剩下的威士忌。

摩根維克清清喉嚨。「夏洛特，」他說，「我們剛提到聯合國？」

「對。」她的眼睛仍盯著麥羅。「當然還有你的情婦。」

我很佩服摩根維克（或者其實不該佩服他），他竟然笑了。

「什麼？等一下，對不起。」我說，「我還是有點聽不懂。」

「摩根維克先生，為了節省時間，你介意我向華生說明你現在的狀況，以及我們在這裡做什麼嗎？」

梅里克·摩根維克看起來很開心，他跟我爸爸一定很合得來。「當然，請。」

福爾摩斯上下打量他，問道，「我該從哪裡講起？」

「這個嘛，不是說我特別想強調，不過我的情婦已經不是情婦了——」

「沒錯，當然不是。」她說，「你的情婦已經不是情婦，是你的太太。這很簡單，看婚戒就知道了。不過她不在這兒——我注意到你一直轉婚戒，或許你今天忘了打電話給她，現在打去英國又太晚了。你以前是哪個選區的國會議員？她是不是待在你的老地盤？不對，不然你的小孩會不高興。那麼就是住在倫敦的公寓了。想避開郊區，又有你手上的資源，就會把人安置在那兒。對了，你沒有要競選公職，所以我不確定為什麼你硬要說你在這裡組了競選研究委員會。」

「喔？」他問道，「妳怎麼知道？」

「你睡得好，吃得好，看起來很平靜。」福爾摩斯頓了一下，眼神飄向遠方，然後繼續說，「性醜聞爆發後想參選的人不可能這麼怡然自得，也不會跑來美國，想在美國籌錢競選英國的公職太荒謬了。你跟聯合國安理會的成員會面？你不想競選了，你想爭取支持，獲得大使職位提名。你的做法不完全合法，也不完全違法，所以才要這麼神祕。」

摩根維克先生拍拍手，臉上掛著歡快燦爛的笑。「喔，太厲害了。」他對麥羅說，「我喜歡你妹妹，真好玩。」

麥羅搖搖頭。「她沒告訴我們所有的重點，例如她到底在這裡做什麼。」

福爾摩斯沉下臉。「我需要安全屋，所以打電話給倫敦警局。」

「因為你們剛把魯西安．莫里亞提打個半死。」摩根維克先生臉上依然掛著同樣歡快的笑容。我稍微離他遠一點，或許我還是不希望他跟我爸爸見面。「你怎麼做到的？」他問我，「了不起，真的。」

「呃，橄欖球？」

「當年我也該打打橄欖球。」他說，「真可惜。對，沒錯，莫里亞提先生。我對莫里亞提先生很感興趣。」

福爾摩斯皺起眉頭。「我看過所有的記錄。我第一次跟你兒子談的時候——」

「什麼時候？」

「禮拜一。」福爾摩斯說，「在他家的樓梯間。」她說得太順，害我花了一秒才聽懂。

「那天妳也在——」

「等一下再說。」她朝我投來無法辨識的表情。「我第一次跟他談的時候，以為魯西安辭掉你的選戰職務，是去處理弟弟奧古斯特的問題。他本來是我的家教，但丟了工作。」

麥羅說，「『丟了工作』，說得真委婉。別忘了那一卡車的古柯鹼，還有妳陷害他。」

「真高興娛樂到你啊。對啦，我和我糟糕的錯誤，誇張得不得了。」福爾摩斯的語氣冰冷。「但我調查之後，發現日期對不起來。你的選戰在夏天，那堆事情後來才發生。所以魯西安為什麼選在你的醜聞爆發前辭職？明明當時最需要他來『處理』你的問題？」

他們四目相交，摩根維克把雙手擱在肚子上。「莫里亞提辭職，我誇張地輸掉國會席次後，我手頭上多了一點時間。你應該能想像，我對魯西安變得有點……執著。」

「然後呢？」

「他向一些客戶提供諮商，為他們控制媒體風向。他很多年沒替英國政府做事了，都在民間企業。每天靠撒謊過活，會毒害人心，毀掉判斷對錯的能力。假如你一開始就對錯不分……妳想知道他為什麼辭職嗎？」

我問道，「為什麼？」

摩根維克說，「他跟我太太外遇。」他的口氣不帶一絲情緒。「前後持續超過十年，我完全不知道。魯西安開始替我工作時，大概……怎麼講，二十五歲上下吧？他年輕、英俊，有種遊手好閒的魅力，至少當年有吧。還有莫里亞提這個姓氏，也帶有莫名的光環。我想我太太因而受到吸引。

「他辭去輔選的工作，因為我女兒安娜滿十三歲了。她一進入青春期，就長得越來越像他。」

安娜。

安娜．摩根維克。

掉了一千美元的安娜。

「不會吧，」我倒吸一口氣，「你一定在──」

福爾摩斯質問道，「你有做親子鑑定嗎？」

「當然有。」摩根維克說，「當年魯西安頭髮比較長。安娜自己做的，她從外套上拿了幾根他的頭髮，郵寄去檢查。她在選舉前一個禮拜給他看結果。」

我說，「然後他就腳底抹油跑了。」

摩根維克說，「沒錯。」他又露出像聖誕老人的笑。「沒錯，他腳底抹油跑了，我挺喜歡這個說法。等隔週爆發我和情婦的新聞──嗯。我女兒鄙視我，也鄙視媽媽，轉而開始崇拜剛找到的『爸爸』。她想要搬去跟他住，他馬上送她去寄宿學校。」

「我們學校，她現在替他工作了。」我說，「這個禮拜她還將了我一軍。」

「喔，我就覺得他會做這種事，真要命。」摩根維克的笑容黯淡了一些。「我很討厭女兒牽扯進去。你們兩個──好吧。我說過了，每次想到安娜，夏洛特、奧古斯特和魯西安的那些事都會害我做惡夢。那個人跟你們有仇，現在他利用我女兒想達到目標。」

麥羅說，「對不起。」我很意外他聽起來頗為真誠，或許是因為酒瓶快空了。他搖搖晃晃起身，打開桌上的文件箱。「我原本是來跟摩根維克先生討論，建議他採取行動，改善他在本地和國外的聲譽。」

即使他喝醉又衣衫不整，麥羅．福爾摩斯還是保有一定的尊嚴，令人不敢回嘴，但我不能當作沒聽見。「最好是。你來這兒怎麼可能不想逮住魯西安，幫助妹妹。」

她與他四目相交，他微乎其微搖搖頭。

「別吵了。莫里亞提忙的事可多了，你們不是他唯一的目標。」摩根維克指向文件箱裡的檔案。「我就直說了，他是大名鼎鼎的罪犯，把他移送法辦能讓人聲名大噪，我很需要。如果你們不介意，我希望由我逮捕他歸案，我已經在處理引渡的細節了。」

「介意？」我苦笑幾聲。「我不知道福爾摩斯怎麼想啦，但我沒問題。拜託，看在老天的份上，把他銬起來拖去關吧。那個混蛋剛娶了我媽媽。」

「當真？」麥羅喃喃問道，彷彿在問天氣。

摩根維克說，「難怪你衣服上都是他的血，有道理。」

「我不確定我同意，不過好吧，管他的。他有計畫，天知道牽扯的層級多高，而且他快達到目標了——麥羅得躲躲藏藏，喝醉了在廚房給你建議，福爾摩斯和我又不能出手。我不敢想像現在他跟警察怎麼說，事證已經對我們很不利了。」

「怎麼說？」

福爾摩斯嘆了口氣。「我們毒打他一頓，拿走他的武器、錢包和假護照，然後從廁所窗戶逃走，好躲避警察。」

摩根維克吹了一聲口哨，麥羅伸出手。「給我他的護照，」他說，「還有錢包。」

「不要。」

「什麼？」

「不要。」福爾摩斯又說了一次。「為什麼我要幫你？對我有什麼好處？」

「喔，我不知道耶，小洛。更快抓住威脅妳的人？」

「你不會幫人。」她困難地擠出這些話。穿著骯髒的紅色洋裝，她看起來像個逃離爆炸現場的女孩。「麥羅，你不懂得怎麼幫忙，你只會整個接手，把事情弄得更糟。上次我知道我在做什麼！我知道林德在哪裡！我要去救他。我去了柏林，把哈德良和菲莉芭引誘回我們家。葛林探長會『逮捕』他們，但魯西安絕不會讓弟妹為他做的事坐牢，他對家人還算忠心。為了救出弟妹，他就得出手！來到大庭廣眾之下！我都計劃好了，想得很清楚，結果你帶著狙擊來福槍跑來？槍上不是有望遠鏡？你開槍前都沒有停下來看看嗎？難道你——」

麥羅在身前舉起雙手，手掌顫抖。「我想保護妳，」他靜靜說，「我一直都想保護妳。」

「你有好多年能保護我，」福爾摩斯挫敗地說，「你選擇開始的時機真是爛透了。」

他們盯著彼此。

摩根維克對著沉默的空氣說，「夏洛特。」

「喔，有完沒完──好啦，」她說，「好啦。這樣如何？魯西安的假護照和你在錢包裡找到的任何東西，我都會給你影本。雖然不給你們正本，但等時機到了，我會讓你逮捕那個混蛋歸案。」

摩根維克問道，「什麼時候？」

福爾摩斯瞥了我一眼。「華生？」

她在問我的意見。「我們還有一些事要收尾，」我有些驚訝地說，「你們覺得明天如何？」

福爾摩斯監督麥羅的助理仔細拍攝魯西安的隨身物品，我則站到一旁，打開手機。我們逃跑以來，我的手機就響個不停，我只得關機節省電源。

我收到將近一百封簡訊，幾乎全都來自我的繼母艾比蓋兒。詹米，你做了什麼？你到底在想什麼？還有詹米，回家吧，我保證沒事的，擺明就在騙人。還有你爸爸一直叫我讓警方處理，但我真的不懂怎麼回事，你在想什麼，你怎麼能做出這種事？我感覺得出來她很震驚，但我打算回覆時，我意識到她的手機可能不在她手上。其實我打賭一定不在她手上，要不是給魯西安．莫里亞提拿走，就是警方。

媽媽無聲無息。嗯——現在腎上腺素逐漸從體內消去後，我認知到以後媽媽可能再也不會聯絡我了。我剛才在公廁攻擊她的新老公，我完全無法想像她的感受。即使她發現魯西安．莫里亞提一直都是幕後黑手，我那麼殘忍地毆打他，她一定覺得我是怪物。她怎麼可能再正眼看我？

我發現我全身顫抖，反胃想吐。我深吸一口氣穩定情緒。**晚點再想吧**，我告訴自己，**你現在沒辦法處理這件事**。

伊莉莎白沒收到我的回覆，傳簡訊來確認我好不好。蕾娜傳來的簡訊都是獨角獸的表情符號，完全看不懂。她似乎覺得晚上見面我們就能大獲全勝，提早開始慶祝了。

爸爸傳來一封簡訊。**我希望你知道，我以你為榮**。就這樣。

不知為何，這封簡訊比今晚我見識到的一切還可怕。

福爾摩斯手拿護照回來時，我已經快要崩潰了。她喃喃說，「我得把護照放在枕頭下睡覺。」摩根維克在遠方講電話。

我給福爾摩斯看她和伊莉莎白傳來的簡訊。「妳覺得怎麼樣？我們該跟蕾娜見面嗎？看看她發現什麼？」

「我覺得可以啊。我本來的計畫是今天晚上出國——」

我盯著她。「今天晚上？」

她趕忙說，「——但我認為現在跟叔叔會合不安全——」

「等一下，妳跟林德住在一起？多久了？」

「——或許不會不安全，但何必冒險？況且警方還在追捕你，我——好吧，我寧可待在這兒。不過蕾娜說半夜，我們還有四小時才需要回到雪林佛學院。」

「天哪。」現在才晚上八點。我很訝異下午離開校園不是一星期前的事。

「嗯。」福爾摩斯稍微避開我的視線。在她後頭，麥羅把一個檔案夾倒在桌上，紙張像落葉一樣散落各處。

「我們還沒有機會——我還沒告訴妳薛碧的事。」我突然想起來，心猛然一沉。我怎麼會忘了？發現泰德是魯西安，在城中瘋狂逃逸，麥羅像過去的宿醉精靈出現——每件事都把妹妹擠到了腦後端。「她今天開始在美國的新學校上課，但我覺得也是魯西安的詭計。媽媽宣稱她只是想家，但我相信妹妹的判斷。福爾摩斯——小薛打來的時候很害怕，怕到會躲進衣櫃那種怕。那才不叫想家。」

福爾摩斯的視線重新聚焦在我身上。「她在哪裡？」

「我猜離雪林佛學院不遠？我不知道——」

「快帶她走，」她馬上說，「現在，現在就帶她走，詹米。她在那裡多久了？」

「幾小時而已。」我說，「希望還來不及讓她碰上壞事。」

「女孩子在幾小時內，」福爾摩斯說，「可以碰上很多壞事。」

「我們能弄到車嗎？我們要怎麼出城？會有——」

麥羅叫道，「你們需要我幫忙嗎？」

福爾摩斯和我異口同聲說，「不用。」她拖著我走到陰暗的走廊，遠離麥羅和摩根維克。

她來回踱步，用手抓頭髮。「不行，不行，我們不可能去每個地方，太不切實際了。我們有資源——對，我叔叔。」

「我爸爸。」我掏出手機。「我傳簡訊給他。」

我寫道，爸，**薛碧碰上麻煩了。她的新學校——我覺得是個幌子。**

福爾摩斯看著我的手指。「魯西安是康乃狄克州一所學校的顧問，一間野外勒戒學校。我去過那種地方，環境糟透了，但通常還算安全，不過扯上魯西安我就不敢說了。」

我幾乎絕望地說，「她只是個小女生。」

「我知道，」福爾摩斯說，「我也希望這有差。」

我寫道，**拜託你跟林德一起去帶她走。**我關掉手機，卻仍盯著螢幕，彷彿安慰我的話會奇蹟似的出現。

「暫時別管了。」她看著我說，「相信他們，你爸爸跟林德，他們處理過更棘手的狀況。我也了解你妹妹，她很堅強。」

我說，「好吧。」雖然糟糕，她說的也沒錯。

「好吧。」然後她說，「詹米，我們能談談嗎？」

「嗯，」我說，「當然好。」我們還沒談過，還沒好好談。

她扭捏了一下，伸展手指。「樓上有一間臥室，」她終於說，「如果你需要一點隱私。」

「喔。」我的後頸發燙，接著變得冰冷。「喔，好啊。」

「不是『喔』。」她直覺反駁，接著說，「我是說未必要是『喔』。不用是『喔』，除非——該死，詹米，我很努力了，我們可以上樓就好嗎？」

房子比我想像中大。安排給我們的房間位在長長的走廊盡頭，地板泛白突起，牆面同樣蒙上白白的灰塵。其他房間都封了起來，沒人使用，空氣散發霉味，好像整個冬天都沒有開窗戶。

我們的臥房同樣也有鬧鬼的感覺。床上高高疊著白色羽絨被和床單，房內還有椅子和衣櫃，但都罩著防塵罩。我想要拆掉罩子，抖一抖，看看下頭有沒有值得保留的東西。不過我什麼都沒做，傢俱現在的樣子就很美了。

福爾摩斯才不在乎這種美。她喃喃說，「有人可能在房裡裝了竊聽器。」她馬上開始支解房間，從床開始。她摸完床墊後，我癱躺在床上，看她做事。

超過一年以來，我第一次和她獨處。

我發現我在她身上找起可見的變化。她的頭髮長度沒什麼變，深色直髮垂到肩膀，眼睛仍是無法看清的灰色。現在她改朝衣櫃下手，拉出每個抽屜檢查。她的動作激烈專注，跟我們每次辦案一樣。

她宛如電纜、金屬和火箭燃料做成的飛彈，致命又無人可擋，發射後飛向數千公里外的微小目標。如此精準，如此厲害。

我叫自己停下來。我花了一整年，獨自徒勞無功地詛咒她，哀悼奧古斯特，沉浸在愧疚和恥辱之中。結果我們才在曼哈頓共處一小時，我就開始崇拜她？

當真？

我感到自己逐漸關機。

她問道，「怎麼了？」她掀開最後一張椅子的罩子，揚起一大片灰塵。

「沒事。」我咳了幾聲。「妳需要幫忙嗎？」

「我快好了。」她把雙手伸到椅墊下。「等一下——不對，等等。」她皺眉檢查手上的東西。「我想這是真的蟲。」

「或許去洗個手，然後——」

「也是。」

她回來時，我發現她也試著洗了洋裝下擺。「我想沒救了。」她彆扭地站在床邊。「我覺得好抱歉，我從住的地方拿了這件洋裝。」

我問道，「妳住在哪裡？」我不知道還能說什麼。

「啊。」她重新抱起床單和枕頭，隨便丟在我身上。「我不——應該說——你記得葛林探長嗎？」

我很難忘記她，就是她以殺害奧古斯特．莫里亞提的名義逮捕福爾摩斯。我不露神色地說，「我記得。」

「我們認識很久了——不對。應該說，對，她是詹森鑽石失竊案的負責人，但我——她妹妹——」

「妳住在她妹妹家。」我坐起身。

「對。」

「妳一個人？」

「我一個人行動好一陣子了。」她無憂無慮的口氣明顯在騙人。「不過林德現在跟我一起——我不確定你知不知道。」

「我不知道，不過很合理，畢竟你們今天晚上一起出現。」

「也是。」

我說，「我不笨，福爾摩斯。」她縮起身子。為什麼我要對她說這種話？為什麼講話突然變得這麼難？我們可以在餐廳廁所打敗最恐怖的惡夢，在黑暗中橫越該死的紐約市，但我沒辦法在安靜的房內單獨跟她說話。

「我從來不覺得你笨，」她說，「從來沒有，你也知道。」

我很努力想專注在當下，以我們的現況看待她。然而她的防禦姿態——你也知道——還是戳中了我。「我不值得，」我盡量維持聲音平靜。「妳判斷不值得告訴我事實。妳甚至不跟我說妳要去哪裡，警方帶妳走，妳就走了，一句話都沒說。妳消失了，然後就過了一年，福爾摩斯，整整一年！據我所知，妳——妳形同死了。」

「你是我的朋友，」她盤起雙臂說，「我唯一的朋友。如果我要把計畫告訴哪個人，我一定會告訴你，但我以為你信任我。」

「妳不能用這招當藉口。」我告訴她，「我們追著哈德良和菲莉芭跑遍歐洲，就因為妳騙我。那之後妳還指望我信任妳？林德就在你們家地下室，妳也知道，卻沒告訴我。那之後妳還指望我信任妳？」

她反射般回答，「對。」然後她揪起臉。「不對，不對，當然沒有。可是發生那種事，你能怪我頭腦不清醒嗎？」

「奧古斯特的事。」我說，「這個嘛，妳的頭腦至少清醒到能對我下命令。」

她朝我露出絕望的表情。「不是什麼好命令。」

「沒錯。」

福爾摩斯挪動身體重心。「還有別的嗎？」

「嗯。」我把膝蓋縮到胸前。「我──沒有了。」

「就這樣？」

「我有──我有很多事想跟妳說。我犯了好多錯，我覺得……我幾乎覺得妳毀了我。」

「華生──」

「或者我一直都是這樣，我不知道為什麼妳忍受我這麼久。一開始我想，我沒有她聰明，我只是她的跟班。妳留我在身邊，因為我──我崇拜妳，我的情感太強烈，完全藏不住。我只是不知道妳想從我這兒得到什麼，我們在一起妳能有什麼好處。然後妳走了，我──我想我就迷失了。我再也不喜歡自己，以前我是喜歡自己的，至少有一點點。最近我表現得跟怪物一樣。」

「你覺得是我造成的？」她的問句很真誠。

「可能吧。」我吞了口口水，說出魯西安．莫里亞提把我拖出廁間後我就在想的事。「福爾摩斯，我不確定這次我們能活著脫身。」

她的雙眼閃耀。「我知道。」

我擠出一聲笑。「有什麼遺言嗎？」

她聳聳一邊肩膀。

「福爾摩斯——」我推開羽絨被、床單、一大疊白色布料，在身旁清出空間。「過來吧，」說完後我揪起臉。「妳願意的話。」

她輕巧地坐在床緣。「詹米——」

這個字懸浮在空中。

她一口氣說，「我很抱歉。」

「抱歉什麼？」

「我——我很抱歉，詹米。」

我繼續等。有時候我能清楚讀懂她，彷彿她的思緒寫在天上，有時候她卻是世上最難懂的生物。

「我認識你的時候，我還……我好討厭這樣。」

文字太不精確了，我記得她曾說過，意思太多層次，而且人們都用文字撒謊。

福爾摩斯看似想從心底拖出什麼東西來。

我說，「試試看。」

「當時我……我想唯一適合的形容詞是瘋狂。」

「瘋狂？」

她說話時在句子之間留下長長的停頓。「或者飢渴吧。我彷彿被關在房裡好多年，只有生存所需的食物和水，這時有人帶我到自助餐會，現場都是吃了好多年的人。我知道我不是他們的一員，我幾乎不算是人。我是……我就是想要。我很餓，卻也因此變得機警。世界太柔軟、太自滿，我討厭極了。

「這麼說也不對。或許我被壓在水底，或許我把自己壓在水底。我認識你的時候，我一直覺得來到了一切的終點。」她把膝蓋縮到胸前。「我想是我的終點吧，不管那個我是誰，都來到了終點。可是我必須離開去自我了結，你懂嗎？我一個人。我希望……我希望等我們再見面的時候，我已經找到路，回到起點。」

我完全不懂她。我心想，世上所有人之中，我最了解她。

她簡單地說，「我很抱歉。」她的深色頭髮垂在臉旁。「我應該把計畫告訴你才對。那時候我慌了。奧古斯特死了，大家四散逃逸，有人用上武器，你不安全。我只想到，如果我能把華生送到葛林探長手中，他就安全了，她會知道怎麼做。我跳過所有步驟，直接得到這個答案。我太躁進了，但我錯了，而我……」

「妳讓哥哥逍遙法外。」我努力保持口氣嚴厲。

福爾摩斯飛快搖頭。「無論如何他都會順利脫身。當時你不可能逮捕他，現在或許也沒辦法，畢竟他財力雄厚，還有一整群的律師。麥羅每個禮拜大概被告兩次吧，他的危機處理團隊二十四小時待命，薩塞克斯警方對他來說只是小菜一碟。現在──我不知道，或許他終於會付出代價了。」

「我也希望他會，否則沒有別人了。」我說，「為奧古斯特的死負責。」

「一定會有人負責的。我可能挑起了爭端，但我也會負責收尾，把魯西安送進大牢。即使奧古斯特不是他殺的，我還是會當作任務完成。或許我才要替他的死負責，但我是……當年我還小，沒有人給我正確的指引，於是我做了糟糕的決定。我想要開除他，不再讓他當我的家教，我不認為我因此要為他的死負責。或許這表示我是壞人。」

她挺直肩膀。「但我……我覺得我不是。」

「我不認為妳是壞人。」

「你之前覺得我是。」

「現在沒有了。」我發現我是說真的。

「我想當好人。」她說，「我想當好人，但不想要很好心，可以嗎？」
我忍不住笑了。「我最喜歡妳不好心了。」
我一直拚命忍著想碰她的衝動，但這時她猛然轉向我，把臉埋在我的脖子旁。我的雙臂幾乎自己舉起來，抱住她。
「我好討厭這樣。」她憤怒地用手擦臉。「這整個禮拜我都在哭，為什麼？為了你？為了魯西安．莫里亞提？」
「我把他的血沾到妳的洋裝上了，」我告訴她，「要是我也會哭。」
她說，「你跟那個女生分手了。」
我挑起眉毛。「妳不是在問問題。」
「你沒有圍她送你的圍巾了。」
「妳什麼時候看過我圍那條圍巾？在樓梯井？」
她露出轉瞬即逝的微笑。「我自有管道。」
「這段期間妳都在做這種事嗎？」我摸著她的頭髮問，「觀察我？」
「我說是的話很糟糕嗎？」
我呼出一口氣。「有點糟糕。」
她稍微後退，好看著我的臉。「你不覺得糟糕。」

「沒錯。」

「你其實覺得有點小性感。」又是那抹出現又消失的笑。

「妳剛才說『有點小性感』嗎？妳是誰？」

「最近嗎？我是時尚部落客。」然後她飛快吻了我，彷彿出於衝動，彷彿是意外。

我往後靠，輕柔地說，「嘿。」

她拉拉我的領子。我感到她的手往下滑，手指把玩第一個釦子，緩緩把釦子解開。跟她在一起總是這樣，停停走走，完全無法預測。

我沒想過我們會回到這個樣子。

「福爾摩斯。」我舉手去碰她的手，讓我們雙手交握。

「你會原諒我嗎？」

「妳聽起來好像在做決定。」因為她有點嚇到我了。

「你會嗎？」

我停下來，陷入沉思。不久以前，我想向她索求一切。我希望她是我的閨密，我的將軍，我唯一最好的朋友。我希望她是我的另一半，宛如我們是硬幣的兩面，她是正面我是反面。我愛她，如同愛我始終想要成為的樣貌，而我會跟隨她到天涯海角，替她所有的行為解套，奮力高高把她捧在王座上。

當我環繞她編織的神話破滅，我不知道該怎麼辦。過去一年，我對她的每個想法感覺都錯了，扭曲了。我在自己認知的她跟真正的她之間插了那麼多層鏡片，我怎麼能理解發生的事？

福爾摩斯不是神話，也不是國王，她是一個人。想跟一個人維持關係，你必須把他們當人對待。

「我可以先原諒妳一點嗎？」我問道，「明天再多原諒妳一點，隔天再多一點？如果還有隔天的話？」

「好。」她趕忙回答，好像我的答案已經超乎她的期待，她擔心我反悔。

「當然妳不可以再引爆東西。」

「好。」

「也不可以再趁我睡覺偷看我的耳朵——」

她笑著說，「好。」她又露出那個表情，好像很意外自己在笑，好像笑是不由自主又有點羞恥的事，跟打噴嚏一樣。

我忍不住了。「我好想妳。」我抓住她的肩膀。她在這裡，她在這裡，我可以碰她。天哪，我怎麼這麼幸運？我又說了一次，彷彿不受控制：「我好想妳，我好想妳——」

她無助地說，「詹米。」她重複我的名字，咀嚼這個字的邊角，幾乎像是第一次說出口。

「妳什麼時候叫我詹米了？」我的語氣輕柔，有點危險。

她悄聲說，「為什麼你不叫我夏洛特？」她的手指沿著我的脖子往上，追隨隱形的線爬上我的臉頰，劃過我的嘴唇。「為什麼你不用我的名字叫我？」

因為她出自我喜愛的故事。因為我們第一次見面時，她要我叫她福爾摩斯，而夏洛特叫我怎麼做的時候，我都會聽。

我問道，「妳希望我叫妳夏洛特嗎？」

「不要。」她急著說，「不要，我只想知道為什麼。」

我說，「因為我需要專屬給我叫的名字。」她睜大眼睛，眼神變得深沉，帶著我無法用文字形容的情緒。一小時後，她仍依偎在我懷中。

第二十六章　夏洛特

有人在門外敲門，我們才終於起身。

「三十分鐘後，車子會來接你們去雪林佛學院。」麥羅的助理交給我一個包裹。她買了符合我們尺寸的深色衣服，全部燙過，比過去一年我買得起的衣服好多了，鞋子尤其美極了。我甚至覺得我會愛上她，當下我感到心中充滿了愛。

華生和我輪流洗澡。回到房間後，我一面逕自哼歌，一面扣好襯衫。他綁好新的黑靴子鞋帶，臉上帶著笑——他一直想要跟我一樣的靴子。

整裝好後，他問道，「妳感覺怎麼樣？」

對我來說，跟男生在床上做任何事的後果都令人擔憂。我不知道這個狀況會持續多久，是否會維持一輩子。今晚我們必須停下來好幾次，好好談我們在做什麼，以及我們的感受。聽起來像乏味的練習，某個層面來說也是吧，但我不在乎。

我感覺怎麼樣？我感覺像阿拉敏塔姑姑的蜂巢，嗡嗡作響，彷彿體內有一座城市。

華生總能讓我變得更好。過去一年，我都在哀悼我們的友情，但我也知道保持距離最好。現在——

現在我想我得繼續哀悼我們的友情了。我們曾在布拉格的飯店經歷過同樣的狀況，但那時我們還來不及重新定義彼此的關係，周遭的一切就崩解了。今晚他亂糟糟的深色頭髮半濕半乾，我們用了同樣的洗髮精，他聞起來就像我。他的褲子有點太長，於是他把褲腳摺起來一半，跟他所有的褲子一樣。他的肩膀沒什麼變，但一小時前，我還是用手指記錄下他雙肩的形狀。我好愛他的肩膀。他疑惑地看我觸碰他的手腕、他的手掌。妳想到什麼？我把他的手貼上我的臀部，告訴他以前曾把手放在這兒三次（一次在南倫敦的書店，純屬意外；一次在回英國的飛機上，他探進口袋拿我的手機；一次在薩塞克斯老家，我們在同一間浴室刷牙，他需要拉開抽屜，我剛好擋到他）。今晚的事件沒在我身上留下痕跡，但他的上身逐漸冒出深色瘀青，標示出那個混蛋出拳揍他的位置，他的指甲下還有一點血。他臉上掛著全新的表情，即使現在——尤其現在——他仍顯得疲憊、警惕，悲傷得不得了。當我衝進廁所，看到他把魯西安·莫里亞提打個半死，我第一次看到他這個表情。我以為我要來救他，但華生需要的是搭檔，不是復仇天使。

他練就了俐落的左鉤拳。他下巴上有一道小傷口，刮鬍子不小心割到的。我怎麼現在才看到？我想用手指檢查，想把嘴唇湊上去，於是我照做了。

他從喉嚨深處呻吟一聲，把我拉到大腿上，吐氣急促又溫暖。有人敲門時，我很努力不要怒吼。

「把刀子藏好啊。」華生雙手糾纏著我的頭髮，看著我的表情笑了。

「華生先生，福爾摩斯小姐。」助理隔著門說，「你們的車到了。」

我無法形容這種感覺——不像衝出大門跑上車，不像雨絲開始蓋過雪花，不像不知道在雪林佛學院會碰上什麼。我想好計畫的要素，華生幫我重新編排到我滿意為止，或至少接近滿意。過去一年，我們需要的資訊好多都分散在雙方手中——例如安娜・摩根維克。要是我留在學校，我就會知道她的真面目。我不需要離開學校，不需要離開華生，也能完成工作。我說服自己離開是為了追捕魯西安・莫里亞提，但我知道這只是一半的原因。要是我留下來，我就得面對我造成的災難。要是我留下來，華生就不會圍著我看到的那條圍巾。我不該在乎有個善良又機智的女孩吻過他。我很了解華生，知道我不在之後，一定會有另一個女孩陪他。他不會癡癡等我一輩子，何必呢？這麼想令我安心，令我憤怒，令我伸出手，用超乎預料的力道握住他的手。他挑起一邊眉毛，跟我十指交握。

我出了什麼錯？誠如大家所說，這是最重要的問題。我心中嗡嗡作響的愉悅感受還在，但逐漸轉換成別的東西。

雪林佛鎮上看似一片平靜。我數到小巷裡停了三輛警車，引擎開著，車燈關閉，顯然魯西安．莫里亞提提到華生可能試圖回來學校。不過我們搭的黑車靜靜駛過夜色，警車都停著沒動。然而開進學校大門又是另一回事了。

「可以麻煩找一條小巷暫停嗎？」我們穿過市中心時，我問司機，「我們需要躲進後車廂。」

這樣返回雪林佛學院當然丟臉極了，但我發現我不介意。我們迅速鑽進後車廂，華生把手放在我臀部上那個位置（我心想，**第四次在康乃狄克州的後車廂裡**）。警方在雪林佛學院門口攔下車時，駕駛拿出假證件，低聲說他是老師，要回學校用影印機。我們緩緩開進科學大樓的停車場。

車子停下來。華生綳緊身子，但沒有動。司機繞到車尾，打開後車廂，傾身到我們上方，但沒看我們——他的外套拉鍊近到可以碰到我的頭髮——然後從華生的頭後面拿起他的公事包。我短暫看到他停在哪裡：我指示他停在停車場角落，我記得附近有一片茂密的樹叢。

他把包包拎在肩上，輕輕蓋上後車廂，但沒有完全關起來。

腳步聲。「晚安，警官。」我聽到他說，「我只是來用印表機。」

「我會讓你進去大樓。」女警的口氣嚴厲。「你知道你會待多久嗎？」

「我要備課，不會超過一小時。」他繼續講起他在設計的小考，我聽到他們走向大樓入口，兩人的聲音接連消失。

趁他們背對停車場，我們的機會來了。司機沒有說出暗號「半夜」，表示沒有警察在附近逗留，我們可以行動了。

等警察回來，我和華生已經躲進樹叢。等她回到警車上，我們已經到了卡特宿舍的地道入口。

「伊莉莎白剛才傳給我密碼了。」他緊貼著門悄聲說，「五七四八二。」

「你比以前安靜多了。」我輸入密碼。

「謝謝，」他說，「我有練習。」門應聲打開，我們悄悄爬下樓梯。

距離華生跟伊莉莎白約的時間還有半小時。今晚時間的流動讓我想到手風琴：整個晚上，時間在某處擴張，又在某處壓縮。我們在安全屋的時間感覺只有幾分鐘，瘋狂趕來康乃狄克州的路程卻像幾小時。現在我們要等華生的前女友跟我們分享安娜・摩根維克的消息，對我來說八成不是新情報。而魯西安・莫里亞提正在動員警力，想用攻擊他的名義逮捕我們。

我超過一年沒來維修地道了，但我還記得整體布局。卡特宿舍的入口位在教學大樓和教堂旁邊，離華生的宿舍很遠，我希望搜索隊都駐紮在那兒，不會跑到我們附近。稱職的警探都知道要搜索地道尋找失蹤的雪林佛學生，但真正稱職的警探似乎也只有雪帕，我想他算跟我們一國。況且伊莉莎白傳簡訊給他以來，地道的密碼都沒變。這可以代表各種可能，也可能毫無意義。

最後只剩下明顯的事實：平常維修地道的燈全天開啟，今晚卻一片漆黑。

華生握著我的手，喃喃說，「要我打開手機的手電筒嗎？」

我等待眼睛適應，但黑暗太過無邊無際。「不要，」我跟他說，一手摸著牆面。「跟我來，不要出聲。」我聽到他脫下靴子，夾在腋下。

我們緩緩前進。經過左邊三扇門後，走廊接著轉彎——這兒有一台發電機，一台熱水器，以及一間空房，以前被雪困住的修女會在這兒禱告。房間符合我們的需求（我只想找地方躲，完成我們的計畫），但門鎖著。先前穿洋裝時，我的撬鎖工具包綁在大腿上，但換了衣服後，我把幾根撬針丟進沒用的小錢包，拋下其他的工具。我手邊只有蛇形扳手和力矩扳手——方便的大工具，一體適用各種尺寸。一個不小心，我就可能把鎖弄壞。

我好一陣子沒有摸黑撬鎖，更有好幾年沒拿非專用的撬針撬鎖了。

今晚真是越來越精采。

我對準撬針時，華生在我身後扭來扭去。他總是很沒耐心，不斷挪動重心，壓得指節喀喀響，擺明在數天花板的磁磚。世界對他來說非常有趣，但僅限於他不該研究的部分。他沒有雷射般的專注力，無法習得這種精密的技藝。嗯，好了，門鎖在我手指下彈開——

「福爾摩斯，」他悄聲說，「福爾摩斯。」我沒有回答，於是他直接伸手，把我的手從門上挪開。「妳聽到了嗎？」

我太專注於手上的工作，傾聽我的手指，以致於沒聽見女孩們繞過轉角。她們一定是女生，或鞋子很時髦的纖瘦男生：尖銳的「踏——踏——滑——踏」腳步害她們漏餡了。兩個女生，緩緩走過黑暗，不發一語。

我和華生背靠煤渣磚牆面。幸好她們沒有打開手機的手電筒，我們穿得一身黑，卡特宿舍門上的出口標誌又跟電源一起關掉了。事實上，我們形同隱形。

她們停在距離我們幾公尺外。

「妳要在這兒跟他們見面，」其中一人悄聲說，「什麼時候？」

「二十分鐘後。」

「妳知道妳要說什麼嗎？」

「安娜，我們講過一百萬遍了。」伊莉莎白說，「我當然知道要說什麼。」

第二十七章　詹米

我看不見她們，看不見她，在黑暗中什麼都看不到。我只知道福爾摩斯的手臂橫擋在我胸前，把我壓在牆上，彷彿擔心我會想動。

好像我想動就動得了。

伊莉莎白說，「妳得走了。」我很熟悉這聲私語。我在夜晚的電話上聽過，她在室友睡著後向我道晚安；我在午餐的桌邊聽過，她低聲向我批評湯姆的新毛線背心。

她們兩人一會兒沒說話。

伊莉莎白說，「妳不相信我。」她不再壓低聲音了。

「我相信妳，」安娜說，「妳也知道我爸說我不該相信妳，但我相信妳。」

伊莉莎白尖銳地嘆氣。「好吧，既然妳爸這麼說，那一定沒錯，也很合理，非常合理。」

「他不需要送我來雪林佛學院，好嗎？他大可跟其他人一樣忘了我。他請我幫忙並不為過。詹米和夏洛特殺了他弟弟，好嗎？警方根本沒在調查他們！」

「我知道。」她聽起來深表懷疑。

「也許我應該打電話給妳爸爸。」安娜嘶吼道，「也許我應該提醒他，魯西安·莫里亞提——」她驕傲地說出這個名字——「持有他紐約公寓的所有權狀。而且我爸是演藝學院的老闆，一通電話就能開除他。」

福爾摩斯在我身旁挺直僵住了背脊。

「妳以為這樣就能確保別人忠心耿耿，」伊莉莎白說，「一有機會就拋出同樣的威脅。妳這叫炫耀，完全就在炫耀，噁心死了。」

「那筆錢也很噁心嗎？」

伊莉莎白說，「我不是為了錢。」

「那就還給我。」

「妳根本還沒給我，我要怎麼還給妳？我們來這兒就是為了拿錢，不是再讓妳懷疑我的忠誠。」

「又不是我切斷電源！」

「沒錯，妳只是瞎掰妳有一千美元。」

「去妳的，有沒有搞錯。」安娜沿著走廊走開。「我會幫妳拿到錢，妳就可以可悲地去大買特買了。」

安娜才走到走廊盡頭，伊莉莎白就掏出手機，打起簡訊。螢幕光線照亮她的頭髮和上翹的鼻子，在她眼睛下面投出陰影。要是她這時抬頭，就會看到福爾摩斯和我緊盯著她，像準備啃食她骨頭的一對禿鷹。

但她沒有抬頭。她一面打簡訊，一面轉身看安娜遠去的背影。打完簡訊後，她關上手機，螢幕暗了下去。

我的前女友可能密謀害我、吻我、對我撒謊，在我的宿舍房內嚇唬我，但她沒能深入我的心。我內心深處是否一開始就知道事情不對勁？有可能，或者我只是高估了我的直覺，根本沒這回事。

就算伊莉莎白遭到勒索，就算她的行為不是她的錯，她也大可告訴我怎麼回事。

我傷得太重，無法敞開心胸完全接納伊莉莎白，卻又太寂寞，無法一個人獨處。直到福爾摩斯回到我身旁，我都不了解我多麼強烈地想念她，但伊莉莎白或許一直都懂。或許她擔心告訴我安娜的真面目，我不知道會怎麼反應，也許她以為我會怪她，以為我會逃走。

嚴格來說，這一切都是我的錯。

「來吧，」安娜叫道，「如果妳那麼想要錢。我爸很快就會到了。」伊莉莎白哼了一聲，沿著走廊走去。

當下沒什麼值得如釋重負，但我仍靜靜吐出一口氣。福爾摩斯在我身旁放鬆下來。然後放在她褲子後口袋的手機收到簡訊，震動起來。

第二十八章　夏洛特

我離開雪林佛學院後，想要尋找幫手定期告知我校內的狀況。我需要我能依賴的人。我的前室友蕾娜似乎是明顯的首選：我們信任彼此，她足智多謀，即使洗澡時都會秒回簡訊。開學頭幾週，我請她向我更新近況，可是她跟華生沒那麼熟了，沒辦法給我可用的數據。**我想他還好？？今天中餐他沒吃多少，不過他可能為了橄欖球在節食，之前他在增重，哈哈好噁心喔。**倫敦怎樣呀？愛心表情符號。偵探表情符號。兩個購物袋表情符號。

這不太符合我要的資訊。

我不想要他日常生活的消息，至少我以為我不需要，我只想要知道他安不安全。我差點都要寫信向討厭的哥哥求救了，結果十月某天下午，我接到一通電話。我看到未顯示來電號碼才接的——我本來希望是林德叔叔，我對他總是懷抱希望。

「我不知道妳記不記得我，我是伊莉莎白？我們去年見過。我從他的手機裡找到妳的電話。」她不需要說「他」是誰。「我知道我打來很怪，但我覺得他非常想妳。妳聯絡他會對他很有幫助，即使只是跟他道別。」

我沒有回答。我坐在泰晤士河畔我最喜歡的咖啡館，水聲頗吵，而且我對這個女生無話可說。

「妳真的在乎他好不好嗎？」

我吼道，「我當然在乎。」

「妳終於說話了。」伊莉莎白發出有些寂寞的笑聲，當下我就知道就算他們還沒交往，也不用多久了。

不過如果她不想說，我就假裝不知道，對我逐漸成形的計畫來說，這樣也比較方便。「我需要時間，」我告訴她，「我打算過年的時候去見他，到時候我會跟他道別。不過現在——妳可以偶爾傳個簡訊，跟我說他過得如何嗎？確保沒有再發生像布萊妮·戴恩斯的事件？」

對她也方便：她男朋友的心靈折磨有了結束日期。對我也方便：能定期聽到華生的狀況。

起初只是這樣，偶爾說說他申請哪所大學，偶爾說說橄欖球隊表現如何。說實在話，這些資訊沒什麼用，但我仍渴望知道。我在旅途中、書桌前、早上躺在床上醒來時，都會重讀她的簡訊。詹米感冒了。兩天後：他好多了。乏味的事，沒人在乎的事。

我發現我非常在乎。

她從中得到什麼好處？我向來討厭心理學，但我開始覺得這些簡訊令她自認能掌控一切。她的男友仍為過去認識的女孩悶悶不樂，透過掌控那個女生對他的了解，伊莉莎白認為她能掌控這段感情。

當然沒這回事。你無法控制別人的感受，大多時候你甚至無法控制自己的感受。於是節日一一過去，新年假期也過了。伊莉莎白逼問我何時要去拜訪，跟華生了結一切，但我一概不回答。這個禮拜，我開始接到簡訊說我很擔心詹米，我覺得他碰上壞事，但他不跟我說，還有教務主任找他，我覺得他被停學了。我以為我知道為什麼，她打算逼我出手。既然我不願意去舒緩華生的心神，如果我以為他身陷危機，或許我就會去了。即使她要親手推他入險境，她都願意。

為這種原因刪掉他的報告似乎有點扯，不過我也會瘋狂重讀關於華生買新鞋子的簡訊，沒什麼資格說她。

然而伊莉莎白．哈威爾（可想而知，她當然姓哈威爾）不愧是生存鬥士。現在我在陰暗地道裡看著她走開——聽見她走開——我意識到我太小看她了。她的家人危機纏身，她遭到勒索，必須配合安娜．摩根維克的計畫，她被迫傷害她很關心的華生，而她的反應是找來她認為唯一能幫忙的人，即使她清楚知道那個人是我。

我手機上的簡訊寫道，我不知道今晚妳會不會跟詹米來，但妳要小心。魯西安·莫里亞提和他女兒在地道，到處都是警察。

我知道簡訊的內容，因為華生把我拖進門鎖打開的禱告室，關上門，從我手裡抽走手機，用憤怒不已的口氣唸給我聽。

「『詹米好像原諒湯姆了。』」他一邊用拇指滑，一邊唸，「『詹米的爸爸經常來接他，不知道去哪裡。』『詹米在重讀《福爾摩斯退場記》，他看起來很難過。』『今天詹米和我去野餐』——福爾摩斯，這是什麼鬼？妳們這樣聯絡多久了？」

我說，「小聲一點。」我還能說什麼？

「我的聲量，妳居然擔心我的聲量。老天，這——妳們持續聯絡好幾個月了，可以追溯到她邀我參加返校舞會。妳們兩個有什麼計畫嗎？天哪——」他猛然轉身，手機螢幕的光線在煤渣磚牆上下閃動。「我以為妳消失已經夠糟了，我以為世上沒有更糟的事，沒有更糟的事了。但這個——這個更糟。」

「我說過我會追蹤你的狀況，我必須知道你安不安全。」我的聲音很小。「我必須知道魯西安沒在追殺你。」

「最好是啦。他真的很喜歡打擾別人野餐，破壞橄欖球賽，還有我的鞋子，他就是想毀了我的鞋子。這些都是必要資訊，不是妳把我甩得一乾二淨，卻透過別人繼續當我的朋友。」

「你剛才看到的狀況——她是被迫的，不是自願跟安娜合作。」

他吼道，「我知道。」

我走過去，把雙手放在他肩膀上。他甩掉我的手，把靴子抱在胸前。

「魯西安在這兒，」他說，「他在某個地方，安娜也在這兒。打電話給雪帕警探，打電話給林德，妳需要做什麼就做吧。」

「你要做什麼？」

他說，「我要去思考人生中我做的一些選擇。」

面對眼前的狀況，他的回答並非不合理，但我仍吞了一口口水。房間冰冷陰暗空曠，華生只穿著襪子站在水泥地上。假如我是他，我會尋找這一切象徵的意義，然而我只說，「對不起。」

華生轉頭盯著我，手裡仍拿著我的手機，螢幕的光害我瑟縮了一下。

他說，「很多事妳都覺得對不起吧？」

距離我們跟伊莉莎白見面只剩十分鐘，就算先前我們有計畫，現在也沒了。說來討厭，我知道跟近來我的各種背叛相比，這次的背叛茲事甚小，只要有足夠的時間（幾天，或許一星期），華生就不會生我的氣了。因此我很難嚴肅看待他的怒火，畢竟時機太不巧了。

他表現得有點像怪物。他會這麼做，是因為他也是人。

簡而言之：我的道歉發自內心。即使重來一次，我也不會改變我的決定。我覺得華生大步衝進漆黑的維修地道很蠢，但他還是去了。

然後我心想，是否糟糕的人才會這麼想。或許我一點都沒變，我這個人做的任何改變只發生在真空泡泡裡，不存在於更艱鉅的日常生活中。或許是華生，我不可或缺的華生，他帶出我最糟的一面——會愛人的那個我。然後我想，**我來尋找我的心，卻被心傷得遍體鱗傷**。我多麼可悲，居然在骯髒的空房裡引用諺語，眼看愚蠢的好友怒氣沖沖跑去送死。我沒有辦法真正擺脫自己，我沒有辦法真正想像華生死去，我自己死去，或華生消失，而他媽媽——他媽媽相信她找到了人生的伴侶。我的血管彷彿著了火，熊熊燃燒，我的頭像壞掉的蒸氣閥。我彷彿回到華生家的門廊下，在雪地裡挖洞，準備好保存我的屍體——到頭來比較不費事——我把羥可酮放在包包裡，純粹是想挑戰自己，為了挑戰自己才帶在身上，否則明智一點，幾個月前就該丟了。我把藥丸扔在地上，用鞋跟踩碎。

好了。

如果魯西安．莫里亞提在地道裡，我會找到他，親自對付他。當下我發現，我需要狠狠弄傷一個人。

我要看他的血流得滿地都是。

第二十九章　詹米

我這輩子做過一些蠢事，一些自私的事，偶爾也出於好意做過一些事，卻仍然差點害死自己。

看來壞事總要成三了。

問題不在福爾摩斯。或者應該說，問題確實在福爾摩斯，但同時也在伊莉莎白，還有恐懼跟睡眠不足，加上我一無所知、束手無策，卻知道（一）她又有事瞞著我，明明不到兩小時前她才為此向我道歉；（二）現在肯定是前女友的女孩跟魯西安．莫里亞提的私生女拌起嘴來像離異的夫妻；（三）我妹妹被關在某個地方，天知道會發生什麼事；（四）魯西安．莫里亞提本人八成在地道裡遊蕩，打算幹掉我，而（五）我這個大蠢蛋無法好好思考，無法做計畫，只能聽我的血流隆隆作響，還（六）因為害怕向福爾摩斯發飆（因為什麼都沒變）。我想起以前治療師建議我走開，讓自己冷靜下來，於是（七）——我居然已經列到（七）了，我在走廊上浪費了大筆時間，大可向她道歉了事就好。然而我轉身握住門把時，我知道已經來不及了。

現在我認得出手槍上膛的聲音了。

魯西安．莫里亞提在我身後說，「你要去哪裡？」

我腦袋深處有個角落想，他想說這句話好多年了吧。其餘部分的我只想尖叫。

他說，「舉起手來。」他捨棄威爾斯腔，換回自己的口音。聽到與奧古斯特如出一轍的聲音盤算我的死期，真令我害怕。

「好。」我像白癡一樣照做。他怎麼看得到我？走廊一片漆黑。

「爸。」安娜從更遠一點的地方說，「爸，你需要我做什麼？」

「小鬼，手電筒。」

我面前的煤渣磚牆亮了起來。

「轉身，慢慢來。」

我轉過身，揪起臉，等眼睛適應。我只看到魯西安的剪影，卻仍看得見他受傷的嘴唇，以及兩個黑眼圈。他雙手握著手槍，身後強烈的光顯然來自他女兒的手機。

他說，「跪下來。」我痛苦地跪在地上。

安娜說，「爸？」這回她聽起來嚇壞了。

我跟她一樣。

魯西安往前一步，又一步，穩穩握著槍。「現在，」離我不到九十公分時，他說，「我們就等吧。無火不生煙嘛。」

就這樣，我身後的門打開了。

福爾摩斯說，「魯西安。」她走向前，近到我感到她站在我上方。

他繼續拿槍指著我的臉。「所以妳想省略寒暄，直接談正題嗎？」

「什麼正題？」她平靜地問，「你要我為我對奧古斯特做的事道歉？道歉第二次？你大可打電話來就好，或再勒索我爸媽一次，畢竟上次那麼成功。」

他說，「是嗎？」

我聽得出福爾摩斯口氣中得意的笑。「至少害死了你的蠢弟弟，不是嗎？算是我贏了。」

安娜手中的燈光瘋狂晃動。我閉上眼睛躲避光線，躲避福爾摩斯對奧古斯特的毀謗，即使我知道她不是說真的。

「小鬼。」魯西安沒有轉身就朝安娜吼道，「手穩一點。」

「你可以把燈打開。」福爾摩斯說，「雖然我猜你想把這場……衝突搞得誇張一點。」

「妳總是愛耍嘴皮子。」他咬咬受傷的嘴唇。「以前他從妳家搭火車回家路上，也跟我說過同樣的事。妳爸爸給他那點薪水，害他只能住在義本糟糕的雅房，他會一邊吃罐裝豆子，一邊打電話跟我說，她感覺像給狼養大的。」我忍住沒有嚇到。魯西安的模仿出神入化，重點全都掌握到了：奧古斯特語帶哽咽的真誠，他的遲疑。「他會說，她不了解權威，以為她握有至高的權力。她好聰明，但她會傷害自己。然後他會繼續寫他的論文，就這樣。這就是他可悲的小學徒生涯，他就這樣還他的債。我應該金援他才對，但他想要那份該死的工作，他以為妳爸爸能幫他找到大學教職，或許他能打幾通電話——」魯西安瞇起眼睛。「我弟弟總是這樣，堅決想證明他的才華，想超越他的姓氏。有時候我得承認他自作自受。」

「是嗎？」福爾摩斯的回答像回音。

「像他那麼相信人？絕對不是靠直覺，而是刻意凌駕了動物本能。不過我的本能一開始就判定妳是需要安樂死的狗，但我們還是在這兒，不是嗎？妳還活著。」

福爾摩斯問他，「你自吹自擂夠了嗎？」安娜的手機又晃了起來。「需要我替妳拿嗎——他怎麼叫妳？小鬼？」

「安娜，把手機給我。」魯西安朝她伸出手，「去帶我們的小驚喜過來。」

她踉蹌往前，把手機塞進他手裡。我短暫逃離刺眼的燈光，但魯西安又把手機舉起來。我聽到走廊傳來她的腳步聲。

「我們講到哪兒了？」福爾摩斯的聲音像回火鋼。「你在假裝恨你的弟弟嗎？你覺得他活該落得這種下場？真有趣，我很久沒碰到有人能徹底抹去露餡的小動作了，你的臉完全不會洩漏任何訊息，我猜是靠政界的訓練？太厲害了，你簡直就像在朗讀電話簿給我聽。」

他咆哮道，「我很高興妳滿意。」

「沒錯，非常厲害。你的視線沒有飄忽，你沒有左顧右盼，連眼皮都控制得很好，沒有異樣眨眼。你的雙手很穩，當然你也不會把腳扭來扭去，你又不是小孩。」即使現在，我仍能聽出她很滿意，即使發生這麼多事，她發現能讀懂他還是心生愉悅。「所以你的情緒居然還這麼明顯，更是了不起。」

「再提醒我一下，為什麼我要聽妳說話。」魯西安說，「再提醒我一下，為什麼我不開槍殺了妳。」

福爾摩斯嘆了口氣。「因為你有這麼多年的機會，卻決定寧可玩弄我。魯西安，過去一年我到處發射信號彈，你隨時都可以殺了我。不，你的打算不同。你想聲張正義吧？你以為失去了奧古斯特，卻發現他還活著……然後你又再次失去他，都因為我。」

手電筒的光線晃了一下，一點點而已。

我的頭開始痛了。我對著燈光瞇起眼，稍微把體重輪流分配到兩邊膝蓋，試圖專注在痛楚上，不要思考。

福爾摩斯才在暖身。「這整件事？你只是在塑造你想要的世界。說來有趣，大家看到你的行為，都以為你毫無道德觀念，然而長久以來，你都遵循自己的準則。當我們都扮演你賦予的角色，一切都沒問題吧？哈德良和菲莉芭，你不太聰明的弟妹，雖然無趣但很好用。你自己，宇宙的年輕主宰，在幕後掌控英國政府。還有奧古斯特，你的弟弟，無辜的青年。奧古斯特過著追求心靈的人生，奧古斯特全心鑽研數學——你能想到更純粹的學科嗎？離你骯髒的工作更遠？

「但界線越來越模糊了吧？就從他替我們家工作開始。一切都始於那天，不是車上發現毒品的時候，也不是我愚蠢的暗戀，而是始於奧古斯特走進我們家大門，始於他開始耍政治手段。那是經過算計的決定吧？他想要我爸爸賣他人情。我爸爸雖然做了不少糟糕的事，但他的姓氏讓他的地位比你崇高。在世人眼中，你和你的家人永遠低人一等，因為你們姓莫里亞提。」

魯西安啞聲說，「講得真好。」我真希望能看到他的臉。「妳花了多少錢學心理學？」

「我有不少時間好好思考，」福爾摩斯說，「我有時間拼湊一切。比方說，我知道為什麼奧古斯特過世後，你變得越發積極。喔，我當然知道整我是你的嗜好，但他過世前，你沒把這當成全職工作。布萊妮．戴恩斯？你只打了幾通電話煽動她，剩下的都交給她自己來。哈德良和菲莉芭？你不夠信任他們，連讓他們幫你綁鞋帶都不行，更別說殺我了。至於毒害我媽媽——我知道是你安排的，但你沒有親自動手。可是現在看看我們，全聚在一起，像快樂的大家庭。說真的，魯西安——娶華生的媽媽？綁架他妹妹？你根本在炫耀賣弄，你自己也知道。」

魯西安說，「悲慟會改變一個人。」我不敢相信他還站在那兒，聽她說話。我不敢相信我還活著。

「你當然很難過。」福爾摩斯怒吼道，「但悲慟不會讓你拋下人生，跑到寄宿學校去追殺青少女。不，原因沒這麼簡單。

「我想你以為奧古斯特死了的時候，你其實比較快樂，我覺得你鬆了一口氣。你可以把他供回高台上，不用擔心他討厭的人生小抉擇打亂你的劇本。你可以再把他塑造成聖人。

「他第二次死的時候，死在福爾摩斯家的莊園，死於福爾摩斯家人手上，於是你找到了重寫劇本的機會。我這樣的女生？我這樣的壞人？我是你的大好機會。要是莫里亞提家一直都是受害者呢？要是——好可怕呀好可怕——他們其實是英雄呢？」

魯西安咆哮道，「閉嘴。」當下我就知道，她贏了。

然而她的勝利毫無意義，完全沒有。

因為他真的要當她的面殺了我，來強調他的決心，彷彿我是一袋垃圾，需要撕破倒在地上。

我心想，看來我不會去坐牢了。當下我迫切想抬頭看福爾摩斯，看她在想什麼，但我太害怕，頭動也不敢動。

一陣騷動，接著門打開了。魯西安說，「小鬼。」我隱約看到他身旁站著一個嬌小的人影，頭上罩著袋子。「過來。」她沒有動，於是他又說了一次，「過來。」手電筒的光束滅了一下，害我們陷入黑暗。

魯西安說，「快點。」

我的周遭稍微變得清晰。雖然不明顯，但有什麼變了。我聽到喀的一聲。聲音來自哪裡？我後面嗎？

我在癡心妄想嗎？

可能吧，因為魯西安沒聽到。他對女孩說，「拿我腰上槍套裡的槍。」他重新打開手電筒，燈光對著地面。

為什麼魯西安需要兩把槍？

短短分神的一瞬間，福爾摩斯鬆手讓一個堅硬的小東西落在我腿上，確切來說是我的小腿肚上，所以魯西安看不見。她用腳在地上敲了一下，以資確認。她要我知道她故意放的。

魯西安對女孩說，「把槍拿給夏洛特。」女孩拖著腳走過來，她越靠越近，我感到視線逐漸模糊。我懵懵懂懂以為他又把安娜拖來了——可是這個女生比較矮小，身形比較瘦。有嗎？還是我在胡思亂想？

我只知道她穿灰色帆布鞋，鞋帶兩腳顏色不同，一腳粉色，一腳綠色。

我妹妹薛碧有一雙一模一樣的鞋。

我低聲說，「福爾摩斯。」她說，「華生，我知道。」

魯西安說，「閉嘴。」我看到他在發抖。「不准說話！你們誰再說一個字，我就要速戰速決了。快點，薛碧。」魯西安舉起槍，對著福爾摩斯。手電筒的光線掃過我的臉，我的肩膀。

我的後腿。

我屏住呼吸。

薛碧停了下來。她停下來，把槍交給福爾摩斯，然後背著燈光後退。她頭上戴著粗麻布袋，看似女孩在玩遊戲，像故事裡的惡魔。

「跪下。」魯西安說，「快點，小鬼，跪在我腳邊。」

我忍不住了——我發出口齒不清的恐怖聲音。

「夏洛特，把槍口對著天花板。我告訴妳怎麼做。」魯西安說，「妳遵照我的指示，不然我就殺了這個女生，懂嗎？」

福爾摩斯平靜地說，「我懂。」

「往妳的左邊走三步，槍口繼續朝上。很好，轉身背對他，沒錯。然後槍應該要——啊，妳已經猜到了，真聰明。槍應該要對準小薛碧的頭。」

我忍不住了——我猛然扭過頭，盯著福爾摩斯。我需要親眼確認。她臉色蒼白，雙臂線條悠長，手中握著手槍。

魯西安輕輕笑了。「詹米，你一直好安靜，你沒有問題要問我嗎？」

「福爾摩斯，」我說，「福爾摩斯——拜託。魯西安，你不會想這麼做，真的。你可以讓她——你可以讓她射我。」

他悠閒地問道，「你？」

我吞了口口水，繼續說下去。「這樣不是更糟嗎？讓她殺了最好的朋友？如果你想懲罰她——或懲罰我——」

「我們別再花時間，」魯西安咆哮道，「猜測我的動機了。你也知道，我們只有一分鐘。不過我就遷就你一下吧，我確實要懲罰你。這樣如何？即使你有辦法脫身，你的人生還是徹底毀了？每天晚上你都得思索當初該怎麼做，才能拯救妹妹的命？

「換個角度想——這樣如何？你媽媽在飯店，哭著擔心兒子怎麼變成不良少年，在餐廳廁所打傷新繼父？等警方在這兒發現你的屍體，為此把你的前女友上銬帶走，你不問妹妹會說什麼嗎？沒有人能保護她，沒有父母同情她，沒有哥哥，沒有華生家的人收留她，沒有錢，她只能靠自己。」他哼唱幾聲。「我打算動用人脈，讓夏洛特住進療養院。我知道華盛頓特區一間很棒的小醫院，或許能幫她——我已經替她準備好病房了。說實在話，病房裡沒什麼，不過她也不需要多少——」

「沒有，」我全身起了雞皮疙瘩。「我沒有問題要問你。」我死前可不想聽魯西安．莫里亞提的獨白。就算福爾摩斯想好了逃生計畫，就算她把手槍或小刀或炸彈丟給我，好讓我救我們脫困，我只要伸手去拿，魯西安就會先殺了薛碧。

也許我不夠勇敢，不敢嘗試。

那就只能這樣了。

「薛碧，」我急迫地說，「沒關係——」

「別跟她說話，」魯西安說，「不然我就殺了你們三個。夏洛特，給妳一分鐘決定。詹姆，你可以說服女朋友改變心意。要不救薛碧，不然就救她。」

我真的看不清楚，手機燈光把周遭環境扁平化，打亮一切，抹去細節。福爾摩斯看起來像一幅畫，一張黑白素描。她的黑色長袖上衣，她顫抖的蒼白雙手，那把手槍。她把槍口準準對著我的眉心。

我們靠得很近，我看到她把嘴唇都咬破了。

「嘿，」我說，「嘿，沒關係。」

「才怪，」她悄聲說，「怎麼會沒關係。」

「沒問題，妳不會有事。」

福爾摩斯微微搖頭。「我？我們不是在講我——」

「當然是，」我說，「當然是。福爾摩斯，我不能做決定，我不要在妳們之間選擇。我不要——我不能——不管妳怎麼選——最難的部分都快過了。」

她還在搖頭。「我早就知道會這樣。知道卻不能阻止，還有什麼意義？」

薛碧跪在地上前後搖晃。

「別這樣。嘿，妳沒辦法改變什麼。別擔心——」

「我不擔心**我自己**，詹米。」她說，「對不起——」

「這樣比較好，妳才能掌控全局。我相信——妳知道要射哪裡吧？才能給個痛快，對薛碧好。」我吞了口口水。「才會——才會比較好，這樣比較好，懂嗎？」

「你覺得我會讓她去死。」

「我不知道我怎麼想，我無法思考——」

她悄聲說，「我應該叫你逃走的。」

聽到這句話，我笑了一下。我還能怎麼辦？「我想妳有說，可是只要碰上妳，我都有點固執。」

她點點頭，緊緊閉上眼睛。

等她再張開雙眼，我看得出來她火冒三丈。

「最糟就這麼糟了。」她對我說，幾乎像在命令我。「最難的部分都快過了。」

最糟就這麼糟了。

魯西安哼了一聲。「真可愛。你們說完了嗎？」

最難的部分都快過了。

「我確認一下，」福爾摩斯的聲音含糊，「等我拒絕射她，確切來說會發生什麼事？」

「我會先處置妳。」他的視線短暫飄向她。「再處置薛碧。別以為我這麼蠢，會讓妳離開我的視線——」

他來不及說完。趁他的眼睛從我身上挪開一秒，我抓起福爾摩斯丟在我腿上的手槍，朝黑暗中開了兩槍。

其中一槍穿過大門，射進放腳踏車的房間。子彈差點擦過薛碧的肩膀。最後那一秒，當我跪在走廊上，我的世界縮得好小，壓迫著我，以至於我忘了她跪在那兒。不過她沒有受傷，只是嚇得尖叫，鬆開手機，扯下頭上的袋子。

她根本不是薛碧，而是安娜·摩根維克，穿著我妹妹的鞋子跪在那兒。她爸爸為了維護名譽，把她當成祭品。

我開的另一槍打中魯西安·莫里亞提的腿。

我運氣很好，畢竟我從來沒開過槍。

他放聲尖叫，重重倒在地上，叫個不停。天哪，我無法思考。他手上還拿著槍嗎？**不可能，我心想，福爾摩斯一定拿走了。**我四肢著地趴在油地氈上，肚子抽搐，眼前一片空白。還是我看到光？我想昏過去，我耳中聽到好多雜音，或許是因為槍響——我試圖釐清我在何處——

腳步聲飛快朝我跑來。

我急忙往後縮，靠著牆壁，舉起雙手。安娜？是安娜嗎？她來收拾善後嗎？

我的視線聚焦。

伊莉莎白。穿著學校制服外套的伊莉莎白。

「蕾娜報警了。」她在我身旁蹲下，伸手想握我的手，但我扭身躲開她。當下我沒辦法給人碰，我甚至無法看她——我抬頭盯著天花板，手裡拿著福爾摩斯的槍。伊莉莎白伸出手，重新扣上保險栓。「詹米，沒事了。你看，你看，我也拿了魯西安的槍，兩把都拿到了。你看？你聽懂了嗎？」

我點點頭。

她繼續說話，試圖安撫我。「沒事了。安娜應該要盯著我，所以我才下來這裡，但她看到爸爸就抓狂了。我想辦法從口袋裡傳簡訊給蕾娜，她說雪帕在路上，應該馬上就到了。她本來想了一個計畫，會用到滑輪和雞毛撢子，感覺她很生氣沒派上用場？不過沒事了，沒事了。雪帕好像說他等著聽——」

她轉頭看向福爾摩斯。過去幾分鐘，她都靜靜倒在地上流血。

第三十章　夏洛特

時間變得零碎又古怪，持續了好一會兒。

以下是我記得的事：

1. 華生笨手笨腳拿槍時，魯西安．莫里亞提射中我的肩膀。
2. 魯西安．莫里亞提開槍時，臉上的表情宛如天使看到天堂的大門，興高采烈，有的沒的，非常有意思。
3. 我心想，喔，我被射中了，就跟想到要叫外賣一樣。
4. 華生大叫。擔架。繼續有人大叫，主要是華生，雖然我覺得也聽到雪帕加入。一片漆黑，翻騰的黑暗，穿插一陣陣劇烈的痛楚。還有我說別給我嗎啡，不行，我有毒癮。我以為我有說——隔著氧氣罩他們聽得見嗎？螢幕顯示器一直嗶嗶叫。
5. 我也記得我說要找媽媽。

5b. 我沒有等到媽媽，反倒是哥哥來了。

6. 麥羅在電梯裡對華生大吼，都是你的錯，都是你的錯，你這個蠢小孩——

7. 嗎啡。即使我的生理系統整個壞掉，狂閃紅燈，我仍能感到嗎啡流進體內，感覺特別清楚。

8. 林德出現在聞起來像塑膠的昏暗房間。醫院嗎？他說了一些話，我聽不見。我的晚餐托盤上放了一份全國報紙，攤開到政治版，有人圈起頭條：摩根維克協助追捕嫌犯，英國公民遭到逮捕。

9. 雪帕問我問題，雪帕隔天繼續問我問題，再隔天也繼續。即使他不在場，我也會夢到：妳知道多久了？妳跟倫敦警局的人有聯絡嗎？安娜・摩根維克怎麼了？她失蹤了——

10. 還有華生。華生每天都在，跟林德並肩坐在僵硬的塑膠椅上。華生跟護士說話。華生把頭埋在手裡睡覺。當我在睡夢與清醒間掙扎，當我還說不出話，當我的夢境全是危機警報，華生都在。然後他消失了。

第三十一章　夏洛特

兩週後

我還是無法移動我的手臂。

還有我的肩膀跟脖子。物理治療師陪我做一些小練習，動作簡單，無聊透頂。

戒斷嗎啡又是另一回事了。這些藥的成分都一樣——羥可酮、嗎啡，全都是類鴉片的成癮藥物。一如往常，我的身體很不會排除這種藥。

戒斷本身也很無聊，不過這時反胃、流鼻水、流眼淚的症狀都過去了，我也不再尖叫著從惡夢中醒來。我本來希望這回戒斷會不一樣，可惜沒有，不算真的不同。唯一的新症狀是呵欠打個不停，我的身體渴望睡眠，卻又拒絕讓我睡去。每晚我只能看栓在牆上的電視，通常都在播男人重建房子。他們會說，**這棟的骨架不錯**，或**這棟得全折了**。全拆重建的那幾集害我的胃又嚴重絞痛，我只能轉去看醫院影集。

醫院影集至少惹毛了護士，我因而感到一絲可悲的勝利。住院最慘的一點就是必須任人擺布，我有點像女孩造型的藝術展品，讓人呆呆地看，從各個角度檢查詮釋。太多人評論我的口音，害我刻意換上德州的自負腔調。太多穿手術服的人叫我福爾摩斯小姐。厚臉皮的毒癮治療專家叫我夏莉，我發現我倒不介意。

我覺得林德討厭這個暱稱。他幾乎每分每秒都待在我床邊。我在書中讀過這種行為——家屬在病房裡關愛照顧親人——我總想像氣氛會憂鬱到難以忍受，有人握著病人的手啜泣，電子音響呻吟播出音樂。事實並非如此。林德仍穿著西裝外套，但解開了襯衫領口的釦子。他玩了不少數獨，還唸小說、詩集和報紙給我聽。他大多唸報紙，喜歡用勇猛的聲音朗讀殘忍的影評，等他唸完負評，才轉而唸起正面的評論。我們一起列出待看電影名單。他很震驚我沒看過《異形》，等他表演完異形扯開人的胸口爬出來後，我發現我也很震驚。

詹姆．華生來探病，帶了花，卻沒帶兒子。他也沒帶太太來，我想是故意的，因為他和林德趁機出去走廊，非常大聲吵了一架。薛碧絕對不能去那所該死的學校，你兒子差點被生吞活剝，還有詹姆，他當然不恨你，還有別再當烈士了，我知道這是你的自然反應，省省吧。然後他們從護理站偷了連連看的遊戲組，逼我看他們比賽。我開始賭華生先生贏，這個策略不怎麼樣，倒是害叔叔氣炸了。好吧，至少是他在詹米爸爸身邊能氣炸的程度。

薛碧也來了。我向來喜歡這個女孩，喜歡她的熱忱和開朗的聲音，喜歡她神似華生的臉龐。我喜歡她一走進門，馬上就說，「這件事太扯了，我們可以不要談，上網看影片就好嗎？」接著她把我的頭髮綁成法式髮辮。她偷偷替我帶來十二個傳統甜甜圈，然後踢掉鞋子，自己吃了十個，在衣服上留下一條糖粉。她講話實在太快，我幾乎聽不懂。

她實在太像她哥哥，讓我好想哭，但我沒哭。我選擇替她編頭髮，令她既驚訝又開心。

說真的，要救她還是我，根本不用選擇。

蕾娜來了一趟，沒帶湯姆。她說她覺得他沒救了，決定放棄，但我知道學期還有三個月，而蕾娜總是偏好穿毛衣背心的男生。葛林探長打了電話來，雪帕警探也是，他說他想問的問題都問完了。警方沒有起訴我，至少目前還沒。我寧願在他改變主意前返回英國。

哈德良．莫里亞提送我一把百合，八成因為他知道這是葬禮用的花。混蛋。我哥哥悲慘地坐在床邊，發誓再也不會離開我，除了坐牢期間。他向警方徹底自白了，他說他會抱著尊嚴服完刑期。

四年前，為了讓麥羅．福爾摩斯這樣對待我，我願意砍斷一隻手腳，但今天我只逼他坐在塑膠椅上，陪我看《救救醜房子》，直到他睡著。早上他就不見了，他的助理說他去了台灣。我懷疑他永遠不會為他做的事負責。

媽媽打電話來，我們非常客氣地討論我的傷勢，她邀請我去瑞士拜訪她。她的遣詞用字很清楚：那是她的家，不是我的家，我再也不能把那兒當作庇護所了。

講得一副我這樣想過。

就這樣了。媽媽不想要我，爸爸從未現身，然而護士仍叫我福爾摩斯小姐，福爾摩斯小姐，彷彿我屬於那個家。我好多天沒看到他了。華生。他離開了，再也沒有回來。

然後他出現了。

那時林德去自動販賣機，護士剛巡完房。我們正在準備文件，將我轉到勒戒機構。院方不希望我搭飛機，但林德堅持要帶我回家，他們無法反對——我是英國國民，我可以等到身體不再有迫切危險，然後我就要走了。

看到華生出現在門口，我陷入沉思。危險。為什麼他和我需要危險，為什麼他在這裡，我仍感到危險。他身穿皮夾克，戴著愚蠢的手錶，腳踩摩根維克給他的靴子。他站在那兒，好一陣子不發一語。

直到我像笨蛋說，「詹米。」他受迫似的朝我走來，腳步緩慢，眼神陰鬱，幾乎像違背他的意志。他幾乎像違背意志，把手放在我肩膀上，跪下來，把臉埋進我的頭髮。他維持了一會兒——只有短短一會兒——就挺直身體站起來。

「都是我害的。」他說，「我應該——妳應該開槍射我就好。」

「你知道這話聽起來多荒謬吧。」

他盯著我。「妳戒毒了，對吧？」

「可以這麼說。」我對上他的視線。「你應該知道，沒有人能真的戒毒，不可能完全做到。不過目前我的治療計畫絕對不理想。」

「目前的計畫？」

「我遭到槍擊，需要打嗎啡。」

他忍不住笑了。「這個笑話不好笑。」

「真可惜，」我說，「我通常滿好笑的。」

我們聊了聊。他快完成大學申請了。他的停學懲處一筆勾銷，他又回到雪林佛學院，住進他的單人房。我感覺他在倒數離校的日子。

我好幾天沒看到薛碧了。由於華生先生堅持，她不會留在美國，目前暫時回到倫敦跟媽媽住。

華生沒跟他媽媽說上多少話。他說，「我不知道什麼時候狀況才能改善。」

我告訴他，「給她一點時間。」我聽別人給過同樣的建議，我想應該有點意義。說真的，才過幾天而已。不知為何，身處醫院讓我開始感到與時間脫節。我正在跟華生解釋，這時叔叔出現在門口，抱著滿懷的洋芋片和巧克力。他看到我們，便想悄悄溜走。

但華生先看到他。「我該走了，」他說，「不打擾你們。」

「你為什麼都不來？」我一口氣問道，「你本來在這兒——然後你就走了。」

我向來善於判讀別人，而華生就像攤開的書。當下我不知道如何描述閃過他臉上的表情，他看來有點謹慎，又有點崩潰，太像被拋棄在寒風中的男孩。

他說，「我們對彼此不好。」他握住我的手。「福爾摩斯，眼前有實質的證據。照現在的樣子，我們對彼此不好。」

我靜靜地問，「有關係嗎？」

華生點點頭。「嗯，害妳變成這樣就有關係。」

「我？你妹妹差點被槍擊——」

「而且是妳開的槍。」他說，「這根本不是重點。如果妳被射傷或全身灌滿藥還不是最糟的問題，妳知道這個狀況有多扯嗎？我們就像野火，總是做出惡劣的決定，我們會害彼此做惡劣的決定。我們不——我們在一起不好，我不能繼續這樣對妳了。」

這整段話。聽他親口說出這整段話。

我告訴他，「我要回去倫敦了，最快可能明天就走。」我本來沒有打算說的，說了也不會改變什麼。

他飛快點頭，一次，兩次，三次。「我想——那就再見了吧。」

我想起一段回憶：我們坐在他爸爸的沙發上，華生正在康復中，我用手把玩他的圍巾。**倫敦沒有你就不像倫敦了。**

「來倫敦找我。」我一面說，一面想像年輕的詹米。「來找我，我會跟林德一起住。」

「我不確定。」他說，「妳真的希望我去？」

我告訴他，「你是想懺悔？你不需要懺悔。」

他嘆了口氣。「妳也不需要。」

接在我手臂上的機器繼續穩定嗶嗶叫。華生撫過我手臂上一條長長的點滴管。

「我跟妳說過對不起了嗎？」

我說，「我們需要找個新詞來說對不起了。」

斷斷續續，我們永遠都像替寒冬中的車子加溫。

「聽起來不錯。」他依然盯著我的手臂。我想上頭有新的注射痕跡，但至少是抽血造成的。「我向妳道歉。我很慚愧。我沒臉見妳。我感到愧疚——」

我說，「別說了。」他離我太遠了，很快他會離得更遠。「你看到我的包包嗎？那邊，椅子上。裡面有一個資料夾給你。」

資料夾裝著我對過去幾年的記錄。晚上睡不著時，我會坐在病床上寫作。內文很難看，有時候非常可悲，充滿偶發的華生式譬喻，而且我發現我不知道「必要」這個詞怎麼寫，讀完後他對我的評價一定會降低。然而晚上我會感覺到紙頁盯著我，幾乎像是寫作的動作賦予了它們生命。

他馬上就知道資料夾裝了什麼。他翻過頁面，紙張從他手中滑過。他終於問道，「妳確定？」

我對他說，「這是我們的故事。」

「不是。」他笑著說，「不是，這是妳的故事。」

尾聲

一月

寄件人：夏・福爾摩斯<chholmes@dmail.com>
收件人：小詹姆・華生<j.watson2@dmail.com>
主旨：林德

我想應該告訴你，我已經結束勒戒，回到倫敦一星期了。林德叔叔目前除了照顧我，沒有別的工作。他的表現落差頗大，而且結果很糟糕。他要不做老鼠或兔子造型的鬆餅給我吃，不然就是拖著我去酒吧，偷聽完全無辜的人說話。他說純粹是好玩，不管我身上還有三處打著石膏，跟大象一樣顯眼。林德也很顯眼，每次我們遠征酒吧，他都大聲吃洋芋片，咧嘴朝我笑。

我說他得找個新的嗜好。今天早上醒來，他在我的天花板貼了一張哈利·史泰爾斯的海報。海報中他穿非常緊的皮褲，還灑了亮粉。超多亮粉。

他迫切需要新案子。我是說林德。

拜託去殺個人，或搶劫附近的銀行。拜託，我求你了。

寄件人：夏·福爾摩斯<chholmes@dmail.com>
收件人：小詹姆·華生<j.watson2@dmail.com>
主旨：也許

我拿謀殺開玩笑是不是很低級？

寄件人：夏·福爾摩斯<chholmes@dmail.com>
收件人：小詹姆·華生<j.watson2@dmail.com>
主旨：回覆：也許

所以我猜你才沒回覆我。雖然你應該不會覺得我冒犯到你才對。或者說，你會覺得我冒犯到你，但你也喜歡我冒犯你。

寄件人：夏・福爾摩斯<chholmes@dmail.com>
收件人：小詹姆・華生<j.watson2@dmail.com>
主旨：回覆：回覆：也許

華生，我隔著大海沒辦法做任何推論，至少導出的結果都不好。如果你生我的氣，你得說出來。這跟你需要「保持距離」有關嗎？我以為三千多公里已經夠遠了。

寄件人：小詹姆・華生<j.watson2@dmail.com>
收件人：夏・福爾摩斯<chholmes@dmail.com>
主旨：回覆：回覆：回覆：也許

小夏：

妳知道妳大概在二十分鐘內寄了四封電子郵件吧？我在上課。我們有人還需要上課才能畢業，離校後才不用爬回爸媽兩邊都破碎的家。對了，我正式要拿我的家庭開玩笑了，因為（一）媽媽還是不跟我說話，（二）爸爸和艾比蓋兒太常吵架，我在他們家連十分鐘都待不下去，狀況糟糕到簡直搞笑。所以大學＝非常重要。

話說妳對學業有什麼打算？妳有繼續考慮要不要念大學嗎？妳現在受的教育就只有林德拖著妳去小狗酒吧、東岸酒吧或（老天救救我）夏洛克．福爾摩斯酒吧，點炸物給妳吃？

如果真的是這樣，我可以一起去嗎？

現在午休，我回到房間了。對了，蕾娜跟妳問好。她說我們應該改跟「正常人」一樣傳簡訊，有人需要教妳怎麼用表情符號，況且只有「大人」會傳「電子郵件」。我不確定有沒有人吵過電子郵件是否叫電子郵件，但我提到的時候，她嫌我是老書呆，然後偷了我的布朗尼。伊莉莎白笑得太用力，開始咳個不停，於是湯姆拿她噎到鑽石的事開玩笑，結果伊莉莎白就真的噎到了。我覺得論起冒犯別人，妳有不少競爭對手。

妳這個怪咖，我很想妳。替我跟林德問好。

阿詹，親親

二月

寄件人：夏．福爾摩斯<chholmes@dmail.com>
收件人：小詹姆．華生<j.watson2@dmail.com>
主旨：回覆：也許

我只是說，一個人在學生餐廳吃飯完全沒問題，我不懂你有什麼好怕的。你不需要有人陪（例如伊莉莎白或其他）才能吃飯。我可以保證，不管落單與否，餐廳都會上菜給你吃。

寄件人：小詹姆．華生<j.watson2@dmail.com>
收件人：夏．福爾摩斯<chholmes@dmail.com>

主旨：我跟妳說

妳可以直接問我跟她有沒有復合就好。（沒有。）（還有，我跟她一起吃飯的時候都是一群人，所以妳的「其他」指的就是「蕾娜湯姆藍道伊莉莎白和伊莉莎白的男朋友基翠奇」。）

寄件人：夏・福爾摩斯<chholmes@dmail.com>
收件人：小詹姆・華生<j.watson2@dmail.com>
主旨：回覆：我跟妳說

我想吃飯有人陪也不錯。

碰巧最近我也跟諮商師談到這件事。她是我的第十三個諮商師，講起來真丟臉，又有點令人興奮。目前為止，只有她會用我了解的語言。（雖然我談到莫里亞提家和莫里亞提相關的事件時，她老是提到某個叫教父的人。）總之我挺喜歡她，連我都很意外。最近我們討論到我的飲食習慣，還有你，還有門診治療計畫，還有林德一直帶來看我的醫生，他長得非常帥。

對了，我叔叔依然拒絕接案，因為我「需要有人好好照顧」。他全心投入我的「教育」，我們先上了幾堂研究所程度的人文學科課程，讀了幾本頗有趣的紀實作品、小說、詩作，當然還有相關的文化評析。然而一個多禮拜後，叔叔就把整個計畫丟到一邊，逼我晚上陪他看電視，看很糟的電視節目。據林德所說，我爸爸太注重他「專精到沒用的課綱」，忽略了我的「社會和情感教育」，害我變成這種「機器人」，居然喜歡讀海德格的作品——天哪，夏洛特，誰會喜歡他的作品？還有卡繆？妳剛才邊讀卡謬的作品邊笑嗎？」

顯然唯一的矯正方法就是坐在沙發上吃泰式花生雞洋芋片，看一堆舊的《超時空博士》影集。

我決定自己讀海德格的作品。

寄件人：小詹姆．華生<j.watson2@dmail.com>
收件人：夏．福爾摩斯<chholmes@dmail.com>
主旨：回覆：回覆：我跟妳說

小夏：

妳的心理諮商有進展真是太棒了。海德格就沒那麼棒了。《超時空博士》的影集算中等棒吧。

妳有什麼特別原因要提到那位醫生嗎？很帥的那位？

阿詹，親親

P.S. 請讓我整理一堆電視劇和電影建議妳看……或許妳應該從柯波拉導演的作品看起，例如《教父》？

三月

寄件人：夏・福爾摩斯 <chholmes@dmail.com>
收件人：小詹姆・華生 <j.watson2@dmail.com>
主旨：回覆：回覆：回覆：回覆：回覆：春假

拜託，如果我不希望你來，我幹嘛邀請你來住我們家？林德也希望你來。他叫你別再頭殼壞去（蘇格蘭文「白癡」的意思，我查了才知道，害我的手機現在收到非常奇怪的廣告），「快點過來就是了」，雖然他跟我都知道你下禮拜才放假。

寄件人：小詹姆．華生<j.watson2@dmail.com>
收件人：夏．福爾摩斯<chholmes@dmail.com>
主旨：回覆：回覆：回覆：回覆：回覆：回覆：春假

我只是不想踩到雷，例如妳的雷。說真的，我想我只是不確定我們現在的關係？我們的互動感覺很健康，只是聊聊天，沒有人死掉或失蹤，也沒有人拚命想追殺我們。我只是覺得我有點提心吊膽。現在一切都很順利，想維持下去，或許我們需要再等一陣子再見面。我不是說妳會害狀況惡化啦。

但我也很想妳，有時候甚至覺得無法呼吸。

我想……妳的諮商師怎麼說？

阿詹，親親

寄件人：夏．福爾摩斯 <chholmes@dmail.com>
收件人：小詹姆．華生 <j.watson2@dmail.com>
主旨：回覆：回覆：回覆：回覆：回覆：回覆：回覆：春假

柯斯塔醫生認為我們需要給自己時間，在比較健康的新環境認識彼此。這段期間，我們應該避免再向彼此「徹底宣示忠誠」，因為上次的結果不甚理想。

她說到頭來應該由我決定，還有你。

雖然我知道你已經決定好了。

我替客房訂了新床單，也開始列購物清單了（佳發蛋糕，圖納克牌甜點——巧克力棒，不是茶點蛋糕——還有皮卡迪利街上那家變態貴的愛爾蘭早餐茶。維特羅斯高級超市的冷凍印度烤餅。奶盤禮盒巧克力，多到爆炸的奶盤禮盒巧克力。還有特易購超市的柳橙汁，塑膠瓶裝，一年半前我們在倫敦閒晃時你喝過？裡面有芒果、紅蘿蔔和薑，聞起來噁心死了。我替你買了四瓶）。

當然，如果我推論錯誤，請告訴我。不過通常你做好決定，想說服自己或別人時，你會濫用「只是」這個詞。

寄件人：小詹姆・華生<j.watson2@dmail.com>
收件人：夏・福爾摩斯<chholmes@dmail.com>
主旨：回覆：回覆：回覆：回覆：回覆：回覆：回覆：回覆：春假

妳想用奶盤禮盒巧克力收買我嗎？因為滿有效的。

對啦，對啦，我當然想去。如果妳、妳叔叔和妳的諮商師都覺得沒問題。還有我們一定要慢慢來喔。

妳實在是……我希望妳知道，有時候妳真的棒透了，沒有人比妳更讚。我不知道我做了什麼，才賺到妳的陪伴。親親親

寄件人：夏・福爾摩斯<chholmes@dmail.com>
收件人：小詹姆・華生<j.watson2@dmail.com>
主旨：回覆：回覆：回覆：回覆：回覆：回覆：回覆：回覆：回覆：春假

八成是做了很糟的事吧。

我和林德會在希斯洛機場入境大廳等你。他會舉著發泡顏料做的標誌，目前他打算寫「華生到此一游」。我可以替他道歉，不過其實滿好笑的。

四月

寄件人：小詹姆．華生<j.watson2@dmail.com>
收件人：夏．福爾摩斯<chholmes@dmail.com>
主旨：倫敦國王學院！！！！！！！

我申請上了！！我申請上了！！！！之前收到的拒絕信，睡眠不足，咬緊牙關把成績平均績點拉高到三點八五，全都值得了。就算他們是可憐我，或是讀了《每日郵報》說我們兩個頭腦不正常的文章，才決定收我，**我都完全接受我通通不在乎**。我一回到英國就要帶妳去吃晚餐！！！

寄件人：小詹姆・華生<j.watson2@dmail.com>
收件人：夏・福爾摩斯<cholmes@dmail.com>
主旨：回覆：倫敦國王學院！！！！！！！！

不是約會的意思！

寄件人：小詹姆・華生<j.watson2@dmail.com>
收件人：夏・福爾摩斯<cholmes@dmail.com>
主旨：回覆：回覆：倫敦國王學院！！！！！！！！！！

除非妳希望是約會？妳希望是嗎？（天哪。）我邀妳不只是因為我申請上大學——我完全沒有這個意思。如果妳不想也沒關係！我是說跟我約會。我知道我們好一陣子沒做這種事了，也知道春假的時候不是這樣——可是我真的很喜歡跟妳在倫敦閒晃，逛逛書店，喝冰紅茶。

那樣也算約會嗎？

拜託賞我一個痛快吧。

我只想跟妳再一起探索倫敦。城裡有些妳知道的地方，我甚至聽都沒聽過。有時候我覺得這座城市會特別為妳創造新的角落。親親親親

寄件人：小詹姆・華生<j.watson2@dmail.com>
收件人：夏・福爾摩斯<chholmes@dmail.com>
主旨：回覆：回覆：回覆：倫敦國王學院！！！！！！！！！

我知道妳在線上，我可以看到妳掛在聊天軟體上。所以妳放我一個人不知所措，寫尷尬的電子郵件給妳，是因為妳覺得好玩，還是妳嚇到了？

寄件人：夏・福爾摩斯<chholmes@dmail.com>
收件人：小詹姆・華生<j.watson2@dmail.com>
主旨：回覆：回覆：回覆：回覆：倫敦國王學院！！！！！！！！！

因為我很感動，也有一點緊張。

華生，恭喜你。我知道你很想申請上這所學校，我替你感到非常開心。打電話給我好嗎？我醒著。廢話我當然醒著，畢竟我在打字，又不會夢遊。不過如果你想的話，還是打給我吧。

五月

寄件人：小詹姆・華生<j.watson2@dmail.com>
收件人：夏・福爾摩斯<chholmes@dmail.com>
主旨：回覆：大學

對啦可是世上只有妳能靠三分之一的高中學分，外加還有警方案底，就決定要去念牛津大學，結果對方還說，喔沒問題啊，就來吧，先上點暑期課程就好！

我好嫉妒。好吧其實我不嫉妒，對我來說牛津大學太可怕了。真的，我一點都不嫉妒——我只覺得非常驕傲開心。太好了，妳能專注在想做的事情上：炸東西。（有這個科系嗎？）

我從雪林佛學院回去時，妳還會在倫敦嗎？我還在想要住哪裡——我跟媽媽的關係好一點了，但我還不確定我想不想搬回去。

寄件人：夏．福爾摩斯 <chholmes@dmail.com>
收件人：小詹姆．華生 <j.watson2@dmail.com>
主旨：回覆：回覆：大學

華生，那個科系叫化學。

我其實註冊了七門暑期課程。我想校方只要求我修四門課，但他們開的生物化學、音樂理論、統計學和詩歌課程聽起來都很有趣，所以目前我們在調整我的課表。我可能得在週二半夜和愛倫坡研究課的教授會面。

暑期課程也有小說寫作工作坊，可以抵一學期的大學學分。工作坊在雪林佛學院畢業典禮的兩天後開始，總共六個禮拜。

他們有提供獎學金。

寄件人：小詹姆．華生<j.watson2@dmail.com>
收件人：夏．福爾摩斯<chholmes@dmail.com>
主旨：回覆：回覆：回覆：大學

1. 拜託別說妳週二半夜要在地下墓穴跟愛倫坡研究課的教授會面。
2. 妳講的是類似林德．福爾摩斯橄欖球獎學金嗎？
3. 還有，等一下——詩歌課程？
4. 還有，妳是拐彎抹角在正式問我要不要跟妳一起上暑期課程嗎？

寄件人：夏．福爾摩斯<chholmes@dmail.com>
收件人：小詹姆．華生<j.watson2@dmail.com>
主旨：回覆：回覆：回覆：大學

1. 有可能。有差嗎？
2. 有可能。有差嗎？（開玩笑而已，華生。當然是。）

3. 我最近寫了不少詩，但寫得極差。我想搞不好是生平第一次我表現得很差，卻還是很開心。當然，當你的好朋友也是。
4. 拜託來吧。如果你覺得有興趣，或還在找事做，就來吧。我很想你。
5. 我非常想你，因此可以說：請別讓我脅迫你做不想做的事。

寄件人：小詹姆・華生 <j.watson2@dmail.com>
收件人：夏・福爾摩斯 <chholmes@dmail.com>
主旨：我還要多久才會見到妳？

少來了。妳是我這輩子最好的朋友，永遠不會變。除非妳決定又要給我雷欽貝，那我們就得好好談了。

總有一天，妳叔叔會再也受不了成天付錢送我上學，但我會永遠心懷感激。明天我會打電話跟他道謝，你們那邊現在太晚了。

剛才我跟爸爸確認過了，他意外積極支持我去。（好吧，不太意外。）所以好呀，算我一咖！逼我去吧。說真的，這門課聽起來很酷，我也一直想在牛津待一陣子，況且假如我真的想挑戰當小說家，先試試大學寫作工作坊應該不錯。妳跟蕾娜說過這件事嗎？今天中午她也提到這些暑期課程，湯姆聽了臉色有點白，還拿手機查機票。

我也很想妳。我想妳就跟呼吸一樣。我說過了嗎？我是認真的。我想妳就像想念烤餅披薩和濃茶，就像妳是我不知道我擁有的家。

寄件人：夏・福爾摩斯 <chholmes@dmail.com>
收件人：小詹姆・華生 <j.watson2@dmail.com>
主旨：四週兩天三小時十七分鐘又四十二秒

還有，請不要把雷欽貝當動詞用。親親親親

致謝

非常感謝優秀的Katherine Tegen和Katherine Tegen Books所有成員的支持，你們真是夢寐以求的出版社。我特別想要感謝了不起的編輯Alex Arnold，妳的善心關懷和智慧洞見對我同樣重要。謝謝Rosanne Romanello——我好感謝妳大力支持詹米和夏洛特！——以及Sabrina Abballe和Epic Reads的所有成員。各位能一路支援我，我真的很幸運。

無止盡感謝夢寐以求的經紀人和親愛的好友Lana Popovic，沒有妳，這一切都不會成真。感謝Terra Chalberg（以及Chalberg & Sussman的所有成員）、Sandy Hodgman和Jason Richman為這套系列小說付出的努力。

我要向我的後天家人Kit Williamson和Emily Temple獻上愛與感謝。

Emily Henry：我的評析夥伴、共謀和天使姊妹，我愛妳。Jeff Zentner：你是我親愛的朋友、理智的堡壘，可以說是唯一我想帶去逛蠟燭店的人，謝謝你扮演我的磐石。

Evelyn Skye、Charker Peeyhouse和Mackenzi Lee：我了不起的朋友和冒險家。有些書可以獨自完成，但我的作品感覺穩穩創生於你們建立的牽絆之中。

感謝我所有的讀者，聽到你們的回饋是每天最棒的時刻！特別感謝Ashleigh、Katie、Anthony、Abby、Eline、Kathleen、Kristen、Sarah、Melissa和Suzanne從初期就支持這套系列小說。

Q小說 FY1041

華生的獨立探案
福爾摩斯家族III
The Case for Jamie

原著作者	布瑞塔妮・卡瓦拉羅 Brittany Cavallaro
譯者	蘇雅薇
書封繪圖	Agathe Xu
書封設計	蕭旭芳
責任編輯	廖培穎
行銷企畫	陳彩玉、薛綸
業務	陳紫晴、林佩瑜、馮逸華
出版	臉譜出版
發行人	涂玉雲
總經理	陳逸瑛
編輯總監	劉麗真
	城邦文化事業股份有限公司 台北市民生東路二段141號5樓 電話：886-2-25007696 傳真：886-2-25001952
發行	英屬蓋曼群島商家庭傳媒股份有限公司城邦分公司 台北市中山區民生東路141號11樓 客服專線：02-25007718；25007719 24小時傳真專線：02-25001990；25001991 服務時間：週一至週五上午09:30-12:00；下午13:30-17:00 劃撥帳號：19863813 戶名：書虫股份有限公司 讀者服務信箱：service@readingclub.com.tw 城邦網址：http://www.cite.com.tw
香港發行所	城邦（香港）出版集團有限公司 香港灣仔駱克道193號東超商業中心1/F 電話：852-2508 6231 傳真：852-2578 9337
新馬發行所	城邦（馬新）出版集團 Cite (M) Sdn Bhd. 41-3, Jalan Radin Anum, Bandar Baru Sri Petaling, 57000 Kuala Lumpur, Malaysia. 電話：603-9056 3833 傳真：603-9057 6622 讀者服務信箱：services@cite.my
一版一刷	2020年1月 版權所有・翻印必究（Printed in Taiwan）
ISBN	978-986-235-806-1 定價380元 （本書如有缺頁、破損、倒裝，請寄回本社更換）

城邦讀書花園
www.cite.com.tw

國家圖書館出版品預行編目（CIP）資料

華生的獨立探案：福爾摩斯家族III／布瑞塔妮・卡瓦拉羅（Brittany Cavallaro）著；蘇雅薇譯. -- 一版. -- 臺北市：臉譜出版：家庭傳媒城邦分公司發行，2020.01
面； 公分. --（Q小說；FY1041）
譯自：The Case for Jamie
ISBN 978-986-235-806-1（平裝）

874.57 108021634